일곱 번째 약속

일곱 번째 약속
Fantasy

이신주 소설집

아작

● 초고 2020년 4월 6일

야심한 밤, 달빛을 받은 운동장이 단단하게 빛났다. 수없이 많은 발자국으로 다져진 땅은 여느 곳과 같이 파헤쳐진다기보다는 부러진다거나, 깨진다는 표현이 더 어울려 보였다. 그런 곳을 가로지르는 아이가 있었다. 마법사였다. 흙먼지를 쉴 없이 피워 올리며 마법사는 운동장의 반대편으로 향했다. 그러더니 단체줄넘기의 줄이 느릿느릿 뛴 아이의 발목을 휘감는 느낌으로, 골대에 팔을 감고 멈춰 섰다.

　짧다곤 해도 전력 질주였다. 마법사는 혀까지 밀고 올라온 숨을 가다듬었다. 발부리를 세워 땅을 벅벅 긁었다. 마법사긴 하지만, 그런 행동에 별 의미는 없었다. 그저 익숙한 감촉과 소리를 불러일으키기 위한 일이었다. 그래도 이 뒤에 할 일에는 별 의미가 있었다.

　실은 그때부터 한 건 마법사가 아니면 할 수 없는 일이었다.

"야, 자?"

바람도 불지 않는데 골네트가 촐랑촐랑 떨렸다. 마법사가 혀를 찼다.

"야, 자냐고?"

마법사는 땅에 단단히 박힌 골대 기둥을 이리저리 흔들었다.

"으음."

골대가 대답했다. 아직 잠에 취한 목소리였다.

"일어나!"

마법사는 매미처럼 찰싹 기둥에 달라붙었다.

"아, 왜 그래?"

골대의 어투에는 날이 서 있었다. 잘 자다 일어나 조금 빈정이 상한 것이다. 물론 그 정도는 마법사가 아니라도 알 수 있었지만, 오직 마법사만이 그 뒤에 어떻게 굴어야 할지 알고 있었다.

"너 배고프지 않니?"

"갑자기 무슨 소리야, 한밤중에."

골네트가 출렁출렁 떨렸다.

"배가 고프냐고, 내가?"

"그래, 넌 배가 고파."

마법사가 말했다. 고개를 끄덕이며.

"잘 모르겠는걸."

골대가 말했다.

"넌 배가 고픈 거야."

마법사가 암시했다.

"모를 만도 하지. 그렇게나 배고팠는데."

골대가 고개를 갸웃거렸다. 누가 보면 지진이라도 난 것으로 착각할 것 같았다. *넌 배고파. 배고팠어. 배고플 거야. 배고픈 거야!* 마법사는 이 말도 안 되는 설득을 계속했다. 원래 마법은 그 안의 단 하나라도 말이 되면 안 된다. 괜히 마귀 마(魔) 같은 흉악한 글자가 그 이름에 붙어 있겠는가.

"어라, 그러게."

마침내 골대가 설복당했다.

"난 배고픈 것 같아."

"좋아."

마법사가 웃었다. 하도 오싹해서 달빛도 구름 뒤로 숨어버릴 정도였다.

"내일까지 그걸 기억하도록 해. 잊지 마."

마법사가 손을 흔들며 멀어졌다.

"넌 배고픈 거야!"

마법사의 반은 3반이었다. 4반과는 점심시간 서는 줄의 머리를 정하는 것부터 해서 도무지 앙숙이 되지 않을 수 없었다. 일찌감치 식판을 깨끗이 비우고 우르르 몰려나온 3반이 먼저 골대를 골랐다. 4반은 분했지만 딱히 한쪽 골대가 손바닥만 하다든가 한 것도 아니었다. 한편 골키퍼를 맡은 마법사는 그곳이 전날 밤 자기가 표시해둔 곳이 맞는지 확인했다.

배고픈 골대는 반드시 상대 팀의 것이 되어야 했다. 우리 팀이 아니라!

"진 팀이 아이스크림 쏘기야!"

"종류 뭔데?"

운동장 중앙에서는 양 팀의 주장이 나와 패배 조건을 서로 교환했다.

"그건 왜 물어봐?"

주장의 뒤편에 늘어선 아이들은 낄낄 비열한 웃음을 흘리며 상대의 멘탈을 압박했다. 단순하지만 효과적인 전략이었다.

"질까 봐 겁나?"

"오케이, 무제한 콜?"

"콜!"

아이들이 고개를 끄덕였다.

"편의점이든 베라든 무조건 이긴 팀 가자는 데 가기!"

"하겐다즈 한 통 다 먹어야지."

"난 고구마맛 먹을래!"

"그런 게 있어?"

"왜 없어. 전에 보니까 순두부맛도 있던데…."

"야, 그냥 다 먹어."

여전히 비열한 웃음을 흘리며 아이들은 환호했다.

"쟤네가 어차피 다 낼 건데!"

그런 왁자지껄한 트래시 토크가 전열에서 이뤄지는 것을 마법사는 조용히 지켜보았다. 운동장 반대편, 제가 전날 대화를 나누었던 골대가 잘 있는지 확인했다. 때마침 골네트가 짧고 격렬하게 떨었다. 그 파장은 사람의 '꼬르륵'과 한없이 닮아 있었다. 뒤이어 마법사의 입가에 떠오른 미소도 그랬다.

"오케이, 시작!"

힘찬 호루라기 소리가 울려야 할 것 같은데, 그런 소품을 준비할 만큼 정성 들인 경기는 아니었다. 아쉬운 대로 공을 따라 와아와아 몰리는 아이들의 함성이 그것을 갈음했다. 마법사는 굳은 표정으로 몸을 풀다가, 이내 일이 잘되면 자기는 공을 막기는커녕 경기장에 서 있을 필요조차 없다는 것을 떠올렸다. 마법사는 느긋한 표정으로 골대에게 손을 흔들었다. 저쪽에선 두 번째의 '꼬르륵'으로 화답했다.

강하고 믿음직스러웠다.

"어떻게 된 거야?"

4반 주장이 외쳤다.

"왜 자꾸 먹히기만 해?"

4반 주장의 눈동자가 샤프심처럼 쪼그라들었다. 못하는 팀들끼리 농구를 하면 상대가 못 막을지언정 나도 못 넣는다. 그래서 이게 지금 축구인가 싶을 정도로 형편없게 낮은 점수가 나온다. 그 반대, 그러니까 실제론 축구인데 이게 지금 농구인가 싶을 정도로 엄청나게 높은 점수가 나오는 경우는 흔치 않다. 필드도 넓고, 농구와는 달리 발재간만으로 공을 다루는 것이 까다롭기 때문이다.

"걷어내라니까!"

그런데 그런 일이 지금 이곳에서 일어나고 있었다.

"자꾸 돌아오는 걸 어떡해!"

그 말대로였다. 들어오는 게 아니었다. 공이 돌아왔다. 3반의 골키퍼를 맡은 마법사는 숫제 장갑까지 벗어놓고 여유만만, 벤치 선수들과 잡담까지 나누며 상대를 완전히 깔보고 있었다. 그러는 동안 공은 경기장 가운데도 못 넘긴 채 4반의 골대 앞에서만 왔다 갔다 하고 있었다. 실력의 차이인가? 그렇다면 차라리 억울하지라도 않았다. 아니 애초에 경기를 받아들이지도 않았을 거다.

그런데도 돌아왔다. 공이. 골대로.

"뭐 하냐고 지금!"

4반 골키퍼가 붉으락푸르락 젖 먹던 힘까지 다해 공을 집어 던졌다. 기세만 보면 저쪽 골대까지 날아가 그대로 득점이 될 성싶었다. 그런데 웬걸, 공은 물살을 거슬러 오르는 것처럼 느려지더니 뚝 멈췄다. 떨어지는 그 궤적마저 슬쩍 4반 쪽으로 휘었다.

"아 막으라고! 막아야 할 거 아냐!"

거의 미리 대기하던 수준으로, 3반의 공격수들이 느긋하게 볼을 몰고 질주했다. 수비수들, 더해 아까 전부터 수비수로 전향한 4반 공격수들이 불나방처럼 모여들었다. 공은 신묘한 움직임으로 휙휙 그들의 견제를 지나쳤다. 웃긴 것은 그걸 3반의 공격수가 통제하는 것처럼은 조금도 느껴지지 않는다는 점이었다. 오히려 먼 곳에서 찬찬히 바라보면—지금 마법사가 하는 것처럼—알 수 있었다. 모는 쪽이나 막는 쪽이나 그저 공을 쫓아 열심히 뛰고 있을 뿐이라는 걸.

공이 골대 앞까지 왔다. 4반 골키퍼는 빨리 이 꿈에서 깨워달라는 듯 고개를 내저었다. 물에 젖은 개라도 그보다는 더 얌전하게 몸을 떨 것이었다. 가장 앞에서 공을 쫓아 뛴 아이가 헉헉 거친 숨을 몰아쉬었다. 그러더니 무르팍에 손을 대고 잠시 시간을 흘려보냈다. 누가 뒤에서 탁 오금을 치거든 젠가 더미처럼 무너져 내릴 기색이었다. 아이는 이윽고 빈말로라도 성의 있다고 해주기 힘든 슛을 날렸다. 아니 날린다기보다 시도해본다, 는 말이 어울렸다. 발도 제대로 맞질 않았으니까.

비실비실. 그런 표현에 딱 걸맞은 궤적으로 공이 기어갔다.

"으아아아악!"

4반 골키퍼가 비명에 가까운 기합과 함께 몸을 던졌다. 공이 휘어졌다. 여전히 비실비실. 흡사 해파리의 움직임처럼 부자연스럽기 짝이 없었다.

"골인!"

어쨌든 골네트가 그것을 철썩 휘감았다.

"이게 뭐야, 말도 안 돼!"

그래도 반전은 벌어지지 않았다. 희희낙락 3반이 우승을 가져갈 셈이었다.

"야, 안 되겠다! 작정하고 들어가자!"

마법사는 먼발치에서 이루어지는 진지한 대화를 엿듣고 있었다. 그러면서 코웃음을 쳤다. 그럼 이제까지는 작정을 안 했다는 것인가. 인제 와서 꺼낼 수라고 해봤자 더 열심히 하자! 진심으로 뛰자! 같은 상투적인 작전뿐이다. 그런데 멈칫. 마법사가 문득 의심했다. 이 당연하고도 착실하게 자신이 생각한 대로만 돌아가는 시합의 향방에 대해 의구심을 품었다.

마법은 말이 안 되는 것이다. 그런 마법을 뒤집을 수 있는 것도 온통 말이 안 되는 것들뿐이다.

배고픈 골대라는 것은 원래 어디에도 없는 것이다. 그래서 그것은 어딘가에 있는 무엇이든 이길 수 있다. 탱크, 총, 폭탄 같은 것들. 그런데 어디에도 없는 것은 원래 무엇이 어느 정도나 되는지도 정해진 게 없다. 그래서 어쩌면 어딘가에 있는 무엇이든 너끈히 그것을 이길 수 있을지 모른다. 가뜩이나 4반 아이들의 지갑이 거덜 나게 생겼으니 더 그렇게 될지 모른다. 마법사는 상대 골대의 눈치를 살폈다. 여전히 굶주린 건 변함이 없지만, 경기가 앞으로도 지금까지와 같이 흘러갈지는 알 수 없었다.

"밀어, 무조건 밀어 그냥!"

4반 주장이 외쳤다.

"앞뒤 생각하지 말고 밀라고. 보건실 있으니까!"

이게 한 반을 이끄는 주장의 입에서 나올 소리인가, 마법사는 혀를 찼다. 그러면서도 바짝 긴장했다. 이제 장갑까지 제대로 꼈다. 적어도 그랬다고 자기는 생각했지만 실은 너무 긴장해서 모를 뿐 양손을 거꾸로 꼈다.

배고픈 골대의 마력은 여전히 작용했다. 공은 계속해서 4반으로 굴러갔다. 그러나 거기에 임하는 4반 아이들의 태도가 달라졌다. 몸통 박치기, 육탄돌격, 자폭. 아무쪼록 반칙만 아니면 될 수준으로 저 자신을 던졌다. 날렸다. 얼굴이나 급소가 대뜸 운동장에 처박히지만 않으면 괜찮다는 식이었다. 공이 있는 곳을 통째 몸으로 덮치다시피 어떻게든 방향을 바꿨다. 뚝뚝 끊어진 궤적으로, 낙엽처럼 공이 차츰 하프라인을 넘었다. 3반의 골대로 접근했다.

"어어, 야 막아! 막아!"

상황이 역전되었다. 발등에 불이 떨어진 3반 아이들이 허겁지겁 복귀했지만, 조금 전까지 거저먹던 승리에 취해 어화둥둥 필드를 유람하던 처지였다. 반대로 거기에 달라붙는 4반은 악이야 깡이야 몸을 사리지 않고 임전했다. 상황이 이렇게 되니 공은 도리어 3반 쪽에 발이 묶였다. 여전히 배고픈 골대의 마력이 작용하는데도.

"그건 그거고…."

마법사는, 위급상황이었지만, 4반의 기개에 살짝 감탄해버리고 말았다.

"이대로 가면 귀찮은 일이 생길 텐데."

감탄은 감탄이고 마법의 부작용은 부작용이었다. 그래도, 본인의 잘못은 아니니까.

"골인! 잘했어!"

아까부터 다리보다 입술을 더 움직이는 것 같은 4반 주장이었다.

"이제 안 나가게 지키면서 계속해!"

실은 누구보다 솔선수범 몸을 던지고 있기 때문에 꼭 그런 것은 아니었다. 단지 제 작전이 꼴사납게 실패한 탓에 마법사가 닥치는 대로 세상을 부정적으로 바라보고 있을 뿐이었다. 이런 상황에서 생크림 케이크를 보면 강렬하게 초콜릿 케이크가 먹고 싶어지고, 초콜릿 케이크를 보면 생크림 케이크가 먹고 싶어지고, 둘 다 보면 배부른데 속도 부대끼게 단 걸 왜 먹느냐는 식으로 나올 공산이 컸다.

그리고 골대에게는 케이크가 없으므로, 당장 보이는 것을 먹었다. 4반 주장이 눈을 끔뻑였다.

"야, 정민이 어디 갔어?"

신발 두 켤레, 넝마가 된 옷가지, 골키퍼 장갑 한 쌍. 골네트가 마지막까지 흡수하지 못한 잔해였다. 본래의 빛깔을 잃을 만큼 피범벅이 된 그런 것들이 운동장을 툭툭 나뒹굴었다. 골대가 요동쳤다. 그만큼 즐겁다는 것인가, 혹은 아직도 한참 부족하다는 것인가. 만족할 줄 모르는 그 탐욕에 마법사는 내심 혀를 내두르다가, 그것은 순전히 제가 불러일으킨 일이라는 것을 새삼 깨달았다.

"뭐야!"

"뭐야뭐야! 어떻게 된 거야!"

서로 짠 것처럼 감탄사를 내뱉으며 4반 아이들이 몰려들었다. 3반 아이들은 아직 숨을 몰아쉬고 있었다. 그래서 다음 희생자도 4반에서 나왔다.

"으악@"

비명은 이상하게 찌그러져 맞지도 않는 문장부호를 달고 튀어 나왔다. 연체동물의 촉각처럼 뻗어 나온 네트가 아이의 발목을 더듬었다. 그러고는 맨살에 붉은 고랑이 새겨질 만큼 강하게 휘 감았다.

"살려줘#"

쩍, 쩍, 쩍! 풍선껌을 오십 개쯤 한 번에 씹으면 날 법한, 그런 하잘것없는 소리와 함께 아이의 모습이 점차 사라져갔다. 앞서 모습을 감춘 4반 골키퍼, 정민이가 어디로 갔는지도 분명해졌다. 혼비백산. 사람 잡아먹는 골대로부터 멀리멀리 4반은 도망쳤다.

"야! 너희가 이래 놓은 거지!"

"어떻게 할 거야 인제!"

아이들은 그대로 줄달음쳐 3반 아이들에게로 쇄도했다.

"너희가 책임져!"

휴우. 마법사가 한숨을 쉬었다. 정민이나 다른 4반 아이와 달리 공은 왜 그동안 계속 먹히고도 안 사라졌는지 궁금하기도 하지만 마법은 원래 말이 안 되니까 그러려니 할 수 있었다. 하지만 이건 아니었다. 지금 이 순간은 아니었다. 이렇게 일이 돌아가면 안 되었다.

첫째로, 우선 골대가 충분히, 배불리 먹어야 했다. 그렇게 되면 마법은 자연히 풀린다. 둘째로는, 자기가 사전에 마법을 부렸다는 사실이 드러나지 않아야 했다. 승패에 대해 명확히 따질 구석이 생기면 그야 성가시니까. 한데 지금 두 가지 다 모조리 깨져버렸다. *그러게 잘 막지 말고, 계속 그대로 먹혔으면 골대가 화낼 일도 없었잖아.* 볼멘소리를 하며 마법사는 4반 주장에게 다가갔다.

"배부르게 만들면 토할… 모든 게 원래대로 될 거야."

뚱딴지같은 소리지만 괜찮았다. 마법이니까.

"무슨 소리야?"

4반 주장이 물어봤지만, 마법사는 더 해줄 말이 없었다. 있는 그대로 설명해준 건데.

"넙죽넙죽 잘 먹다가 갑자기 끊기니까 더 화가 난 것 같아."

화가 났다. 이런 당연한 소릴 다시 설명해줘야 한다니.

"반대로 짧은 시간에 엄청나게 먹여버리면 전부 게워낼… 말끔한 모습으로 돌아올 거야."

근처에서 구경하던 아이들까지 죄다 반대편으로 도망가자 분한 듯 몸을 뒤트는 골대. 그것을 힐끔, 마법사를 힐끔, 다시 골대를 힐끔거리는 4반 주장. 말은 안 되지만 원래 마법이니까.

벌어진 일은 밝혀졌으니, 이제 남은 건 그것을 해결할 방법이었다.

마법사는 4반 아이들을 하나하나 살폈다. 누구는 무릎에 피가 나고, 누구는 팔꿈치가 벗겨졌다. 그 밖에도 자잘하게 굳은 피를 훈장처럼 주렁주렁 달고 있었다. 배고픈 골대의 마력을 일시적이지만 이겨낸 아이들이었다. 살인이라는 예기치 못한 사건 앞에서도 꽤 빠르게 평정을 찾았다. 반면 3반은 어떤가? 마법 덕에 신나게 적을 짓밟다가 저쪽에서 발끈하여 튀어 오르자 어쩔 줄 모르고 주도권을 놓쳤다. 그러고는 경기 내내 끌려다녔다. 미친 골대가 사람을 둘이나 집어삼켰음에도 아직도 상황 파악이 안 된 것인지 어리둥절한 표정을 한 아이들도 적잖았다. 마법사는 해결책을 떠올렸다.

"방법이 있어."

제 얼굴에 침을 뱉는 꼴이지만, 인정할 수밖에 없었다. 승자가 없는 경기일지언정 패자는 분명 있다는 것, 그리고 그게 4반은 아니라는 사실이었다.

"오케이! 또 골! 그리고 다시 골!"

"투 골! 쓰리 골! 더블 골, 골! 고올!"

이제 해트트릭 정도면 아주 겸손한 편이었다. 오히려 초라한 성적 탓에 경질 걱정을 해야 했다. 마법사는 아예 막을 생각조차 하지 않고 멀찍이 떨어져, 그 신들린 득점 행렬을 바라보고 있었다. 골을 먹어야 하는 건 4반이지 3반 쪽이 아닌데 어떻게 된 것인가, 하고 묻는다면 그게 바로 지금 일어나고 있는 일이었다.

두 반은 서로 골대를 바꿨다.

일어날 일은 이제 명약관화. 마법에 당한 채로도 끝끝내 공의 주도권을 차지한 4반인지라, 하물며 공이 알아서 굴러가는 상황이라면 득점으로 이어지지 않게 막는 것이 더 어렵다. 철썩철썩 네트 흔들리는 소리가 손뼉처럼 들릴 만큼 공은 들어가고 또 들어갔다. 골대 기둥이 나무껍질처럼 비틀리고 부풀었다. 꼭 살이 트는 것 같았다. 욕지기를 틀어막으려는 것처럼 골대가 있는 땅이 들썩거렸다.

"몇 대 몇이지?"

4반 주장이 물었다.

"나도 몰라."

점수를 적던 아이가 머리를 긁적거렸다.

"자리도 없는데."

"그럼 0점부터 다시 시작해!"

아이들이 싱글벙글 외쳤다.

"오늘 큰 수의 계산 한번 원 없이 해보자!"

아귀가 맞지 않는 말이지만 어쨌든 즐거워 보였다. 그야 보통 뭔가 이루려면 참거나 하지 말아야 하는 게 많다. 공부하려면 텔레비전을 참아야 하고 유튜브에 접속하지 말아야 한다. 그런데 이건 문제를 해결하기 위해 해야 하는 게 가능한 한 많은 골을 넣고 또 넣는 거라니, 즐겁지 않을 수가 없었다.

아, 안 돼, 그만! 그마안! 골대는 마법사밖에 듣지 못하는 목소리로 울었다. 한계가 다가온 모양이었다.

"얼마 안 남은 것 같아!"

그 말이 무색하게도, 4반 아이들은 그대로 세상이 끝장날 때까지 골을 넣을 작정이었다. 점심시간이 끝나기 5분 전, 예비종이 낭랑하게 울려 퍼지는 순간 마지막 한 방이 골대의 배 속으로 떨어져 내렸다.

크림을 억지로 욱여넣은 빵이 찢어지는 것처럼, 출렁이는 네트뿐만 아니라 튼튼한 기둥까지 볼썽사납게 주저앉았다. 녹아내렸다. 그리고 내용물이 쏟아져 나왔다. 공, 공, 공, 그리고 또 공.

보통 경기라면 사람이 스물둘에 공이 하나여야 할 텐데, 여긴 그 반대로 공이 사람의 스물두 배는 되는 듯싶었다.

실제로 빨려 들어간 공은 단 하나도 없는데 대체 어디서 온 것들일까. 학교 비품실의 다른 모든 공을 들어내더라도 저 많은 축구공의 자리를 마련할 순 없을 것 같은데. 그런 자잘한 고민은 훌쩍 던져두고, 4반 아이들은 반가운 얼굴을 찾아 운동장을 누볐다.

"정민아! 정민아아!"

축구공이라곤 해도 기본적으로 토사물이었다. 반쯤 소화된 그 질감이 썩 상쾌한 것은 아니었다. 그런 게 한두 개도 아니고 셀 수도 없이 널브러져 있었다.

"저깄다!"

"둘이 같이 있어!"

씩씩하게도 그 불쾌한 광경을 정면으로 가로지르며 4반 아이들이 달려갔다. 질척질척 콧속을 긁어내리는 악취를 무시하고 둘을 일으켰다. 의식을 잃고 몸이 축 늘어졌지만 특별히 상한 곳은 없었다. 팔도 두 개고 다리도 두 개였다.

그런데…?

"소화되다가 말았잖아."

마법사가 말했다.

"좀 섞일 수도 있지."

4반 주장은 그런 말을 하는 마법사를 흘깃, 그리고 이어 구해낸 아이 둘을 흘깃 곁눈질했다. 정민이는 앞을 보고 있다. 그런데 다리가 거꾸로 되어 있었다. 오금이 이마 쪽으로, 무릎은 뒷덜미 쪽으로 되어 있었다. 다리만이 아니라, 팔꿈치도 손도, 배도 등도,

22

몸이 앞뒤가 돌아간 채 머리와 붙었다.

"와, 멋지다!"

정민이는 다행히 불만이 없어 보였다.

"이제 캥거루처럼 달릴 수 있겠네!"

정민이는 거꾸로 된 다리를 접었다 펴며 경중경중 뛰어다녔다.

"정민이는 그렇다고 해."

누군가 물었다. 마법사가 고개를 돌렸다.

"얘는 어떡해?"

다른 아이는 몸이 멀쩡했다. 대신 머리가 없었다. 정확히 말하면 얼굴이 없었다. 머리카락도 턱도 다 있는데, 그 안쪽에 축구공이 덩그러니 박혀 있었다. 하필 또 공의 무늬가 눈이랑 입 비슷한 곳에 있어서, 쓸데없이 좀 신경 써준 듯한 느낌이었다.

"머리 어디 갔어?"

"소화된 건 아닐걸?"

마법사는 마법사라는 이름에 어울리잖게 상식적인 소리를 했다.

"그랬으면 먼저 들어간 정민이는 아예 못 찾았겠지."

축구공 머리를 더듬거리는 4반 아이 앞에선 조금 자세를 낮출 필요도 있었다.

"그럼 어떡해?"

"글쎄. 일단…."

마법사는 여러 가지 가능성을 떠올렸다. 우선 원래 얼굴이 그대로 있지만 그 위를 축구공 찌꺼기가 가렸을 수도 있었다. 아니면 얼굴이 녹아내린 것이 우연히 축구공처럼 보이거나. 아니면 운동장을 나뒹구는 수도 없이 많은 축구공 중 하나가 실은 그 아이의 진짜 얼굴이거나, 아니면….

종이 울렸다. 이번엔 예비종이 아니라, 5교시 시작을 알리는 진
또배기 수업종이었다.

"야, 종 쳤다. 들어가자."
아이들이 하나둘 그렇게 말하며 서로의 어깨를 툭툭 쳤다.
"그래, 어쩔 수 없네."
"어쩔 수 없어."
"어쩔 수 없구나."
몸이 뒤집힌 정민이도, 얼굴이 축구공이 된 이름 모를 아이도,
그런 둘을 안쓰럽게 바라보던 4반 주장도, 마지막으로 열심히 방
책을 떠올리던 마법사도 일제히 으쓱거렸다. 일사불란하게 교실로
돌아갔다. 발 디딜 틈 없이 아이들로 가득하던 운동장이 삽시간에
조용해졌다. 축구공의 유령들만 오도카니 그곳을 떠돌았다.
"맞아."
그 사이를 뒹굴던, 딱 한 개 진짜 그 아이의 머리가 외쳤다.
"어쩔 수 없지, 뭐!"

처음이니까 괜찮아요

● 초고 2018년 2월 28일

악마숭배자들은 화려한 소환의식의 뒷면, 즉 그것을 위한 준비에 대해서는 거의 다루지 않는다. 모르는 사람들은 누군가의 피로 목욕을 하는 등의 대담무쌍한 악마적 과업을 떠올리겠지만 꼭 그렇지는 않다. 물론 완성된 요리에 양념을 치면 더 그윽한 맛이 나듯 그런 행위가 의식을 다채롭게 만드는 것은 맞다. 하지만 소금이 상에서 눈에 띄진 않지만 없어지면 큰일이 나는 것처럼, 화려하지도 악마적이지도 않으면서 의식 이전에 꼭 거쳐야 할 준비가 있다. 악마숭배자들이 그 과정을 쉬쉬하는 이유는 별 게 아니다. 하나같이 세속적이다 못해 민망한 절차이기 때문이다.

남자는 배우는 입장, 그것도 막 입문했으므로 책의 지시를 그대로 따라야 했다. 책은 부정한 생명력이니 하는 이유를 들어 두꺼비를 구해올 것을 명했다. 산 사람 한 명 만나기 힘든 시대였다. 남자는 정처 없이 돌아다니며 수렁이고 개울이고 물기만 있다면 닥치는 대로 뒤졌다. 질척이는 개흙이 종아리까지 차오르는 곳에서 다리가 다섯 개 달린 두꺼비를 구하는 순간 그런 고민도 끝났으나, 곧 더 큰 고민이 그를 괴롭혔다. 책의 다음 구절은 구체적으로 그것의 정액을 요하고 있었다.

그 뒤로도 죽은 사람의 피를 빤 모기나 빛을 보지 못하고 죽은 눈 따위의 요구사항이 계속해서 그를 괴롭혔다. 그때부터 남자는 중세에 악마숭배가 박해받은 이유를 알 수 있었다. 굳이 이교니 이단이니 하는 데까지 갈 필요도 없었다. 그냥 음침한 것들이 모여서 온종일 더러운 짓만 하고 다니니 당연히 박해받은 것이다.

위생관념이라곤 일절 신경 쓰지 않은 선대 악마숭배자들을 저주하며 남자는 마침내 준비를 끝마쳤다. 이것저것 덧그리고 휘갈긴 것들도 완벽했다. 남자는 부르튼 입술에 침을 발랐다. 그리고 며칠간 손님을 들이지 못하여 눌어붙은 뱃가죽을 달래며 입을 열었다. 지금은 생리적 욕구를 잠시 접어둘 때였다.

문장은 그의 입을 벗어나 보이지 않는 힘으로 부풀었다. 영화와는 달리 촛불이 제멋대로 꺼지거나 하는 일은 없었지만 알 수 있었다. 굉장한 일이 벌어지려 하고 있었다. 의식을 차근차근 기획한 장본인이기에 알 수 있었다.

남자의 입술이 주문의 마지막 구절을 끝으로 굳게 닫혔다. 결과는 즉각 눈앞에 나타났다. 힘의 흐름을 따라 통로가 생겨났다. 그 너머에서 인간이 이해할 수 없는 세계가 소용돌이쳤다. 그는 등을 꼿꼿이 폈다. 그러고는 악마를 대면하면 어떻게 대화를 시작할지 생각해두지 않은 것을 후회했다.

"안녕!"

목소리는 격의 없는 인사로 먼저 포문을 열었다. 예상한 것과는 전혀 달랐지만, 오히려 자신이 뭘 예상했는지를 헷갈리게 만드는 그런 어투였다. 남자는 엉겁결에 자신도 알아듣기 힘든 말을 횡설수설했다.

"처음이구나."

남자의 얼굴이 그 말을 듣고 화끈 달아올랐다.

"걱정하지 마—"

목소리가 작게 키득거렸다.

"—나도 처음이거든."

"그, 그래?"

"그래도 존댓말 써."

목소리에는 형체가 없었다. 남자는 그래서 어딜 보거나 보지 말아야 할지 알 수 없었다.

"나한테 부탁하는 거잖아."

"알았, 알겠습니다."

목소리는 커다란 책을 꺼냈다. 남자 쪽에선 공중에서 튀어나온 것처럼 보였다. 그 페이지가 저절로 넘어가더니 교과서라면 딱 1단원이 있을 법한 곳에서 멈췄다.

"좋은 계약을 위한 첫걸음. 등장은 신속하고 간결하게—이건 체크."

악마의 목소리는 얼음처럼 산뜻했다.

"…불가피한 상황이 아니라면 스스로의 능력이나 직함을 밝히지 마라. 이것도 체크."

남자는 입가를 움찔거렸다. 악마는 그러니까 지금, 악마 교과서의 자기 점검 리스트를 하나하나 맞춰보고 있었다. 그것도 소환자 본인을 앞에 두고!

"소환될 때 불필요한 소음이나 빛 등 제삼자의 시선을 끌 요소를 경계하라. 나 어땠어?"

남자는 그것이 저에게 던진 질문임을 깨달았다.

"좀 눈부시긴 했는데… 괜찮았습니다."

"좋아 체크. 마지막 가장 중요한 거… 계약자와의 상하관계를 분명히 하라."

흐음. 악마가 흥미롭다는 듯 신음했다.

"적대적일 필요는 없지만 계약자가 당신을 두려워하게끔 만들어야 한다. 위압적인 분위기와 더불어 매사 여유 있는 모습을 보여라."

한동안 말이 없었다. 원래 자기평가는 충분한 시간을 요하므로 남자도 이해할 수 있었다. 그래도 이건 너무 길다. 같은 볼멘소리가 목구멍까지 올라올 무렵 목소리가 입을 열었다.

"다시 하면 안 될까?"

"다시 하자고요?"

"내가 생각해도 별로 안 위압적이었거든."

악마가 종알거렸다.

"그래. 처음부터 싹. 너도 아예 이거 다 지우고 새로 그려. 나도 그동안 연습할게."

"아예? 새로? 연습해요?"

"그래. 그리고 나 아직 낮에는 못 돌아다니니까 내일 밤에 다시 불러."

"내일 밤? 다시?"

앵무새가 된 기분이었다. 그러나 도저히 뭐라고 대거리해야 할지 알 수 없었다.

"아니 그렇잖아. 뭐든지 처음이 중요하잖아."

악마가 멋대로 무언가 설명하려는 어투로 입을 열었다.

"너희도 배 처음 내보낼 때 비싼 술병 일부러 박살내잖아. 나도 처음인데 어영부영 타협하기 싫단 말이야."

그리고 침묵. 남자는 한순간 그것이 악마가 마음을 고쳐먹으려는 징조라고 생각했지만….

"왜, *싫어?*"

그런 식의 질문, 아니 실상 질문의 탈을 쓴 겁박은 같은 인간끼리도 대답하기 껄끄러웠다. 하물며 그것이 모습도 없는 악마에게서 나오면 어떨까. 그러나 미지의 형체에 대한 두려움은 두꺼비 정액 따위를 얻기 위해 들인 고역에 비하면 하찮은 것이었다.

"…네."

남자는 신중하게 말을 골랐다. 되바라지지 않되 분명하게 의사를 전달할 수 있도록.

"그래도 다시 하는 건 좀…."

"그래. 알았어."

그렇게까지 무가치하게 대답이 돌아왔다.

"우리 계약자님이 싫다고 하면 어쩔 수 없지, 안 그래?"

악마가 경박하게 말했다.

"백 년도 못 살고 죽을 몸이니, 시간을 아끼셔야지. 퉤퉤."

그 침 뱉는 소리. 침을 뱉었다, 가 아니라 그 소리에 그치는 것은 목소리에게 여전히 형체가 없는 까닭이었다.

"바로 시작할까 그럼? 원하는 거 말해*봐.*"

바야흐로 남자가 원래 생각하던 방향으로 이야기가 진행되려 했다. 그는 자신의 소원을….

"아니, 잠깐."

악마가 책을 펼쳤다. 책은 펼친 상태에서도 또 펼쳐질 수 있었다. 관광지 지도를 크고 자세하게 넣고 싶었던 여행 가이드북처럼.

"또 뭐가 있네…."

악마는 그러고는 입을 다물었다. 중요한 부분만 중얼중얼 읽는 모양인지 이따금 뭔가 외는 소리만 들렸다. 남자는 이 방면에 있어 초보였고, 그래서 참을성 있게 기다리기로 했다.

그러나 얼마 안 가 한계가 왔다.

"저기요. 그냥 다시 할게요."

"다시 한다고? 정말?"

"아뇨 그 뜻이 아니라."

남자는 독하게 마음을 먹었다.

"다른 분하고 계약 맺을게요."

남자는 목소리가 반응할 틈도 없이 바닥에 손을 댔다. 의식을 지탱하는 일련의 기호들이 그곳에 있었다. 그중에서도 대악마의 이름을 써놓은 것을 고치면 이전과는 다른 성향의 악마를 불러내는 것이 가능했다.

"아니, 잠깐만, 야박하게 왜 그래?"

그는 아몬의 상징을 지웠다.

"책 그만 읽을게! 끊…."

책도 목소리도 사라졌다. 남자는 사방이 조용한 가운데 작게 한숨 쉬었다. 아몬은 일단 안 된다. 그는 떠오르는 대로 글라샬라

볼라스의 상징을 적었다. 그리고 방금의 덜떨어진 악마보다는 경험 많고 노련한 이가 나오길 빌었다.

"…지 마! 어?"

어리둥절한 목소리.

"방금 뭐지?"

사람은 틀렸을 때가 아니라, 결과가 원하는 대로 안 나왔는데 그 원인을 모를 때 가장 큰 좌절을 겪는다. 지금의 남자가 그랬다. 소환의식이 잘못되어 똑같은 악마가 나왔는지? 아니면 저쪽에서 뭔가 손을 쓴 것인지? 많은 가능성이 있었지만 확인할 길은 한 가지뿐이었다.

"이 인정머리 없는 놈아! 그러고도 네가 인간이냐?"

남자는 다시 바닥으로 손을 뻗었다.

"어떻게 눈앞에서 바로 마주쳤는데 그걸 또 그러냐? 어차피 소용 없…."

마지막 말이 신경 쓰였지만 악마는 이미 사라진 뒤였다. 남자는 대충 다른 대악마의 상징을 적었다.

"…으니까 하지, 아 그사이에 또 했냐?"

세 번째로 시도한 소환의식이 끝났다.

"나쁜 새끼야, 너 진짜 나쁜 놈이다!"

"왜 자꾸 당신만 나오는 거예요?"

남자가 물었다. 네 번째 소환의식을 시작할 엄두도 내지 못한 채.

"그야 나밖에 없으니까 그렇지!"

악마가 말했다.

"또 지우면 영혼 불살라버릴 거니까 알아서 해라!"

"당신밖에 없다고요?"

남자는 머리를 벅벅 긁었다.

"다른 악마들은 어디서 뭘 하는데요?"

"없었어, 나밖에."

이게 대체 무슨 소리인가?

"무슨 일이라도 있어요?"

남자는 질문을 질문으로 되돌릴 수밖에 없었다.

"다 어디 갔길래요?"

"몰라, 태어날 때부터 그랬어."

악마가 제 기억을 곱씹는지 잠시 입을 다물었다.

"달래 선배 없었고, 영혼 화로는 텅 비었고. 바깥에도 아무도…. 누구랑 얘기한 것도 네가 처음이야."

남자는 눈썹을 찡그렸다. 지옥 전역에 악마가 하나밖에 없어서 아무리 소환의식을 해도 소용이 없다고? 남자가 읽은 책에는 그런 소리가 없었다. 무슨 일이 일어나야 그런 상태가 될 지 짐작할 수조차 없었다.

"궁금하지. 나도 궁금해. 근데 너도 경험은 별로 없는 것 같네."

악마가 말했다.

"다른 숭배자들 좀 불러봐. 내가 태어나기 전에 무슨 일이 벌어진 건지 알아야겠어."

"것 참 공교롭네요."

남자가 킥킥거렸다.

"여기도 저밖에 없거든요."

"왜? 최후의 마전(魔戰)이 벌써 일어났어?"

마전? 남자가 그 엉뚱한 단어를 고민하는 사이 악마의 상상이 저 혼자 짝짝이로 달려나갔다.

"거기서 우리가 진 건가? 그래서 나밖에 없는 건가?"

"…혹시 마전이 아니라 성전(聖戰) 말하는 건가요? 최후의 성전?"

남자가 물었다.

"성은 무슨 포도주나 핥아 먹어라."

악마에게는 욕 같지 않은 욕을 욕처럼 들리게 하는 재주가 있었다.

"그래서 왜 너밖에 없는데?"

악마가 말을 이었다.

"다른 인간들은? 뭐 아는 거 없어?"

"다른 인간들은… 멀쩡히 잘 있죠. 옥체 보존하시면서."

얼굴이 보이지 않았지만 의아해하는 기색이 느껴졌다.

"악마숭배자가 없다고요."

남자가 말했다.

"이것도 책 보면서 독학한 거고요."

그리곤 잠시 망설이다가 덧붙였다.

"애초에 여긴 제 나라도 아니라고요."

"하나도 없다고? 그럴 리가."

악마가 방정맞게 외쳤다.

"항상 어느 정도는 있다고 책에서는 그랬는데."

"역사책에는 '지금'이라는 페이지가 없으니까요."

흐음. 악마가 신음했다. 둘 다 무언가 이상한 일이 일어났다는 것은 알았지만 마찬가지로 풀 수 없는 의문도 쥐고 있었다. 그렇기에 정적이 흘렀다.

"뭐 좀 하나 물어봐도 됩니까?"

"아니."

"왜 모습을 감추죠?"

남자는 멋대로 물었다.

"목소리랑 덩그러니 대화하려니 좀 힘든데….."

"너 내 말 듣고는 있냐? …어려운 건 아니니 대답해줄게."

악마는 황당해하면서도 손발을 잘 맞춰주었다.

"그건, 만약 내 진짜 모습을 보면 *네가 미쳐버릴 수도 있기 때문이다!*"

쩌렁쩌렁 울리는 목소리는 위엄스럽다기보다는 버튼 하나로 입히고 지울 수 있는 저급한 음향 효과처럼 느껴졌다. 악마도 그것을 아는 것 같았다.

"농담이야."

풍선에 바람이 빠지듯 목소리가 원래대로 돌아갔다.

"난 아직 충분히… 뭐라고 하지? 여물지 않아서."

악마가 볼멘소릴 했다.

"그대로 못 건너거든."

"모습을 감추신 게 아니라 형체가 없는 건가요? 투명인간처럼?"

"너도 알아, 그 사람?"

악마가 물었다.

"뭉근한 게 맛은 있는데 좀 질기더라."

"네?"

"그리고 나 형체 없는 거 아니야. 코앞에서 보고 있잖아."

36

이건 또 무슨 소리인가? 남자는 눈살을 찌푸렸다.

"모르겠어?"

잘 닦은 유리처럼 투명하기라도 한 걸까. 그런데 자세히 보니 실제로 뭔가 있긴 있었다. 아주 조그만 날벌레 떼처럼 배경에 비해 거의 드러나지 않는 무언가가 보였다. 미간에 좀 더 주름을 잡자 한 가닥의 가느다란 선이 눈에 띄었다.

"날으는 지렁이?"

"아니거든. 손 줘봐."

남자는 순순히 손을 펼쳤다. 그러자 선이 그 위로 올라왔다. 그는 얼굴을 바짝 들이대 그것에 초점을 맞췄다.

"수학적으로 간단한 형상이야."

아무리 자세히 보려도 눈길을 빗나가는 그것은 보일락 말락 한 점 하나가 스스로를 끌며 남긴 평면의 자취였다.

"면까지는 해보려고 했는데, 내 능력으론 여기밖에 안 되더라고."

그러니까 그가 소환한 악마는 너무 급이 낮아서, 현실에서 1차원의 선으로밖에 나타나지 못한다는 거였다. 남자는 탄식했다.

"3차원까지는 금방 가니까 걱정하지 마."

"그래요… 정말 안심되네요…."

"이야기가 너무 샜네. 본론 들어가자."

선의 악마가 제 교과서 위로 돌아갔다.

"원하는 게 뭐야?"

"그 전에 좀, 확인하고 싶은 게 있는데요."

남자는 변명했다.

"꼭 당신이 1차원으로밖에 못 나타나는 악마라서 이러는 건 아니고, 그냥 혹시나 해서요."

악마는 애초에 별생각이 없는 것 같았고, 남자도 그것을 뒤늦게 깨달았다.

"이뤄줄 수 있는 소원이 어디까지죠?"

그저 짚고 넘어가는 질문이었다. 덜떨어져 보여도 악마는 악마니까. 남자의 질문은 시험 답안지에 이름과 번호를 올바르게 기입했는지 다시 살피는 것에 가까웠다. 악마의 대답은 빨리 돌아오지 않았다.

고민할 게 많은 모양이었다.

"……."

"네?"

"아직 아무 말도 안 했어."

"아, 그렇군요."

남자는 다시 기다렸다.

"그렇게 작진 않아. 아마도…."

악마의 목소리는 자칫하면 자신감이 있는 것처럼 들릴 것 같았다.

"처음치고는 잘하는 정도?"

"그런 애매모호한 말 말고, 재물로 딱 환산해서 말해주세요."

남자가 단호하게 말했다.

"제가 지금 이 자리에서, 부자가 되고 싶다고 말하면 금으로 얼마나 줄 수 있어요?"

"화, 황금?"

선이 분주히 책을 왕복하기 시작했다.

"귀금속이면, 잠깐만 기다려. 황금…, 황금…."

친절하게도 입문자를 위한 학술도서처럼 컬러 사진과 각주까지 첨부한 페이지가 나타났다.

"됐다! 황금이면 지금 이 자리에서, 어…."

남자는 혹시 지옥에 다른 악마가 남아 있지 않을까, 지금이라도 네 번째 소환을 시도해보는 것이 낫지 않을까 고민했다.

"8, 그램? 줄 수 있어."

악마가 말했다.

"많은 거야?"

"고마워요."

"뭘 또. 다 계약인데."

"아니 그거 말고."

남자가 소탈하게 웃었다.

"제 마음을 굳힐 수 있게 만들어줘서요."

남자는 굳이 손을 뻗지 않았다. 대신 신발 밑창으로 대악마의 상징을 지워 없애려 했다. 그런데 갑자기 손바닥이 짜릿했다. 길고 예리한 것이 피부를 뚫고 들어갔다. 화들짝 놀란 그는 그만 발을 엉뚱한 곳에 내리찍었다.

"야! 영혼 불살라버린다고 했지?"

곧이어 끄트머리가 불그스름해진 선이 남자의 손아귀를 빠져나왔다.

"진짜 한다? 보여줄 거야?"

"금 부스러기나 주면서 날 뭐 어떻게 한다고 그래요? 개미도 못 잡겠구만!"

"그, 그래? 8그램은 적은 거구나."

남자는 뭐라 할 말을 찾지 못했다.

"잠깐만, 인간은 대화의 동물이잖아? 대화를 할 건지 동물이 될 건지 선택해야지."

딱히 맞는 말처럼 들리지는 않았다. 남자는 상처를 감싸며 얼굴을 찌푸렸다.

"일단 진정하고 들어봐."

악마는 정작 본인이 가장 진정 못 하는 목소리로 말했다.

"우린 지금 협상을 해야 해."

"무슨 협상이요?"

"자, 봐. 난 이번이 첫 계약이야. 게다가 다른 악마숭배자도 없다고 했지."

남자가 고개를 끄덕였다.

"이대로 널 놓치면 영원히 잊혀질 거야."

남자가 격하게 고개를 끄덕였다.

"이제 너 이야기도 해볼까? 넌 뭔지는 몰라도 이루고 싶은 게 있잖아. 그래서 날 부른 거고. 내 말이 틀려?"

"네… 니요."

앞뒷말에 다 대답하려다 보니 생긴 부작용이었다.

"좋아, 너도 여기서 다른 소환을 시도해봤자 죽도 밥도 안 되지. 애초에 우릴 부르려고 한 건 다른 해결책도 딱히 없었다는 거고."

악마는 이윽고 요약했다. 그보다 더 확실할 수 없게.

"우린 지금 서로한테 물려 있는 거야. 안 그래?"

분하지만, 다 맞는 말이었다.

"누가 힘줘서 끊어봤자 자기가 손해 입지 않고 끝낼 방법은 없다고."

"말 잘하네요."

"고마워. 열심히 배웠거든. 너도 잘 알 거 아니야?"

"네?"

"혼자서 달래 할 게 없잖아."

악마가 대수롭지 않게 말했다.

"나도 종일 책만 읽었어. 그러면서 배운 거야."

남자는 문득 주변을 둘러봤다.

오랜만에 실컷 떠드니 목이 아프고 혀가 말랐다. 소리 내서 말할 기회가 많이 없는 곳이었다. 전쟁의 충격으로, 유리는 대부분이 깨져 없어진 채 창틀을 따라 자란 잡초처럼 간신히 붙어 있었다. 그나마 남은 것도 화약에 찌들어 숯처럼 픽픽한 냄새를 풍기며 번들거렸다. 창밖으론 끝없이 펼쳐진 황무지가 드러났다.

"그럼 잘 알겠네요."

남자가 표정을 굳혔다.

"사람은 하나도 없이 그 흔적만 남은 곳을 돌아다니는 게 얼마나 힘든지."

악마가, 그 목소리가, 1차원의 선이 얼마나 동의하는지는 알기 힘들었다.

"할 수 있는 건 과거의 흔적을 되새김질하는 것뿐이고. 영영 어딜 가든 천장은 너무 높고 거리는 너무 텅 비어 있고 방은 토 나오게 크죠."

"갑자기 감성적이네."

악마가 말했다.

"너 시인이야?"

"이런 생각 자꾸 하다 보면, 다 그렇게 되지 않나요?"

"아마 그게 너희와 우리의 차이점이겠지."

알쏭달쏭한 말이었다.

"아무튼 협상으로 돌아가자."

남자는 문득 악마의 표정이 보고 싶었다.

"난 네가 얼른 계약을 맺어 영혼을 넘겼으면 좋겠고, 넌 내 실력이 못미더운 거…."

악마가 잠시 말을 멈추었다.

"…그게 꼭 사실이라는 보장은 없지만, 아무튼 이렇게 정리하면 바로 보이지?"

목소리가 강조점을 찍듯 울려 퍼졌다.

"지금으로선 우리 둘 다 100퍼센트 만족하는 방법은 없어."

남자는 고개를 끄덕였다.

"그러면 어떻게 해야겠어? 서로 조금씩 양보해야지."

악마의 입에서 나오기엔 좀 웃긴 소리였다.

"넌 좀 더 싼 값에 영혼을 넘겨주고, 난 최대한 너한테 뜯어먹는 것 없이 도움 줄 생각을 하고. 이 사이에서 절충안을 찾아야지."

"거창하게 말한 것치곤 간단하네요."

"간단한 게 가장 어려운 거야."

악마가 말했다.

"너희가 법전을 쓰는 건 살인이 나쁜지 몰라서야?"

남자는 어깨를 으쓱거렸다.

"너 근데 알고는 있는 거지?"

"살인이 나쁜 걸요?"

"아니 그거 말고… 계약하면, 대가로 영혼을 줘야 한다는 거."

모를 건 또 뭔가? 방금 말해주기까지 했는데. 남자는 성의 없이 턱짓했다.

"알고 있단 말이지?… 특이하네."

그 말을 끝으로 악마는 잠시 말을 멈추었다.

"보통 인간들은 잘 알지도 못하고, 알아도 어떻게든 피하려다가 끔찍한 결말을 맞게 된다고 그러던데."

"제가 별종인가 보죠."

남자가 말했다.

"애초에 악마를 불러내려고 마음먹은 주제에, 제 영혼은 순결하길 바라는 게 도둑놈 심보 아닙니까."

말이 끝나기 무섭게, 난데없이 금속이 비틀리는 소리가 났다. 건물 골조가 어떻게 되려나 긴장하던 남자는 이내 그 소리의 정체를 알아챘다.

"그러네."

그것은 악마가 웃는 소리였다.

"네 말이 맞네."

웃음은 녹아내리는 얼음처럼 조금씩 빛깔을 바꾸어가며 계속되다가… 갑자기 억눌리며 끝났다. 남자는 손으로 입을 가린 미소를 상상했다.

"아무튼 그럼, 계약한 거다?"

"그럼요."

"좋아!"

지금까지의 말 중 가장 액면가 그대로 느껴지는 소리였다.

"시원시원해서 마음에 들어!"

악마는 그리고 한숨을 쉬었다… 잘못 들은 게 아닐까 싶을 정도로 눅진한 피로를 담아.

"잠깐 쉬다 올게."

"네?"

"반응이 왜 그래. 내가 너랑 전화통화라도 하는 줄 알아?"

악마가 뜨악하며 말했다.

"너는 그냥 입만 털면 되겠지. 난 근데 여기서부터 네 쪽까지 걸쳤단 말이야."

그런 말을 듣고 뭘 상상할 수 있을까? 공감은커녕 문학적인 비유에 더 가까운…

"힘이 들겠어, 안 들겠어?"

"…들겠죠?"

"좋아."

참 좋을 것도 많다고 남자는 생각했다.

"다짜고짜 끊을 때는 좀 재수 없었는데 다시 봤어. 참, 가기 전에 뭐 하나 읽어줄까?"

악마가 물었다.

"뭘 읽어줘요?"

"쓸모 있는 한 마디!"

그리곤 메모장 따위를 뒤적이는 소리가 새어 나왔다. 남자는 아직 입도 벙긋하지 않았음에도.

"*사소한 부분에 집착하여 걸음을 늦추지 마라. 계속해서 펜을 한 자리에 둔다면, 나올 것은 커다란 잉크 웅덩이밖에 없다.*"

"그게 뭐예요?"

"좋은 말씀이지 뭐야."

악마가 말했다.

"여긴 이런 게 많아."

남자는 의아했지만 이윽고 멋대로 납득했다. 좋은 행동을 하는 사람들에게는 좋은 말이 필요가 없을 테고, 좋은 행동을 하지 않는 사람들에게는 그 반대일 테니.

그러니 지옥에 온갖 종류의 금언, 잠언, 격언들이 산더미처럼 쌓여 있더라도 이상할 것은 없는 셈이다.

"앞으로도 종종 읽어줄게."

"네, 눈물 나게 고맙네요."

"진짜길 바라. 여긴 그게 많이 필요하거든."

선이 휘적거렸다. 인사를 하려는 것 같았다.

"기력 회복하면 다시 올게!"

선은 원래부터 있는 듯 없는 듯 은은해서 사라진다 해도 별로 다를 게 없었다. 그 부재를 느낄 수 있는 감각이란 그래서 빛이 아 닌 소리, 조용해진 귓구멍이었다. 남자는 머릿속 분주한 생각의 물갈퀴로 침묵들 사이 앉을 자리를 만들었다. 진이 빠진 채 주저 앉았다. 일단 하나의 매듭을 지었지만… 뒷맛이 여전히 썼다.

떠들썩하던 분위기가 가라앉자 찾아온 고요는 한층 더 무거웠 다. 남자는 이제 돌아갈 수 없는 어딘가를 떠올렸다. 남은 것은 잿 빛 대기와 얼어붙은 하늘뿐이었다. 먼지 섞인 바람이 그의 마음을 파고들었다.

소환까지만 해도 적잖이 힘들었다. 이제 깔끔하게 소원을 이루 고 끝날 거라고 생각했는데, 되레 더 큰 벽에 부딪혔다. 알 수도 없고 대비할 수도 없던, 왜인지도 모르지만 지옥에 다른 악마가 없다는 우습지도 않은 이유로 일이 어그러졌다. 그는 어금니를 갈며 몸을 일으켰다. 아직 해가 뜨려면 멀었다. 낯선 땅이지만 점차 지리를 익혀가는 중이었다.

남자는 바삐 걸음을 옮겼다.

✳

"잘 잤어?"

어깨가 뻐근했다. 눈을 뜬 남자는 말하는 책을 보았다. 그것도 한두 놈이 아니라 떼로 있었다. 인기 없는 책방이 토해내는 재고 떨이의 한복판에 휘말리기라도 한 것처럼.

"이게 무슨…?"

남자는 눈을 비볐지만 책들은 어디로도 가지 않았다. 그 위를 무언가 떠돌고 있었다. 가느다란 선이었다.

기억이 되살아났다.

"이게 다 뭐예요?"

그는 손끝으로 뻑뻑한 눈두덩을 풀며 물었다.

"뭐긴 뭐야, 참고 서적이지. 나 준비 많이 했다. 혹시 현미경 있어?"

뭐라고 생각하기도 전에 몸이 알아서 고개를 저었다.

"그래? 안타깝네. 오늘의 나는 어제보다 발전했거든! 프랙털 구조라고 들어봤니?"

선이 안 그래도 보잘것없는 자신의 윤곽을 뽐냈다.

"아직 2차원은 아니지만 그렇다고 1차원도 아니지."

"네, 축하드려요…. 얼른 2차원 되시길 빕니다…."

"졸려?"

악마가 물었다.

"계약자가 비몽사몽간이면 나야 좋으니 마음대로 해."

그런 말을 악마가 하면 특별히 더 무서웠다. 그래야 했다. 그런데도 남자는 도무지 긴장을 할 수가 없었다.

"생각을 좀 해봤는데, 보통은 소원을 먼저 밝히고 그걸 이루는 방법을 합의하거든?"

듣자 하니 그래도 준비를 많이 했다는 게 허투루 한 말은 아닌 것 같았다.

"근데 우리는 그 반대로 해야 할 것 같아."

남자는 고개만 끄덕거렸다.

"처음 빌려고 했던 소원은 아예 싹 잊어버려. 그냥 없던 것처럼."

남자는 그 말에도 고개를 끄덕거렸다.

"왜 그렇게 하느냐고 안 물어봐?"

남자는 그 목소리에서 굳이 감출 필요도 없이 묻어나는 궁금증을 읽었다.

"악마 본인이 한 건데—"

긴 하품을 사이에 낀 채 그가 입을 열었다.

"—어련히, 알아서 잘 했겠죠."

"그래? 너무 마음 놓은 거 아니야?"

악마의 목소리는, 전혀 어울리지 않았지만 순진무구하게 들렸다.

"그렇게까지 날 믿어?"

남자는 실핏줄이 일어선 눈으로 그것을 바라봤다. 악마의 눈에는 자신이 어떻게 비칠지, 어떤 표정을 짓고 있을지 알고 싶었다.

"믿는 게 아니라."

금세 찬바람을 맞은 듯 눈이 시렸다.

"여기까지 와서 뭘 또 그래요."

부르트고 굳은살이 박인 손으로 얼굴을 덮고, 남자는 길게 끈 말을 내뱉었다.

"어차피 길든 짧든, 줘야 할 거 주고 끝나는 건데요."

아무리 영혼을 가치 없이 칭하기로서니 '줘야 할 것'이라니. 악마는 그런 생각에 잠겨 잠시 시간을 흘려보내는 것처럼 굴었다.

"…너 이상해."

목소리가 망설였다.

"진짜로."

남자는 아무 말도 하지 않았다.

"인간이라면…, 다른 인간들은 너처럼 말하면 안 된다고."

"고맙네요. 심리 상담까지 해주고."

남자는 잠시 생각에 잠겼다.

"어제 곰곰이 생각해봤는데."

"봤는데?"

"근데 애초에 이걸 왜 물어보죠?"

남자가 불쑥 질문을 되돌렸다.

"그쪽한테 좋은 일 아닌가요?"

그리곤 악마를 삿대질했다.

"영혼 쉽게 주겠다는데…."

"나도 편하게 가면 당장은 좋은데, 악마숭배자 더 없다며."

그거야 이미 둘 사이에 합의된 일의 전제조건이자 공리였다. 남자는 구태여 맞장구치지도 않았다.

"그럼 너 죽고 나서 누가 날 소환하고 영혼을 바치겠어?"

과연. 허술하긴 해도 악마는 악마인 모양이었다.

"받을 거 받더라도 최소한 입문자 끌어들일 만큼 화려한 일은 저질러놓고 가야지."

"그래요?"

남자가 심드렁하게 말했다.

"근데 아무리 생각해봐도, 금 8그램하고 내 소원은 너무 갭이 크던데요."

선, 아니 선과 면 사이의 프랙털 구조에 놓인 무언가가 그런 남자의 주변을 맴돌았다.

"그래서 그냥, 모르겠네요. 반쯤 그냥 포기하게 되네요."

"…원래 소원을?"

악마의 말에 남자가 어깨를 으쓱거렸다.

"그랬구나."

그 말을 끝으로 악마는 입을 다물었다. 할 말을 다 한 남자도 마찬가지였다. 주위가 그렇게 조용해졌다.

"어?"

악마가 침묵을 깨뜨렸다.

"이게 무슨 냄새야?"

냄새? 남자는 숨을 깊게 들이마셨다. 아무것도 없는 빈속을 찬 공기가 채웠다. 그 싸늘함을 물감 삼아 오장육부의 실루엣을 그릴 수도 있었다. 하지만 그게 다였다. 얼어붙은 흙과 무뎌진 칼날 같은 매캐한 탄내는 평소에도 항상 있었다.

"뭐가요?"

"안 나? 너한테서 나는 것 같은데."

"아… 악마는 체취가 없나 보죠?"

남자는 눈살을 찌푸렸다.

"신경 쓰지 마요."

"아니 그런 거 말고."

선으로 된 악마는 가증스럽게도 정말 냄새를 맡듯 킁킁거리는 시늉까지 했다.

"어젠 안 났는데. 정말 모르겠어?"

슬슬 성가셨다. 뒤따른 말까지를 듣자 그러니 짜증이 아니라 천불이 속에서 들끓었다.

"휴, 난다 나―근성 없는 패배주의자의 냄새가!"

남자는 악마를 빤히 바라보았다. 악마도 그러고 있는 것 같았다. 남자는 자신을 바라보는 악마의 뻔뻔하고 자기중심적인 표정을 상상했다. 그리고 두 손을 한데 모았다. 여전히 눈을 마주치고 있을 악마를 향해 천천히, 한 손을 뺐다. 차례로 이마를 짚고 그다음은 명치, 가슴을 가로지르며….

"악! 뭐 하는 거야!"

선이 사인 그래프처럼 일그러졌다.

"아프잖아!"

"그럴 거예요."

남자는 목을 가다듬었다.

"하늘에 계신 우리 아버지…."

"그만, 진짜 그만!"

악마가 절규했다.

"진짜 아파!"

"그러게 왜 쓸데없는 소리를 해요."

악마는 바닥을 나뒹굴고 있었다. 잠깐이지만 연민도 느껴졌다.

"정신이 좀 들어요?"

"넌, 내가 조금만 더 멀쩡했어도 뼈까지 씹어 먹었을 거야…."

"남의 영혼 저당 잡아놓고선 그게 협박이 돼요?"

남자는 문득 자기 입에서 나오는 말이 우스웠다. 꼭 남의 일처럼.

"…하던 얘기나 계속하죠."

선은 천천히 눈높이까지 떠올랐다. 그 상태로 꽤 오래 악마는 숨을 골랐다.

"어디까지 했었지?"

"이름이 거룩히 여김을 받으시…."

"뒤진다, 진짜."

악마가 툴툴거리며 입안에서 말을 굴렸다.

"아! 그렇지. 소원을 없던 것처럼 생각하라고 했지."

잘 기억이 나지 않았지만 그런가 보다, 하고 남자는 납득했다.

"소원이라는 건 결국 수단이거든. 내가 이렇게 되고 싶으니 '이렇게 해주세요!'니까."

목소리가 이어졌다.

"근데 너희는 이걸 자꾸 헷갈려. 그래서 구체적인 방법에 처음부터 생각이 매몰되지. 여기까진 알겠어?"

남자는 애매모호하게 긍정했다. 악마가 작게 한숨 쉬었다. 혹시 지금 그는 악마를, 악마는 그를 서로 어리숙하다고 생각하고 있는 게 아닐까?

"미다스 왕 알지? 그 사람이 원한 게 정말 황금 그 자체겠어?"

아니잖아."

그가 미다스 왕이 누구인지 몰랐더라도 어차피 나왔을 뒷말들 같았다.

"그걸로 부자가 돼서 강한 나라를 만들고 신민들한테 존경받는… 진짜 원했던 건 그런 것들이지. 금은 어디까지나 자기가 고른 임의의 수단이고."

그 차이를 떼어 생각하지 못한 채 소원을 빌었으니 결국 제가 먹고 마실 것들과 끝내는 딸아이까지 금덩이로 만들어버렸다는 소리인가.

"대강 알겠네요."

남자는 이제 좀 더 단호하게 고개를 끄덕이는 법을 배웠다.

"그러면 어디부터 시작해야 하나요?"

"나한테 주어진 힘으로 너희 현실을 얼마나 주무를 수 있는지부터 따져봐야지."

악마가 말했다.

"크면 클수록 네 소원 정하기도 쉬워질 테니까."

그는 그리고 그 대목에서 도저히 참을 수가 없었다.

"8그램으로 뭘…."

"야! 그래도 너무 무시하는 거 아니야?"

악마는 정곡을 찔렸는지 특히 아프게 반응했다.

"그렇게 수치에 집착하니까 너희가 만년 어떤 사상의 노예를 못 벗어나는 거야!"

프랙털의 몸이 씩씩거렸다.

"생각해봐, 그냥 '부자 되게 해주세요!'라고 빌면 당연히 금 8그램이 만들어지고 땡이지. 근데 그만큼의 에너지를 다른 장기적인 플랜에 빌면?"

악마가 열변을 토했다.

"어떤 부자랑 내가 친해지게 해주세요, 아님, 아님 뭐… 아무튼 얼마나 많아, 그런 것들이?"

악마는 자기 스스로도 자기 말이 듣기 싫다는 듯 고개를 내저었다.

"그냥 비유니까 핵심만 알아서 들으라고."

"그러니까, 금 8그램이랑 비슷한 노력으로 달성할 수 있는 다른 목표를 찾으라는 거죠?"

남자는 말을 받아 정리했다.

"똑같은 투입이라도 더 좋은 산출이 나오도록?"

"근데 이게 아까부터 8, 8거리네."

악마는 수치에 집착하고 있었다.

"나 좀 있으면 2차원도 금방 될 거거든?"

그 투덜거림에 벌써부터 익숙해져버릴 것만 같았다….

"물질창조는 원래 까다로운 거라 웬만하면 잘 안 나오거든? 다른 방법 쓰면 더 나아."

"8그램은 그냥 비유한 거예요."

남자가 말했다.

"핵심만 알아서 들으세요."

악마가 입을 다물었다. 침묵의 온도는 유달리 더 냉랭했다.

"…아무튼, 내가 뭘 할 수 있나 봐야 하는데, 완전 백지상태면 곤란해."

그 말투가 조금 사무적으로 변했다.

"청사진 정도는 네가 짜보자."

어딘가에 미리 써 둔 것을 읽는 것 같기도 했다.

"날 부르면서 빌었던 건 잊어버려. 그건 수단이지. 그걸 통해서 이루려던 게 어떤 종류야—권력, 명예, 사랑?"

처음으로 숙고할 가치가 있는 질문이었다.

"사랑에 대해서는 설명이 좀 필요하겠네."

권력과 명예에는 마치 전혀 그런 면이 없다는 것처럼 악마가 말했다.

"일반적으론 인간끼리 갖는 감정이지? 그런데 소원학에서는 좀 달라."

소원학이라니. 남자는 솔직히 그 얼렁뚱땅 튀어나온 악마들의 학문 체계가 더 궁금했다.

"뭐든지 내가 열정적으로 추구하는 거, 남에게 끼치는 영향이나 그 반응이 아니라 진짜 이건 꼭 이뤄야겠다, 나라는 개인에게는 정말 뜻깊은 무언가다, 하는 건 다 사랑이야."

"그래요?"

남자가 답했다.

"그럼 사랑이겠네요. 그 세 가지 중엔."

"그래?"

바로 대답이 돌아오리라곤 기대하지 않았는지 악마가 반색했다.

"사랑이면 쉬운 편이지. 출발이 좋네."

마치 자기가 직접 하나의 계약을 마무리 지어 본 경험이라도 있는 것처럼 그리고 말했다.

"누구한텐 전혀 쓸모없는 것도 다른 누군가한테는 사랑을… 기본적으로 내가 현실에 간섭하는 건 세 종류야."

이야기가 갑자기 저 혼자 훌쩍 앞서 나가려 했다. 그리고 실제로도 그렇게 되었다.

"첫째, 뭘 직접 창조한다. 둘째, 뭘 이동시킨다. 셋째, 뭘 간접적으로 만들게끔 유도한다. 이 중에서 그나마."

"저기."

남자가 말을 끊었다.

"잠깐만 있다가 다시 이야기하면 안 될까요?"

남자는 아랫배를 움켜쥐고 있었다.

"왜 그래?"

악마가 선의 한쪽 끝을 갸우뚱거렸다.

"배 속 문제인가? 채워야 돼, 빼야 돼?"

"…채우는 거요."

"좀 참아."

악마가 시원하게 권했다.

"죽기 전에 못 먹은 밥이 아쉽겠어, 아니면 못 이룬 꿈이 아쉽겠어?"

"조금 있으면 알게 되겠네요."

남자가 쓴웃음을 지었다.

"며칠 동안 눈만 퍼먹었는데."

악마에게도 볼 수 있는 얼굴이 있었다면 그 순간 어떤 표정을 하고 있을지 궁금했다.

"뭐 하느라?"

"소환의식 준비하느라요."

흐음. 그런 짧은 신음을 끝으로, 악마는 더 이상 말이 없었다.

"너 뭐… 먹을 거…."

1차원보단 높고 2차원보단 낮은 선이 두둥실 떠올라 주변을 살폈다.

"어디 있는데, 지금?"

선의 한쪽 끝이 얼굴이고 다른 쪽이 꽁무니라면… 하지만 악마의 물질화는 그런 식으로 되는 일이 아닌 모양이었다.

"여기 있어? 가까운 데?"

"몰라요. 누가 못 가져간 거 있나 찾아봐야죠."

남자는 바닥을 곁눈질했다. 나뒹구는 것은 식품 기업의 로고가 새겨진 간판이었다.

"마트니까 조금은 남아 있을 지도."

"마트? 여기가 마트였어?"

악마가 물었다. 왜인지 놀란 목소리로.

"책에서 보던 것보다 덜 탐욕적으로 생겼네."

그리고 왜인지 이상한 곳에 꽂힌 투로.

"대량생산과 대량소비의 순환을 매개하는 욕망과 자본의 각축장은 어디 있어?"

"한땐 그랬죠… 모든 게 모래성처럼 무너져 내리기 전까진."

남자가 힘겹게 몸을 바로 세웠다.

"그럼 식량 좀 찾으러 갔다 올게요."

남자는 잔해를 붙잡고 일어났다. 낡은 담요를 벗자 사방을 둘러싼 콘크리트의 냉기가 뼈까지 스며들었다. 파스타처럼 꼬불거리는 부러진 철근이 사사건건 길을 막았다. 한 걸음을 뗄 때마다 뱃가죽이 뒤틀리고 발목이 욱신거렸다.

"야, 야!"

악마의 부름에 남자는 안 그래도 힘겨운 걸음을 멈추고 뒤돌았다.

"너 먹을 거 찾다가 쓰러져서 죽어버리는 거야?"

"그럴 수도….

"그럼 난 어떡해?"

"뭘 어떡해요."

남자가 허무하게 웃었다.

"내가 안 죽길 바라야죠."

그는 팔에 힘을 주었다. 그 뼈를 부지깽이처럼 쑤석거려 요동치는 배 속을 달랠 수라도 있을 것처럼.

"그렇다고 여기서 '먹을 거 주세요!' 해서 8그램 소원 써버릴 수도 없잖아요….'

남자가 몸을 돌렸다. 다시 그렇게 발을 옮기려던 찰나 신발코에 뭔가 가벼운 것이 걸렸다. 그대로 힘을 주어 밀어내려 했지만 어째선지 벗어날 수 없었다.

"내가 그렇게 야박하진 않거든."

그는 고개를 내려 발을 휘감은 것의 정체를 보았다.

"뭐 찾는지 가르쳐줘."

거의 보이지 않을 정도로 가느다란 선이었다.

"나도 도와줄게."

그 뒤로 짐짓 달라붙는 으름장.

"그리고 8그램 그거 하지 마라."

탐색이 수월해진 것은 부인할 수 없었다.

남자 혼자서 수색을 마치는 것은 불가능에 가까웠다. 반쯤 무너진 건물을 마음대로 쏘다닐 수도 없을뿐더러 설령 음식이 있다 한들 좁은 틈이나 잔해가 사이를 막고 있을 수도 있었다. 쇠와 돌속을 헤엄치는 악마와 함께라면 그것도 전부 옛말이었다. 남자가 걸머진 부댓자루는 곧 뚱뚱하게 부풀어 즐거운 비명을 지르고 있었다. 악마는 인간이 들어가지도 보지도 못할 곳까지 뒤져 음식을 끌고 나왔다. 토마토 수프부터 말린 과일, 고기, 채소 등 다양한 통조림 음식들이 자루를 가득 채웠다.

그리고 이제는 그것이 문제가 되었다.

"저기요, 과유불급이라는 말 몰라요?"

"너는 그러면 다다익선이라는 말 몰라?"

악마에게 육포를 조금 맛보여준 것이 화근이었다.

"이렇게 맛있는 게 있는데 가만있으라고?"

처음엔 호기심이었다. 남자가 통조림을 허겁지겁 욱여넣는 것을 악마는 조용히 지켜보았다. 그다음으로 찾은 것을 조금 나누어주는 게 어려운 일은 아니었다.

육포 끄트머리에 작은 구멍을 낸 악마는, 이내 재봉기 바늘처럼 엄청난 속도로 고깃덩이를 해치웠다. 그렇게 한 조각을 곧장 해치우더니 남자가 손에 쥔 나머지로 달려들었다. 눈 깜짝할 사이에 어느새 먹음직스러운 육포 한 팩이 영영 되찾을 수 없는 곳으로 떠났다.

"야, 여기도 있다! 자루 끌고 와."

"이제 적당히 좀…."

남자가 보따리에 짓눌려 신음했다.

"이거 다 들고 어떻게 돌아다녀요?"

"누가 너 먹으래? 내가 다 먹을 거야."

악마가 잠시 고민에 빠졌다.

"아까 통조림 복숭아 홀수였지? 남는 거 하나 내 거다."

대거리할 힘도 없었다. 남자는 무심결에 폐허가 된 마트 바깥을 보았다. 저만치 떨어진 풍경 속 어느 쪽으로도 눈 돌릴 수 없이 굳건한 상수로 군림하는 무언가. 지하로 난 거대한 문은 결코 열리지 않았다.

그는 고개를 숙이고 걸음을 옮겼다.

무릎이 시큰거렸다. 다리는 탄력을 잃은 고무공처럼 후들거렸다. 땀에 젖어 머리칼이, 옷가지가 피부에 찰싹 달라붙었다. 거친 숨을 들이고 내뱉을 때마다 목구멍이 난도질당하는 기분이었다.

"야! 껌이 뭐야?"

"씹으면 단물 나오는…."

남자는 툭 튀어나온 경사면에 발이 걸려 휘청거렸다.

"가만 내버려둬도 아무도 안 집어 가요!"

짜증이 확 올라왔다.

"적당히 좀 해요!"

"껌, 사탕, 초콜릿…. 우아! 커피네!"

꽤 많은 음식이 남아 있었다. 건물만 무너진 것이 아니라 일순 이 도시 전체에 파괴가 들이닥친 탓일까.

"이게 진짜 우리 유혹만큼 맛있어?"

남자는 대답 대신 주저앉아 숨을 골랐다. 악마가 잔해 내부를 마구 헤집고 있었다. 이따금 사람 따위는 붉은 얼룩으로 만들어 버릴 덩어리가 떨어져 내렸지만 악마의 예리한 단면에 도리어 제가 쪼개졌다.

"안쪽에 아직 한참 더 있어!"

돌아온 악마는 리본처럼 묶인 몸으로 우르르 음식을 내팽개쳤다. 남자가 온 힘을 다해 끌고 다니던 자루와 비교해도 절대 적지 않은 양이었다.

"빨리 갔다 올 테니까 그 전에 다 싸놔."

"저기, 잠깐만….."

"말리지 마. 나 오늘 이거 다 한 종류씩 먹어볼 거야."

"뭘 악마가 통조림이랑 보존식으로 배를 채워요?"

"배는 못 채워. 아마 계속 이것만 먹으면 굶어 죽겠지."

악마는 그리고 발을 굴렀다.

"억울해!"

적어도 그러려는 것 같았다.

"영혼은 아무 맛도 안 난단 말이야. 나도 이런 거 먹을래!"

"잠깐, 잠깐….."

남자는 벌벌 떨며 숨을 골랐다.

"내가 잘못 접근한 것 같아요."

"뭘?"

그 물음을 무시하고 남자는 생각한 말을 꺼냈다.

"색다른 거 먹고 싶지 않아요?"

"어떤?"

이쪽에서 바라보는 악마에게는 눈이 없었지만, 있었다면 남자의 눈이 멀었을 것이다. 지금 이 순간 그것의 눈은 태양보다 밝게 빛났을 테니까.

"그냥 막 먹는 게 아니라, 요리해서 먹으면 더 맛있다고요. 요리할 줄 알아요?"

선이 좌우로 휘저어졌다. 아무렴 먹는다는 걸 처음 해보는데 그 방법을 알 리가.

"음식 찾아다니는 거 그만두면 내가 만들어줄게요, 요리."

악마는 말없이 고민했다.

남자가 본 중 가장 진지한 모습이었다.

남자는 요리에 일가견이 없었다. 정평 또한 나 있지 않았다. 조리법이 있다 한들 이국의 언어는 아직 그의 눈에 낯설었다. 그래도 도구로 쓸 만한 것을 찾자 그런대로 조리 시늉이라도 낼 수 있는 환경이 되었다.

"이게 다 내 거라고?"

악마는 남자가 어설픈 실력으로 어설픈 도구를 써서 어설프게 요리하는 것을 지켜보았다.

"정말?"

과정이야 어찌 되었든 뭔가를 했으니 결과는 나왔다. 먹음직스럽게 탄 고기는 내부는 질기고 표면은 굵은 모래처럼 서걱거렸다. 야채수프 비슷해질 뻔했던 것은 형체를 잃고 무너진 채소들의 단말마로 변했다. 코끝을 강타하는 매캐한 탄내로 재료들은 울었다. 자칫 알맞게 가열되려 했던 그을음이 원망하듯 강렬한 아우라를 뿜어냈다.

"네… 많이 먹어요."

그래도 새로운 맛이라 좋은지 아니면 입맛이 괴상한지 악마는 열심히 먹었다.

날이 추웠다.

굳이 싸늘한 밤바람이 없어도, 설익은 솜씨로 만들어낸 요리를 얼어붙게 하기엔 충분했다. 허옇게 굳은 딱딱한 기름이 살코기보다 많은 그릇을 보며 남자는 잠깐이지만 미안해졌다.

"천천히 먹어요. 얹혀요."

"얹혀?"

"소화되는 것보다 빨리 음식이 들어오면… 아니다."

남자는 잠시 말을 멈추었다.

"악마인데 상관없겠네요."

그 순간 떠올린 것은 악마도 배설물을 내놓느냐는 물음이었지
만, 식사 자리에 어울리지도 않았고 악마가 듣고 싶어 하지도 않
을 것 같았다. 혀끝을 갈무리하던 남자는 문득 악마가 이쪽을 빤
히 보고 있다고 생각했다.

"더럽게."

모닥불 타는 소리가 말 사이의 간격을 덮혔다.

"대답 안 할 거야."

남자가 대화의 흐름을 읽기까지는 조금 더 걸렸다.

"내 생각, 읽을 수 있어요? 아니 있었어요?"

괴상한 시제였지만 말하고자 하는 바는 전달되었다.

"처음부터 쭉?"

"아니? 조금 전부터."

악마가 입맛을 다셨다.

"점점 여기에 익숙해지고 있다는 거야, 좋은 신호 아니겠어?"

악마가 싱글벙글 웃었다. 그런 것처럼 굴었다.

"이제 금도 8그램보다 훨씬 많이 만들어줄 수 있다고."

"아깐 하지 말라면서요, 8그램."

"야 내가 말하는 거랑 같냐? 원래 팔은 안으로 굽는 거야."

남자는 잠시 생각했다.

"그 말은 이 상황에서 쓰기엔…."

"나도 알아! 적당히 알아들으라고!"

기묘한 연회는 계속되었다.

남자는 산더미처럼 쌓인 식재료를 눈에 띄지 않을 정도까지 줄이려고, 나중에는 주는 대로 넙죽넙죽 받아먹는 선이 신기해 자꾸자꾸 다음 요리를 만들었다. 몇 번은 자기도 못 먹어본 요리를 시도했다. 실패도 했지만 그럭저럭 괜찮은 것도 나왔다. 좀 더 다양한 재료를 넣고 순서도 바꿔가며 은근히 공을 들였다. 평소보다 모닥불이 따뜻했다.

어느 순간 눈치채고 보니 선은 그 자리에 없었다.

"어."

"어?"

널찍한 정사각형이 무게가 없는 것처럼 너울거렸다.

"됐어요."

"뭐가?"

"2차원. 당신."

악마가 우뚝 멈춰 섰다.

"정말?"

악마는 몸을 롤처럼 말아 한쪽 끝과 다른 쪽을 맞댔다. 한 번으로는 모자란 지 이번엔 중간을 꼬아 비튼 뒤 다시 맺었다.

"거봐."

뫼비우스의 악마가 거기 있었다.

"금방 된다고 했지!"

선이 면이 되니 그래도 감정 표현이라고 할 만한 것이 좀 더 다채로워졌다. 악마가 경박하게 펄럭였다.

"이제 진짜 좀 있으면 너 영혼 불살라버리려니까 조심해라."

"이제 3차원 찍으면 제대로 된 모양 되는 거예요?"

남자가 물었다.

"사람같이?"

"3차원은 그냥 물질이야. 결정 혹은 비결정. 그 안에 생명은 없어."

악마가 대답했다.

"너희가 수학적으로 얼마나 우스꽝스러운 모양인지 알아? 네가 생각하는 생명체의 모습을 갖추려거든 4차원까진 꼼짝없이 포괄해야 해."

면은 새로 얻은 몸을 둘둘 말았다. 다시 똑바르게 펴진 몸에는 큼직한 점 둘과 선 하나가 나타났다. 남자는 대화에 익숙하지 않았지만, 그만큼이나 누군가의 표정에도 익숙하지 못했다. 그래서 한참이 지나고 나서야 그것—점 두 개는 눈, 선 하나는 입—이 얼굴인 것을 알았다.

"어때?"

악마는 환하게 웃었다.

"가증스러워요."

"아, 그러셔."

선이 우글쭈글 구겨졌다. 두 개의 점이 한쪽으로 새초롬하게 쏠렸다.

"네가 이쪽으로 건너오면 그런 소린 절대 못 할걸."

"원래는 어떤데요?"

"글쎄."

크레용으로 그린 듯 단순한 점과 선만으로도 그것은 고민하는 표정을 그려냈다.

"우린 너희가 생각하는 대로 빚어지지. 그래서 내 선배들 보면 죄다 유전공학의 실패작같이 생겼잖아."

염소 머리에 인간 몸, 사자의 꼬리, 말의 갈기… 남자도 무슨 소리인지 잘 알았다.

"그게 다 너희 조상 상상력이 빈곤해서 그래. 하늘 위도, 땅 아래도 무서워하던 것들이 그렇겠다만."

"지금 당장은 어떻게 생겼는데요?"

남자가 물었다.

"어쨌든 거기 무슨 모양으로 있긴 할 거 아니에요?"

"난 지금…."

악마가 입을 다물었다. 남자는 평면의 두 눈이 길을 잃은 것처럼 빙글빙글 도망 다니는 것을 보았다.

"모르겠네."

그 둘의 상대적인 위치에 따라 점과 선은 누군가의 얼굴이 되었다가, 의미 없는 추상미술이 되었다가를 반복했다.

"세포라는 물질적 한계에 갇힌 넌 이해하기 힘들겠지만, 그냥 어떻게 생겼어. 적당히, 필요한 만큼."

남자도 악마의 몸이 일반적인 물질일 수 없다는 건 알았다. 생각하는 대로, 마음먹는 대로 변할 수 있는 동물이 그런데 태어나고부터 쭉 혼자였다면, 그건 어떤 모양을 하고 있을까….

"난 지금은 아무것도 아니야. 사실 진정한 의미의 악마도 아니겠지."

점과 선이 알쏭달쏭한 표정으로 늘어섰다.

"너희도 본격적으로 선과 악의 구분이 필요해진 건 모여 살고 나서부터지… 나처럼 아무것도 못 배우고 혼자 남은 악(惡)이, 그러니 어떻게 악이겠어?"

악은 아닌 악마가 그렇게 요약했다.

"그래서 난 아무것도 아니야."

남자는 고개를 숙였다. 첫 만남부터 악마 같지도 않은 악마라고는 생각했지만, 악마 스스로가 그런 말을 할 정도라면 분명 남들이 없는 곳에서는 훨씬 더 많이 힘들어했을, 아니 솔직하게 외로워했을 것이다. 그는 이 싸구려 공감을 표정에 드러내지 않으려 부단히 애썼다.

"넌 처음에도 그렇고 그 얘기 정말 많이 하네."

그러다가 그게 모두 헛수고라는 것을 깨달았다. 악마는 마음을 읽을 수 있으니까.

"내가 외로워 보여?"

"안 외로워요, 그럼?"

"잘 모르겠어."

악마가 대답했다.

"느껴도 너만큼은 아니겠지. 넌 정말 그런 생각 많이 하는구나."

"내 생각은 나만의 것으로 남겨놓고 싶은데요."

남자의 목소리가 갈라졌다.

"그만하면 안 될까요?"

"그런 생각까지 읽혀버리는 이 아이러니함."

악마가 히죽거렸다. 선이 보기 싫게 삐뚤어졌다.

"이런 게 삶의 맛 아닐까?"

남자는 대답을 포기하고 타오르는 모닥불을 보며 마음을 가라앉혔다. 진한 오렌지색 불꽃은 점차 강해지는 새벽빛에 쫓겨 밀

려 점차 사그라졌다. 불 속을 뒤적이며 그는 긴장을 풀었다. 전지
판을 단 것들이 돌아다니기에는 아직 멀었다.

"거기는 어때요?"

남자가 물었다.

"살만해요?"

"부족한 건 없지."

'거기'라는 말만으로 충분할 만큼 자신들 각각의 외로운 세상을
가진 남자가, 그리고 악마가 대답했다.

"처음에는 매일 모험하는 기분이었어."

악마가 봉긋하게 만 입가로 기억을 모았다.

"나중에 글을 익혀서 표지판을 알게 되니까 별로 재미는 없더라."

"할 일 없을 땐 뭘 했어요?"

"상상을 했지."

그랬을 테다. 또 뭐가 있었겠는가?

"여기 이 흔적은 누가 남긴 걸까. 무슨 생각을 했을까. 나와 무
슨 관계가 있었을까, 혹시 내가 태어나는 순간 그 근처에서 울어
줄 사이는 아니었을까."

"울어요?"

남자가 의아하다는 듯 물었다.

"울긴 왜 울어요. 아기가 태어났는데?"

"아무도 스스로의 존재를 선택할 수 없으니까. 우린 너희랑 다
르게 정직하거든."

이상한 소리였지만, 악마는 그것으로 대답을 다 한 듯 굴었다.

"모두가 사라질 때 무얼 했을까. 지금 곁에 있었다면 뭐라고 했

을까. 뭐 그런 걸 상상했지."

"완전 궁상맞은데요."

남자가 혀를 내둘렀다.

"그러고도 안 외로웠다고요?"

"난 내가 역사상 가장 사랑받은 악마라고 생각해."

악마의 간단한 표정은 거짓말을 담기에는 너무 얕았다.

"어딜 가나 날 생각해주는 마음이 잔뜩 묻어났는걸. 그 모든 방이랑 물건들… 하다못해 어디 구석의 아무도 못 본 낙서에도 날 위한 이야기가 깃들어 있었는데."

악마는 남자가 고개를 갸웃거리는 것을 보았다. 굳이 생각을 읽지 않더라도 조금 전의 말을 이해하려 노력하는 것을 알 수 있었다.

"물론 엄밀히 말하면 그 선배들은 날 몰라. 지금 내가 쓰고 걸치는 모든 게 원래는 남의 거고."

남자는 악마가 없는 말주변을 쥐어짜는 것을 느꼈다. 혼자서 하던 생각에 그치던 것을 누군가에게 전하기 위한 말로 변환하는 것이 쉬울 리 없을 테다.

"그렇다고 거기에 아무 의미도 없는 건 아니지… 내가 아까 그랬잖아, 사랑은 아무거나 될 수 있다고."

남자는 평면의 얼굴이 한쪽으로 쏠려 기억을 되새기는 것을 보았다.

"너희는 그걸 가볍다고 생각하지만 그렇다고 무가치하다는 말은 아니지. 물건은 그걸 쓸 사람에 대한 사랑으로, 음식은 그걸 먹을 사람에 대한 사랑으로…."

악마가 더듬거리며 말을 이었다.

68

"결국 내가 쓰는 모든 것들은, 날 모르지만 사랑하는 누군가가 만들어준 거야."

남자는 묘한 표정으로 눈썹을 찡그렸다.

"그래서 내가 안 외로운 거고."

그의 머릿속을 질주하는 생각들이 풀기 곤란한 매듭을 지었다. 악마는 그가 자신의 말을 알아들었다고 생각할까? 남자 스스로도 알지 못하는 것을 어찌 확신할 수 있을까.

"그래, 이번엔 나도 좀 물어보자."

그걸 계속 붙잡고 있기보다는 새로운 주제로 넘어가고 싶다고 아무래도 악마는 생각한 모양이었다.

"너희는 어떻게 된 거야?"

"뭐가요?"

악마는 팔을 휘두르는 대신 사각형을 빙 돌렸다.

"이 모든 거 말이야."

어두웠지만 사방이 설원이었다. 눈밭에 반사된 미묘한 붉은빛이 바깥을 밝혔다. 한때 밤늦도록 빛났을 마천루들이 초라한 폐허가 되어 무너져 내렸다. 소리마저 얼어붙은 흙에서는 아무것도 자라지 못했다. 아무리 파내려가도 재와 뒤섞여 시커멓게 변한 지층뿐이 나오지 않았다. 풀 한 포기 남기지 못하고 사멸한 생명의 부재를 스멀스멀 뻗는 악취와 돌과 철로 된 묘비들이 덧칠했다.

"왜 어딜 가나 회색 아니면 하얀색이야?"

악마의 눈코입이 물음표 모양으로 늘어섰다.

"혹시 극지방이야?"

"전쟁이죠, 뭐."

남자는 자신의 말이 심드렁하게 들린다고 생각했다.

"큰놈이랑 다른 큰놈이랑 대판 싸우고, 양쪽 울타리 안에 있던 사람들은 팔다리가 잘리고, 가족을 잃고…."

남자가 코를 훌쩍였다.

"멍청한 늙다리들 가슴에 쇠붙이 몇 개 더 달리고…. 특별한 이야기는 아니에요."

"그래? 너무 상심하진 마."

악마가 쾌활하게 말했다.

"너희는 원래 그러니까."

그게 위로인 걸까. 남자는 진심으로 궁금했다.

"사실 내가 태어나기 전에도 전쟁이 있었을지 모르지. 선배들이 이겼는지, 졌는지…."

악마의 눈코입이 제자리로 돌아갔다. 그리곤 시계추처럼 똑바른 진자운동을 시작했다.

"이겼겠지. 그렇지? 그럼 이겨서 다 이사 갔나? 알을 하나 빠뜨리고… 어디로 갔을까?"

침묵이 길어졌다. 남자는 악마가 자신이 대답할 때까지 기다리는 건지 궁금해졌다.

"아무튼, 뭐 그런 놈들은 어디에나 있겠지. 굳이 너희가 아니더라도."

"그런 놈이요?"

"늙다리들 말이야. 너가 말한."

악마가 말했다.

"큰놈이랑 다른 큰놈이 싸우도록 만든. 그리고 어쩌면…."

빤히 자신을 바라보는, 높낮이라곤 전혀 없는 얼굴은 묘한 위화감을 불러일으켰다.

"너도 그중 하나일지도."

숨이 턱 막혔다.

"난 달라요."

남자가 떨리는 목소리로 말했다.

"전쟁을 일으킨 놈들과."

"알아. 그냥 해본 말이야."

맥 빠지도록 감흥 없이, 악마가 말했다.

"아무튼 사정이 그러면, 악마숭배자가 없어졌다는 게 놀랍지도 않네."

정사각형이 그럼 그렇지, 하는 표정으로 바뀌었다.

"큰 역사적 흐름에 한 번 시동이 걸리면 우린 힘을 못 쓰거든. 책에서 읽은 거지만."

"그래요?"

남자는 아직도 두근거리는 가슴을 진정시키려 했다.

"그게 가능하면 선배들이 왜 이곳의 종교와 문화의 그늘에 숨고 그 안의 이름들을 입었겠어? 진작 너희를 흑요석 채찍으로 길들였겠지."

맞는 말 같았다.

"너희는 정신만 위대한 줄 알지만 물질도 그만큼 위대해. 우리에겐 없는 물질 역사의 흐름으로 너희가 한번 손발을 맞추기 시작하면, 별로 재미없지."

"그건 몰랐네요."

"예전에, 그때가 너희 이름으로는 두 번째 대전쟁 때였어."

악마는 말하는 내내 시선을 엉뚱한 곳으로 좁혔다.

"마법사들이 자기들 나라를 구해달라고 어느 선배를 불러냈지."

아마 직접 들은 것이 아니라 책으로 본 까닭일 테다. 예전에 어느 악마가 이런 계약을 달성했노라, 라고.

"선배도 열심히 노력했지만, 적국의 공세를 추운 나라로 돌리는 게 최선이었다나 봐."

"신기하네요. 보통은 그 반대로 생각하는데."

남자가 말했다.

"악마들이 인간 사회를 조종해 전쟁을 일으키고, 전염병을 퍼뜨리고, 온갖 나쁜 짓을 다 하잖아요?"

"어느 정도는 그게 맞긴 해."

악마의 표정이 아주 이상한 모양으로 일그러졌다. 남자는 그것이 평면이 모사할 수 있는 최대한 복잡한 감정이라고 생각했다.

"고통 받지 않는 사람은 우리를 찾지 않지. 하지만 너희 생각만큼 적극적이진 않아. 가축을 막 학대하면 우유랑 달걀이 제대로 나오겠어?"

남자는 악마의 표정이 순간 흔들리는 것을 보았다.

"너희가 가축이라는… 말은 아니야."

그러기엔 너무 똑 떨어지는 문장이었지만, 일단은 아닌 걸로 하자고 남자는 생각했다.

"그냥 비유니까, 나쁘게 듣지 마."

"괜찮아요."

혼자 남은 악마와, (일단은) 혼자 남은 사람 사이에 그 정도 말도 못 오가서야 되겠는가. 남자는 생각했다.

"그렇지? 그리고 제일 뻔뻔한 생각은 그거야—"

빠르게 자신감을 회복한 악마가 말을 이었다.

"—악이 우리의 전유물이라는 거. 정말 그럴까?"

그렇게 급작스럽게 따라붙는 질문은 그리고 언제나 수사학적으로만 의미가 있었다. 말하자면 대답을 기다리지 않는.

"너희는 악이 우리 이전에는 없었다고, 우리의 영역 바깥에는 없다고 믿는 거야? 정말 그럴까?"

같은 연유로 남자는 두 번째 질문에도 대답하지 않았다.

"자기가 지옥에 갈 거라고 믿었다면 테러범들은 자폭 조끼의 격발 스위치를 왜 눌렀을까? 묘지에 복작거리는 군인들은 자기들이 악마의 뜻을 관철하는 게 자랑스러워 목숨을 바친 거야?"

열변을 토하는 정사각형을 남자는 물끄러미 바라보았다.

"우리는 불신을 조장하지. 하지만 더 무서운 건 돌아보지 않는 믿음이야."

악마가 말을 이었다.

"모든 걸 우리 탓으로 돌려도 된다고 누가 그러지? 그런 무책임하고 편리한 말을 더 경계해야 맞는 게 아닐까?…"

✳

어느새 스산한 햇빛이 둘의 등을 두드렸다. 대화가 꼬박 달이 저물도록 계속된 탓이었다.

"하루가 지나가네."

정사각형의 편평한 얼굴이 바깥을 곁눈질했다.

"볼 때마다 참 으스스하단 말이야."

"아직도 낮에는 못 돌아다녀요?"

백문이 불여일견. 악마는 창가로 다가가 아침햇살을 정면으로 받았다. 기름 끓는 소리가 났다. 다시 남자에게 몸을 돌린 그것은 식중독 걸린 맨홀 뚜껑 같은 표정을 짓고 있었다.

"응."

헝클어진 사각형에선 매캐한 연기가 뭉게뭉게 올라왔다.

"안 되겠다."

"…괜찮아요?"

"응, 완전 괜찮아."

악마는 빈정거리고 있었다. 표정이 무너진 덕에 그 아이러니가 더욱 돋보였다.

"비록 목청이 터지도록 비명을 지르고 싶지만, 너의 그 고귀한 호기심을 충족할 수만 있다면 난 행복해."

"마음씨가 참 숭고하시네요."

남자가 슬쩍 두 손을 모았다.

"기도라도 한 구절?"

"농담으로라도 그런 말 하지 마."

안 그래도 상처 입은 정사각형이 부르르 떨었다.

"아무튼 얌전히 달 뜰 때까지 기다려, 다시 올 테니까. 아, 숙제 내줄 거야."

숙제? 어리둥절했지만 이내 수다나 떨려고 악마를 소환한 게 아니라는 데 생각이 미쳤다.

"현실 간섭 종류 세 가지. 첫째, 내가 직접 만든다. 둘째, 이동 시킨다. 셋째, 네가 뭘 간접적으로 만들게끔 한다. 알았어?"

악마가 말했다.

"이 중에 어느 게 네 목표에 가장 가까운지 잘 생각해봐. 소원 이 아니라 목표!"

남자가 고개를 끄덕였다. 그때 발에 뭔가 걸렸다.

"내일은 진짜 한눈파는 거 없이…."

고개를 숙이자 정수리가 훤히 따인 수프 깡통이 나뒹굴었다. 남은 내용물이 흘러나와 신발코를 더럽혔다.

"아, 미안해요."

남자는 깡통을 차 멀리 날려 보냈다.

"말하던 도중에."

두 점과 한 선으로 된 얼굴은 그러나 여전히 집중력을 잃지 않고 있었다.

저만치 날아간 수프 깡통을 향해.

"저기요."

"응?"

악마는 아예 그를 등지고 깡통을 바라보았다.

"한눈은 안 팔 거지만…."

악마가 웅얼거렸다.

"그래도 요리를 좀 해야겠지… 너도 먹어야 하니까."

안 그래? 하고 묻는 것처럼 주어진 침묵에 남자는 뜨뜻미지근하게 맞장구쳤다.

"혹시 뭐, 좀 남을 것 같으면…."

"요리해놓을게요."

그는 두 손을 펼쳐 들었다.

"할 거니까 그만 돌아가요."

바깥은 어느새 그림자가 질 만큼이나 환해져 있었다.

"타죽기 전에."

"그, 그래. 난 달라고 안 했다?"

누구도 속일 수 없을 것 같은 목소리로 정사각형이 말했다.

"네가 준다고 한 거다?"

요리를 한다고 했지 준다고는 하지 않았음에도, 어쨌든 악마는 싱글벙글 현실과의 연결을 흐리게 만들었다.

"아, 오늘도 한마디 해줄게."

평면의 얼굴이 다시 또렷해졌다.

"악마와의 계약을 심각하게 생각할 필요는 없다. 어차피 살아서는 벗어날 수 없으니."

악담인지 명언인지 모를 말을 끝으로 악마는 그렇게 자취를 감췄다. 남자는 초자연현상과는 어울리지 않게 세속적으로 흩날리는 먼지에서 눈을 돌렸다. 해가 따가웠다. 남자의 심장이 조급하게 두근거렸다. 시간을 많이 빼앗긴 것은 악마만이 아니었다. 기침이 나왔다. 잔뜩 곤두선 머릿속이 아찔했다. 코끝이 근질거리고 목구멍이 쓰렸다. 문득 식은땀에 젖은 채 자루를 끌고 종일 돌아다니던 것이 떠올랐다.

기분이 싸했다.

해가 질 무렵의 하늘이 언제나 아름다울 수는 없었다. 다만 남자가 황무지를 떠돌게 된 이후로는 환상적이라고밖에 표현할 수 없는 풍경이 매일 펼쳐졌다. 흐드러진 대기권을 산란하는 빛은 두꺼운 유화 못지않게 화려한 석양을 빚었다. 고풍스러운 연보라부터 정열적인 진홍에 이르기까지, 복잡다단한 기름띠가 차츰 밤으로 젖어드는 모습은 아무리 봐도 질리지 않았다. 응달에 쥐 죽은 듯 몸을 숨기고 있던 남자는 땅거미가 깔리자 본격적으로 행동을 개시했다.

"이봐요!"

무정한 광학렌즈가 그의 일거수일투족을 좇고 있었다. 렌즈 속 남자의 모습이 점점 커졌다.

"열어줘요!"

남자는 거대한 문짝에 다가갔다. 카메라들이 코앞의 그를 향해 초점을 조절하는 것이 보였다.

"열어달라니까!"

대답이 없었다. 익숙한 일이었다. 그는 손에 든 것으로 문을 마구 내리쳤다. 오래전 주인을 잃은 기계 팔은 가볍고 튼튼해 그런 용도로 쓰기에 제격이었다. 퉁, 꽝, 깡, 픽, 딱! 메아리가 몸을 비틀며 퍼져나갔다.

"안에 있는 거 알아요! 열어줘요!"

금속과 금속이 부딪치며 뾰족한 불똥이 튀었다. 쇠락한 폐허 구석구석으로 그 요란한 메아리가 울려 퍼졌다. 사실상 영원한 어둠이 내림에 따라 생명을 잃은 기계 팔의 주인들과 한때 그들을 이용해 죽이고 죽임을 당했던 산 것들은 이제 고운 잿더미가 되어 사이좋게 썩어가고 있었다.

"열어… 열어주세요!"

남자는 팔에 힘을 주었다. 지금까진 안 그랬던 것처럼.

"난 인간이라고요! 지금 돌아다니는 거 보면 몰라?"

카메라는 묵묵부답이었다. 남자는 땀에 젖은 머리칼을 훔쳤다.

"내가 여기까지 어떻게 왔는데!"

주워 든 기계 팔을 허우적대자 렌즈 안쪽의 조리개가 움찔거리는 것이 그대로 보였다. 분명히 작동하고 있다. 그리고 너머에는 화면을 분석하는 산 사람도 있을 것이다. 있을 수밖에 없었다. 머리에서 김이 모락모락 올라왔다. 그는 걸쭉한 침을 뱉고 자세를 다잡았다. 손가락이 조여들며 기계 팔을 단단히 움켜쥐었다. 남자는 그나마 몸을 추스르던 것을 잊고 아예 주먹이 어깻죽지에 닿도록 있는 힘껏 팔을 휘둘렀다.

어깨가 으스러지는 것처럼 아프더니 난데없이 머릿속에서 산사태가 났다. 시야가 점차 흐려지더니 이내 조각조각 나뉘어 어떤 흐름에, 따라잡기에는 너무 빠른 자극에 벌러덩 넘어가버렸다. 남자는 새하얘진 눈앞을 가까스로 떨쳐냈다. 문에 작은 자국이 남아있었다. 몸이 덜덜 떨렸다. 제 텅 빈 손아귀에서는 역한 비린내가 났다. 팔에 실은 충격이 고스란히 튕겨 나온 것이었다.

기계 팔은 끝 부분이 흙에 깊숙이 박혀 있었다. 남자는 그것을 땅에서 뽑았다. 그리고 다시 휘둘렀다. 문이 재차 그를 비웃듯 충격을 튕겨냈다. 언제가 될진 몰랐지만 남자도 그 끝을 알았다. 뭔가 꺾이거나 부서져야만 끝날 일이었다. 그것이 굳게 닫힌 문이 되든가, 손에 들린 물건이 되든가, 아니면 그의 의지가 되어야만 했다. 그리고 이제껏 단 한 번도 마지막 것을 제외한 나머지 둘이 순순히 포기해준 적은 없었다.

얼마나 지났을까.

남자는 팔을 내렸다. 그러나 손아귀에서 힘이 빠지지 않았다. 기계 팔이 그의 일부가 된 것 같았다. 귓가에는 아직 메아리가 선연했다. 남자는 다른 손을 우악스럽게 밀어붙여 죽은 벌레처럼 옹송그려진 손가락을 하나씩 펴야 했다. 그런 우스꽝스러운 몸부림 끝에 기계 팔이 땅에 나동그라졌다. 문 주변에는 그것과 비슷한 크기의 잡동사니들이 널려 있었다. 웅어리진 남자의 몸이 애원하듯 떨렸다. 은신처로 걸음을 옮기면서도 땀방울은 멎지 않았다.

시커멓게 죽은 흙은 조금의 물기도 받아들이지 못했다. 눈물처럼 점점이 벌어진 웅덩이가 그의 흔적으로 남았다. 얼음 냄새가 나는 바람이 그의 배 속까지를 할퀴었다.

악마의 눈에 가장 먼저 들어온 것은 담요 위에 널브러진 남자였다. 팔다리가 각자 도망칠 생각이라도 하는 듯 중구난방으로 뻗어 있었다.

그보다 더 중요한 것은 근처에서 음식 냄새가 나지 않는다는 것이었다.

"야. 일어나."

2차원의 얼굴은 실망을 감추기에는 너무 얕았다.

"왜…, 어요?"

"뭔 일 있어?"

남자의 숨소리가 고문당하듯 띄엄띄엄 새어 나왔다.

"생각, 읽을 수, 있다면서….""

"너가 하지 말라며?"

그가 두 눈을 떴다. 안구는 거의 분홍색으로 물들어 있었다. 눈꺼풀이 헐떡이듯 감기고 뜨이길 반복했다.

"읽을까?"

"아뇨… 잠깐만요."

남자가 헛기침하며 눈썹을 찡그렸다. 그것으로 부연 시야를 씻어내렸다.

"정신 좀 차리고."

그는 생전 처음 몸을 일으키는 사람처럼 서서히 일어났다. 그리고 구부러진 등을 느리게 펴고 앉았다.

"그냥, 볼 일이 좀 있었어요."

그가 쿨럭거리며 말했다.

"요리는 나중에 시간 나면 해줄게요."

"잘됐네…. 아니, 요리 얘기가 아니라!"

악마가 기가 막힌다는 듯 평평한 한숨을 쉬었다.

"숙제는 했어?"

남자가 벌게진 눈을 끔뻑거렸다.

"어느 방법이 맞을지 생각해놓으라고 했잖아, 소원 말고 목표!"

"그거요…."

남자가 느리게 말했다.

"그 전에 질문 하나 해도 되나요?"

"내가 안 된다고 하면 안 할…."

"무기를 만든다고 하면. 어디까지 만들 수 있어요?"

남자는 마치 어린아이처럼 총을 쏘는 시늉을 했다.

"사람 죽이는 무기 있잖아요."

피융, 피융! 그런 후줄근한 소리가 그의 입에서 새어 나왔다.

"막 문도 부수고 벽도 뚫는, 그런 거로 만들 수 있어요?"

악마는 투덜대면서도 생각을 정리했다. 그러나 숙고를 마치고 돌아온 대답은 그가 원하던 내용이 아니었다.

"그래요… 괜히 물어봤네요."

남자는 마른 입술을 마찬가지로 마른 혀로 핥았다.

"하려던 말이나 계속하죠. 목표를 바로 소원으로 빌면 어때요?"

"그게 무슨 소리야?"

악마의 표정이 둘이 처음 만난 날의 남자처럼 변했다.

"말 그대로, 추상적인 목표를 곧이곧대로 소원으로 비는 거죠."

깊은 혼란을 나타내기에 점 두 개에 선 하나는 너무 적었다.

"이를테면…."

남자가 생각에 잠겼다.

"내 소원은요, 전부 끝나는 거예요."

그것으로도 모자란지 말을 이었다.

"이것저것 전부, 다 싹."

악마의 평평한 얼굴을 그는 뚫어지라 노려보았다.

"가능할까요?"

"가능은 하지. 그렇지만…."

악마가 망설였다.

"그런 건 애초부터 논외였어."

남자가 히죽거리기 시작했다.

"네가 그런 소원을 빌지 않을 만큼은, 어…."

"약았을 거라고 생각해서요?"

남자가 아예 웃음을 터뜨리자 정사각형의 표정은 한층 더 알 수 없게 변했다.

"나도 알아요. 이런 소원을 빌면 어떻게 되는지—계약은 항상 그런 식이죠."

남자는 악마숭배의 길을 택하며 접한 수도 없이 많은 이야기들을 곱씹었다.

"행복해지게 해달라고 하면, 뭐든지 행복해하는 정신병에 걸리게 하죠. 영원히 살게 해달라고 하면 죽느니만 못한 삶을 주고요."

뭐든지 끝났으면 좋겠다. 라는 소원은 그렇기에 어리석은 계약자 한 명을 죽이는 것으로 귀결될 터였다. 그가 '끝나는' 순간 그가 느끼는 모든 것도 함께 끝나므로.

"갑자기 왜 이래?"

악마가 말했다.

"네가 원래 이상한 건 알지만. 아까부터 더 이상하게 구네."

농담처럼 들리는 농담이 아닌 말에 남자는 입가를 둥글게 비틀었다.

"그런 소원을 내가 진짜, 이뤄주면 어떡하려고 그래?"

"그럴 수도 있는 걸 아니까 이렇게 말하는 건데요."

"너 진짜 왜 그래?"

악마가 2차원의 몸뚱어리를 갈팡질팡 움직였다.

"뭐가 문젠데?"

"일단 한 가지만…."

날 선 기침이 뒷말을 끊었다. 남자는 몸을 비틀며 그 고통을 견뎠다. 서릿발이 그대로 목구멍을 할퀴는 기분이었다. 입안에 비릿한 뒷맛이 남을 정도로 기침은 길었다.

"뭐야, 아픈 거였어?"

악마가 명쾌하게 말했다. 무언가 해결되기라도 한 것처럼.

"감기 바이러스 걸렸구나! 어쩐지 헛소리를 하더라니?"

악마는 그때야 남자의 얼굴이 상기된 것을 보았다. 앉은 자리는 땀으로 축축했다.

"괜찮아. 원래 너희는 조금만 데워져도 미치니까."

남자는 머리를 숙인 채 조는 건지, 고개를 주억거리는 건지 모를 몸짓을 했다.

"지금 제정신이 아니라서 그래."

악마가 그에게서 멀어지며 말했다.

"오늘은 그냥 쉬자. 나중에 올게."

"가지 마세요."

남자가 입을 열었다.

"가지 마세요."

그리고 그보다 더 분명할 수 없게 강조했다.

"감기 걸린 건 맞는데, 난 지금 태어나서 제일 제정신이니까."

그는 이윽고 누군가 모가지를 잡아당기듯 일어섰다. 정사각형이 조금 뒤로 물러섰다. 자신의 표정을 알 수 없는 모양을 한 채로.

"잠깐만 따라올래요?"

도착한 곳에는 커다란 문이 있었다.

"안에 뭐가 있어?"

악마의 말에 대답하는 대신 남자는 문에 난 작은 자국들을 어루만졌다. 도색이 벗겨진 자리들을 잇자 휘둘러진 기계 팔의 궤적이 별자리처럼 떠올랐다.

"문이 이 정도로 크면, 혹시 음식이 잔뜩 있으려나?"

남자는 악마가 금속의 바다를 제멋대로 휘적도록 내버려두었다. 얼마 못 가 저지될 것이 뻔한… 아니나 다를까 돌연 밝은 불똥과 함께 사각형이 튀어나왔다. 내쫓겼다.

"이, 이게 뭐야!"

높이라곤 없는 단면이 꽁꽁 언 흙바닥을 나뒹굴었다. 문은 시치미를 떼듯 아무런 변화가 없었다.

"어떻게 날 막는 거지?"

"축성* 받았을 거예요."

남자가 무덤덤하게 말했다.

"그게 아니라도 방법이야 많겠죠."

"안에 뭐가 있길래?"

"많은 게 있죠. 근데 방금 생각났어요."

남자가 말했다.

"현실 간섭 방법 세 가지, 직접 만들어내는 것 말고 나머지 두 개가 뭐였죠?"

"둘째, 뭘 이동시킨다ㅡ"

악마가 순순히 대답했다.

"ㅡ셋째, 뭘 간접적으로 만들게끔 한다."

"그래요."

남자가 고개를 끄덕였다.

"나머지 두 방법으로 무기를 만들면 어때요?"

"왜 아까부터 무기 타령이야?"

악마가 얼굴을 갸웃거렸다.

"나 없는 동안 누구한테 두들겨 맞았어?"

두 점들이 힐끔, 남자의 얼굴에 장난스레 들러붙었다가 떨어졌다.

"어차피 차이도 안 나는…."

"그런 건 됐으니까."

---

* 사람이나 물건을 신에게 봉헌하여 거룩하게 함

남자가 말을 끊었다.

"대답이나 해요."

"…이동시키는 건 질량이랑 부피 문제야."

악마는 오래, 아주 오래 뜸을 들이고 나서 대답했다.

"작고 가볍고 복잡한 무기는 쉽게 옮겨도 크고 단순한 무기는 힘들어. 간접적으로 만드는 건…."

남자는 직감적으로 그 말줄임표 너머에 자신이 찾는 답이 있으리라 알았다.

"비유하자면, 누군가한테 물건이 아니라 설계도 속 지식들을 내려주는 거지. 재료만 있으면 만들 수 있게."

"수소폭탄은 어때요?"

그가 물었다.

"그런 거 제작법도 알 수 있어요?"

"가능하긴 한데… 그게 왜 필요해?"

악마가 갈수록 알 수 없는 표정을 지었다. 그러나 악마가 보기에는 남자의 얼굴이 더욱 그랬다.

"이 너머에 뭐가 있길래 그래?"

남자가 문을 톡톡 두드렸다. 그러면서 전혀 엉뚱한 곳을 바라보았다.

"여긴 대피소예요."

악마는 그의 시선을 따라간 끝에 살아 있는 카메라를 발견했다.

"그리고 저 안에는 지금, 재앙을 모면한 사람들이 있고요."

그가 손짓하자 카메라가 미세하게 초점을 조정했다.

"지금 저걸로 우리를 보고 있겠네요."

"쟤넨 날 보지 못해."

악마가 말했다.

"특수한 처리가 없으면… 아!"

점 두 개와 선 하나로 표현할 수 있는 제일 눈부신 깨달음의 표상이 그 순간 발명되었다.

"바보야, 뭐 하러 이걸 다 날려버려?"

"네?"

눈살을 찌푸린 남자에게 악마는 붙임성 좋은 아줌마 같은 말투로 입을 열었다.

"너가 원하는 게 이걸 부수는 거야? 아니잖아!"

악마가 같이 문을 두드리다가 부리나케 몸을 뺐다. 마치 조금 전의 불상사가 반복될까 저어하는 것처럼.

"안의 사람들을 만나고 싶은 거지?"

남자는 그런 말을 하는 사각형을 빤히 바라보았다.

"저 문 관리하는 사람의 마음을 조종한다든가, 네 목소리만 저 안으로 전달해서 설득하거나…. 그러면 되잖아."

남자는 대답하지 않았다.

"안 그래?"

남자는 아무 말도 하지 않았다.

"폭탄 같은 걸 쓰면 안에 있는 사람들이 다칠 것 아냐."

그 말이 떨어진 뒤에야, 남자는 무언가 알았다는 듯 눈을 크게 떴다.

"그럼 일단 내가 할 수 있는 건… 아! 저 안의 한 명을 네 앞으로 데려오는 건 어때?"

악마가 계속해서 재잘거렸다.

"그 사람을 시작으로 해서 네가 이제 악마 숭배를 퍼뜨리면 되겠어, 그렇지? 이런 걸 두고, 에…."

그리고 참으로 오랜만에 악마가 곁에 놓은 무언가를 뒤적이는 소리가 났다.

"돌 하나로 새 두 마리를"

"나 아직."

남자의 말이 돌부리처럼 튀어나왔다. 악마의 목소리를 그렇게 두동강냈다.

"아무 소원도 안 말했는데요."

"응? 아, 그렇지."

악마가 즐겁게 말했다.

"뭐든지 분명하게 해둬야지."

"무기가 필요해요."

새로울 것도 없는 말이었다. 그러나 남자는 악마가 끼어들 틈을 주지 않았다.

"저 문을 부숴 열고, 바퀴벌레처럼 드글드글 기어나올 사람들을 모조리 쏴 죽일 수 있을 만큼 강력하고 오래 가는 걸로요."

악마가 우뚝 공중에서 움직임을 멈췄다. 남자가 물끄러미 그것을 올려다보았다.

그 상태로 아주 오랜 침묵이 흘렀다.

"내 소원을 정확히 뭐라고 생각했는지는 모르겠지만."

남자가 소리 내 웃었다.

"나랑 다른 생각을 했다는 건 알겠네요."

"죽인다고? 누굴?"

악마의 두 점으로 된 눈은 더 커질 수 없었다. 대신 선이었던 입이 쩍 벌어졌다.

"왜?"

"모르겠네요. 누군가는 책임을 져야 하니까?"

"그게 무슨 소리야?"

악마는 자신이 얼마나 더 그 말을 반복해야 할지 모르는 것처럼 굴었다.

"외롭다며, 힘들다며?"

남자는 악마에게서 눈을 떼지 않았다.

"다른 사람들을 만나려는 거 아니었어? 전쟁을 피해 도망간 사람들이잖아?"

두 점과 한 선의 표정이 저들끼리 춤을 추듯 우왕좌왕 움직였다.

"너랑 똑같이."

"어제 뭐라고 했었죠?"

남자는 물론 다 기억하고 있었다. 손가락까지 꼽으며 이윽고 말을 이었다.

"사랑은 어디에나 있을 수 있고, 악은 악마만의 전유물이 아니라고… 맞는 말이라고 생각해요."

남자가 과장된 투로 손뼉을 쳤다. 그 하잘것없는 움직임을 따라서도 카메라들은 반응했다.

"사랑만큼이나 악의도 아무데나, 누구에게나 깃들 수 있는 거 아니겠어요? 난 처음부터 이러려고 당신을 불렀어요."

평평한 얼굴이 빤히 그를 바라보았다.

"세상이 망했는데 내가 여기서 뭘 하고 있겠어요?"

남자가 소리쳤다.

"글자도 못 읽는 남의 나라에서, 폐허에서 산책이라도 하고 있었겠어요?"

키들거리는 남자의 입에서 부연 김이 쏟아졌다.

"이 나라에서 전쟁을 시작한 놈들, 그렇게 내 모든 걸 빼앗아가고도 자기들은 뻔뻔하게 살아있는 놈들, 그런 놈들을 다 죽여버리려고 했어요."

그가 악마에게 한 발짝 다가섰다.

"왜 포기하려고 했는지 알겠죠? 금 8그램 소리를 들었을 때."

분하다는 듯 발꿈치에 힘을 실어 땅을 자근자근 짓밟는 그 걸음.

"말도 안 되잖아요? 수소폭탄을 물 쓰듯 터뜨려도 모자랄… 하지만 당신 말을 듣고 더 좋은 방법이 떠올랐어요."

남자가 문을 바라보았다. 세상이 시작되기도 전부터 그 모양을 한 채 뭇사람들을 깔보았을 그 당당한 만듦새.

"당신 말마따나, 난 이 사람들을 그냥 죽이고 싶은 게 아니에요."

그것은 그 모양 그대로 꿈쩍도 하지 않았다.

"이 문 너머 사람들을 한 놈 한 놈 끌어내서 물어보고 싶었어."

적어도 아직은.

"전쟁이 일어나기 전에, 일어나고 나선 어디서 뭘 했는지… 아니면 뭘 안 했는지. 어떤 변명도 자기합리화도 못 하도록, 똑바로 눈을 맞추고."

카메라들이 남자의 걸음을 좇아 고개를 돌렸다.

"결국은 다 죽일 거지만."

"그건…"

악마가 입을 열었지만 남자는 아직 말을 끝낼 마음이 없었다.

"그렇게 전부 죽이면 그 피를 바쳐 다시 계약을 맺고, 또 다른 대피소를 찾아야겠죠."

"하지만 그건…."

"그걸 계속 반복하다가 더 이상 다른 생존자도, 대피소도 안 남은 게 확실해지면—"

남자가 길게 한숨을 쉬었다.

"—그때 내 영혼을 가져가면 되겠죠."

"여긴 대피소잖아!"

악마가 참지 못하고 내뱉었다.

"아무나, 진짜 아무것도 아닌 사람들도 있을 텐데, 그런 말도 안 되는 이유로…."

높이가 없는 얼굴이 혼란스럽다는 듯 명멸했다.

"넌 그럴 사람이 아니라고 생각했는데…."

"그럼 내가 뭔 줄 알았어요? '착한' 악마숭배자?"

남자가 소리 질렀다.

"난 분수에 맞게 구는 것뿐이에요."

"너도 알잖아. 모두 사라지고 혼자 남는 게 얼마나 무서운지."

악마가 말했다.

"또 그런 짓을 하겠다는 거야?"

"악마가 그런 소리 하는 게 되게 웃기네요."

입을 다문 사각형을 바라보며 그는 고개를 내저었다.

"그 말이 옳다고는 생각해요."

그는 굳이 뒷말을 감추려 들지 않았다.

"원론적으로는요."

남자의 혀끝에 매달린 방점들은 우스꽝스럽게까지 느껴졌다.

"내가 이제껏 느낀 거라곤, 어디든 깃들기 쉬운 건 사랑이 아니라 분노라는 거예요. 세상을 이따위로 만든 놈들을 향한 정당하고, 순수하고 깨끗한 분노!"

남자가 발을 굴렀다. 언 땅은 유리그릇처럼 그 힘을 되돌렸다.

"곁에 있어줄 사람들이 죄다 죽고 없는데, 흔적으로 남은 사랑이나 파먹는 게 뭐가 그리 좋다고?"

"그렇다고 똑같은 짓을 하려고? 넌 다르다고 했잖아."

악마가 말했다.

"전쟁을 일으킨 놈들이랑 다르다고⋯."

"맞아요."

남자가 웃었다.

"그래서 난 그놈들처럼 이런 곳으로 도망치지 않아요. 변명하지도 않을 거고요."

그의 손가락이 눈앞의 악마를 가리켰다.

"내 영혼이 당신 보시기에 충분히 죄스러울 때까지, 손수, 직접 살인마가 되어 그 죄값을 받을 겁니다."

그리고는 여전히 묵묵부답인 문을 가리켰다.

"그때까지 몇 명이나 필요할까요?"

손가락들이 경련하듯 떨렸다. 자신들에겐 거북하리만치 많은 답을 뿌리치듯이.

"이 빌어먹을 놈들은 이 나라 곳곳에 지옥보다도 깊은 대피소를 파 놨어요. 따라갈 단서도, 찾아 죽일 놈들도 차고 넘치죠."

악마는 자랑스레 양팔을 펼치는 그를 바라보았다.

"그 정도로 죽이면, 그 정도로 죄악을 쌓으면 결국 당신한테도 좋은 일 아닌가요?"

펼친 팔을 접지 않은 채 남자는 그리고 악마의 앞에 섰다. 막아섰다.

"그러니까 이제 헛소리 그만해요."

어디로도 가게 두지 않을 것처럼.

"난 분명히 말했어요. 뭐가 필요한지."

그러니 내놔요. 따위의 뒷말까지도 필요없었다. 얼굴 아닌 얼굴이 그를 바라보았다. 깊은 밤이었다. 어디선가 잔해가 무너지는 소리가 들렸다. 메아리는 호루라기가 울 듯 폐허 사이를 휘돌았다. 그리고 소원이 받아들여졌다. 그런 생각이 돌연 머릿속에 떠올랐다. 보이지 않는 충격이 남자를 집어삼켰다.

지식의 파도였다.

지식에는 무게가 없었지만 무언가의 무게를 만드는 것이야말로 지식이었다. 몇 가지 간단한 재료와 그네들의 물성을 이용하여 강력한 무기를 조립할 수 있는 방법들이 남자의 머릿속에 일사불란하게 펼쳐졌다. 주변을 둘러보자 몇 명분의 피를 묻히고 또 지워냈을지 모를 기계 장치들이 사방에 널브러져 있었다. 그는 바로 전날 썼던 기계 팔부터 집어 들었다. 전기회로와 원동기, 반도체의 마법은 그에게 무엇이든 가능케 할 힘을 주었다. 작업이 이어지는 내내 카메라들은 그에게서 시선을 떼지 않았다. 예의 바르고 성실하게도.

완성된 무기의 첫번째 목표는 물론 그것들이었다.

대피소 내부는 깨끗했다.

정문이 탄도미사일도 튕겨낼 만큼 두꺼운 것만 빼면 평범한 휴양지 같았다. 실내수영장과 쇼핑몰, 체육관, 영화관, 심지어 풀벌레 우는 소리를 송출하는 캠프장도 있었다. 어느 곳이나 깨끗하게 관리되고 있었다. 노랫소리가 드문드문 들렸다. 하지만 사람이 보이지 않았다. 남자는 대강의 구조를 파악한 뒤 눈앞의 벽과 기둥에 닥치는 대로 총부리를 들이댔다. 거주 구역으로의 지름길을 내기 위해서였다. 그것을 총부리라고 할 수 있을지, 총은커녕 무기 같지도 않은 무언가가 남자의 의지에 반응하여 부채꼴의 하전입자를 흩뿌렸다. 철근콘크리트로 된 벽체들은 그 앞에서 지우개를 만난 낙서처럼 녹아내렸다. 남자는 그 잔해를 헤치며 걸음을 재촉했다.

카펫은 묵묵히 남자의 걸음을 흡수했다. 부드러운 호박색 조명이 내리쬐었다. 복도 양쪽으론 매끈한 강화플라스틱으로 만들고 금박으로 마감한 문들이 늘어섰다. 표찰의 숫자는 그곳이 거주 구역 북쪽 블록의 8층 4동임을 나타냈다. 무려 8층 이상으로, 무려 4개 동 이상으로 거처를 꾸밀 만큼이나 죄인들이 남아 있었다.

처음 방아쇠를 당기며 긴장하지 않았다면 거짓말이었다. 미처 녹지 않은 문의 일부가 총알처럼 방 안으로 쏘아지는 것을 보며 남자는 웃었다. 그 뒤 성큼성큼 찢어진 현관을 넘었지만 누군가 있던 것으로 보이지는 않았다. 이불과 침대와 안락의자와 갖가지 세간들은 솜사탕처럼 부들부들했지만 그뿐이었다. 문짝이 격돌한 방향의 모든 것이 넝마가 되어 불길에 잡아먹히고 있었다.

남자는 방을 나가 복도를 살폈다. 다른 문들은 수줍은 군중처럼 제 자리를 지키고 서 있었다. 분명 소리가 들렸을 텐데. 이 층엔 사람이 없는 걸까? 그때 단조로운 경고음이 울렸다. 고개를 들자 흰 연기가 무럭무럭 쏟아졌다. 소화 시스템이 작동한 것 같았다. 그 광경을 보던 남자의 머릿속에 바깥을 감시하던 카메라가 떠올랐다.

중앙통제실.

✳

기지 비활성화 – 무인 관리 중. 인가받은 인원 필요.

통제실에 들어선 남자를 반겨준 말이었다. 남자는 총구를 바닥으로 내렸다. 손아귀에 힘이 풀린다고 생각하던 찰나 굉음이 울렸다. 묵직한 쇳덩이가 바닥을 뒹구는 소리였다. 남자는 제 품을 벗어난 무기를 잠깐 바라보다가, 비틀거리며 정면의 콘솔로 향했다.

사람이 없었다. 몸이 단 채 누군가를 기다리고 있는 제어 콘솔의 레버, 버튼, 패널, 조정간의 이야기만이 아니었다. 처음부터 어디에도, 누구도 없었다. 누구의 발길도 닿지 않은 거대한 대피소는 순전히 저 스스로의 힘으로 그동안의 세월을 지샜다.

"어떻게… 아무것도."

남자는 콘솔을 두들겨—전혀 놀랍지 않게도, 녹이라도 슨 것처럼 뻑뻑했다—실시간 중계되는 화면들을 불러왔다. 폐쇄회로카메라들의 시선이 옹기종기 모여들어 모자이크로 된 기지 전체의 풍경을 빚었다. 산 것의 움직임이라고는 그러나 여전히 어디에서도 찾아볼 수 없는.

새삼스럽게도, 그는 누군가를 죽일 생각으로 이곳에 온 것이었다. 그래서 준비한 것, 결심한 것은 누구를 어떻게 맞닥뜨리고 어떤 말을 주고받을 지에 대해서였다. 그들의 숨통을 끊는 장면을 셀 수도 없이 상상했다. 여차하면 경비 병력과 만날 수도 있었다. 그래서 신경을 바짝 곤두세우고 있었다. 마음속 그림자를 몰아내는 것은 생각보다는 쉬웠다. 마주치는 모든 갈림길과 모퉁이, 문의 뒤편마다 그들이 있었다. 찾아 죽여야 할 죄인들이 한 번도 불을 뿜어본 적 없는 권총을 쥔 채 옹송그리고 있었다. 그런 무자비한 질책을 하면 또 한 걸음을 내디딜 수 있었다.

또 새삼스럽게도, 남자는 자신이 무리없이 해내리라고 생각했다. 마음속으로 수도 없이 총구를 겨누고 방아쇠를 당겼다. 그래서 정작 총구를 겨눌 대상이 없다는 것을 알았을 때는 아무것도 할 수 없었다.

남자는 콘솔 위로 무너지듯 기댔다. 매끈한 경사면은 그를 바닥으로 밀어냈다. 천정에서 내리쬐는 전등이 따가웠다. 그는 눈을 감고 불그스름한 잔상이 떠나갈 때까지 기다렸다.

환풍기 소리가 났다.

달구어진 전자회로의 예리한 냄새가 났다. 컴퓨터 따위의 전자기계들이 이따금 서로를 호출하고 지시하고 보고하고 교정하며 필연적으로 발생시키는 불협화음. 에너지의 손실. 제 살을 파먹는 톱니바퀴와 조금씩 스스로 감전되어가는 메인프레임. 바깥 이따금 무너져 내리는 마천루의 폐허와 이곳에는 서로 닮은 구석이 있었다. 다른 점이라면 이곳의 공기가 좀 더 신선한 척을 한다는 것뿐이었다.

"나한테 바칠 피는 어디 있어?"

무언가 둥실둥실 다가왔다. 어느새 정육면체로 변했지만, 이제는 아무래도 상관없는 악마였다.

"못 찾았네요."

남자는 기침이 나오는 것을 억눌렀다. 인중을 훔치자 검댕으로 시꺼메진 콧물이 묻어났다.

"있잖아요."

남자가 말했다.

"난 여기 사람이 있기를 바랐어요. 확실해요."

악마는 아무 말 없이 그의 머리 위를 떠돌 뿐이었다.

"인생에서 세 번째로 간절했거든요."

"미묘하게 구체적이네."

악마가 빙글빙글 돌았다.

"나머지 두 개는 뭔데?"

"하나는 처음으로 사람 죽였을 때, 다른 하나는 당신 불렀을 때요."

흠. 악마는 묘한 표정과 함께 말을 아꼈다.

"사람이 있었으면…. 그래도 쐈겠죠, 아마."

남자는 바깥의 잿더미들에 대해 아무 생각도 하지 않았다.

"쏘고 나면 죄책감도 못 느꼈을 거예요."

다 해진 옷 속에 무덤처럼 쌓여있는 잿가루들. 흩날리고 쌓이고 뒤섞이고 끝내는 아무것도 아닌 무언가가 되어 잊히는.

"흔적도 없이 사라지는걸요."

그편이 그리고 더 나았다.

"제 기억에만… 나중에는 그것도 사라지겠죠."

"너흰 원래 그러니까."

남자는 숨을 골랐다. 그제야 주변의 냄새가 돌아왔다. 제가 이때까지 길을 내며 만든 살풍경한 수렁. 끓어오르는 플라스틱과 금속의 절규는 상상 이상으로 역겨웠다. 환풍기 소리가 들린 데에는

다 이유가 있었다. 조금 더 있으니 다른 냄새가 끼어들었다. 남자의 몸에서 나는 것이었다. 씻지 않은 몸에서 풍기는 굳은 피와 죽음의 악취. 그가 지금껏 맡아본 냄새 중 가장 추악한 것이었다.

"약속. 지켜야죠."

"갑자기 무슨?"

"다른 바칠 걸 못 찾았으니."

남자는 무시하고 말을 이었다.

"…내 영혼, 받아가세요."

정육면체의 악마가 남자의 눈앞을 서성거렸다.

"죄악을 좀 더 못 쌓아서 미안하게 됐네요."

남자는 억지로 그 말을 하며 웃었다.

"그래도… 실제로 마주쳤으면 정말, 정말로 죽였을 거예요."

그러니 마음속으로는 이미 수백을, 아니 머릿수의 문제가 아닌 어쩌면 이 세상에 마지막으로 남은 사람들을 거리낌없이 죽였을 죄인이라는 걸까. 남자는 자신이 뒷말을 마저 하게 내버려두었다면 그런 소리가 나왔을지 궁금했다.

"다 죽이고 나선 뭐라고 했을까요?"

그가 문득 생각났다는 듯 물었다.

"지금이랑 똑같이 말했을까요?"

"너는…."

"그럴 것 같진 않네요."

남자가 눈을 감았다.

"그러니까 더 지켜야죠…."

자신에게도 생소할 만큼 강하게, 굳게 마음 먹고 눈꺼풀을 조였다.

"계약은 끝났어요."

그리고 그것이 끝이었다.

남자는 입을 다물었다. 그리고 생각하지 않으려 했다. 이제 벌어질 일을 바꿀 수 없다면 지레 두려워해봤자 의미는 없었다. 악마의 안 그래도 흐린 기척이 눈앞에서 사라지자 그는 저도 모르게 몸을 떨었다. 영혼을 거둔다는 건 어떤 일일까, 그걸 당한다는 건 어떤 기분일까. 답이 있는지조차 알 수 없는 그런 질문들은 남자의 감각들을 돋보기처럼 한데 모아 더욱 예리하게 벼려냈다.

그래서 악마의 대답이 돌아왔을 때 그는 화들짝 놀랐다.

"뭔 잠꼬대 같은 소리야?"

"뭐, 뭐라고요?"

"우리 계약 아직 안 끝났어."

남자는 잠시 생각했다. 그리고 악마가 무슨 소리를 하는지 깨달았다―자신이 의기양양하게 선언했던 그 휘황찬란한 학살극의 서막.

"…나도 압니다."

그는 가까스로 목소리를 냈다.

"원래 영혼을 더 바치기로 했죠. 그런데 어떡합니까?"

안에는 아무도, 정말 아무도 없었다. 남자에게나 악마에게나 이미 부정할 수 없게 된 사실이 그랬다.

"하지만 당신이 나한테 이미 무기의 지식을 줘버렸으니―"

그가 악마에게 손짓했다.

"―이제 와서 무를 수도…."

"난 너가 무슨 소리 하는지 모르겠어."

악마가 회전하기 시작했다.

"내가 본 건 갑자기 뭔가 막 만들기 시작하는 네 모습이었는데?"

위아래로, 좌우로, 앞뒤로….

"취미생활인가 싫어서 잠깐 됐더니 뭐라는 거야?"

남자는 문득 눈을 떴다. 눈앞에 그림자가 진 것도 모르고 있었다. 너무 가까이 붙어 초점이 맞지 않는 정육면체. 고개를 빼자 그것은 얼굴이었다. 여전히 두 점과 한 선으로 된 얼굴이었다.

그것은 그리고 웃고 있었다.

"가자."

악마가 싱글거렸다.

"뭐 하는 거예요?"

"우리 계약 맺어야 하잖아?"

"당신이 이미…."

"헛소리 그만! 이러다가 달 지겠다."

마치 정말 바쁜 것처럼 그 목소리는 들렸다.

"그럼 내일 또 너 보러 와야 하잖아. 아?"

그 시선이 한쪽으로 떠올랐다.

"근데 혹시 모르지? 내일 막상 오면, 또 내일의 내일에 할 일이 생길 수도?"

남자는 멍하니 그것을 바라보았다.

"그다음 날도, 그다음다음 날도… 계약이 오래 걸리면 또 밥도 먹고, 요리도 계속하고… 혹시 모르지!"

정육면체가 빙그르르 돌며 표정을 감추었다.

"그렇게 계속 있다 보면, 너같이 속 좁은 인간도 뭔가 깨달을지?"

정적이 흘렀다. 문득 악마의 표정을 볼 수 없다는 것이 어색했다. 방금 전 평면에 그칠 때에는 얼굴과 등뿐이었는데, 이제 그 사이 어떤 감정이나 기분도 드러내지 않는 네 개의 면이 새롭게 생겨나지 않았던가. 한눈에 알 수 없는 더 복잡한 표정들이, 미처 말로 꺼내지 못한, 꺼낼 필요라곤 없는 생각들이 그곳을 핑계삼아 나타나기라도 할 것처럼.

"비켜요."
남자가 퉁명스레 말했다.
"일어나게."
"원래 이럴 땐 붙잡아줘야지."
악마가 호들갑을 떨며 되레 더 다가왔다.
"사람 인(人) 자는, 원래 두 인간이 서로를 의지하는 모양인 것도 몰라?"
"사람 아니잖아요."
"시끄러워!"
악마는 남자가 팔을 걸기 좋게끔 배꼽 즈음으로 떠올랐다.
"또 헛소리하면 중간에 빼버릴 거야."
남자는 살갗이 베이지 않도록 조심히 그 모서리를 붙잡았다. 정육면체에 힘이 실리는 것이 느껴졌다. 몸이 서서히 바닥에서 떨어졌다.
새삼 악마의 본모습이 보고 싶어졌다.

하여 당신의 생각을
서술하시오

● 초고 2019년 1월 17일

있지도 않은 눈을 떴으니 처음부터 아무것도 볼 수 없었다. 사위가 먹먹하였다. 작은 알갱이처럼 빈틈없이 들어찬 어둠이 그를 압박하였다. 아니… 좀 더 생각해보니 정말 아주 작고 서늘한 무언가가 주변을 온통 감싸고 있는 게 맞았다. 호소하듯 말단의 다섯 가락을 옴질거리며, 발은 느리지만 부지런히 지상으로의 길을 내었다. 모래 때문에 발톱 밑이 새까맣게 된 뒤에야 겨우 숨통이 뚫렸다.

두꺼비집처럼 불룩 솟은 구멍에서 살덩이가 서서히 기어 나왔다. 허전하게 동강 난 발목과 그곳에 허옇게 드러난 뼈를 밀며 발은 올라왔다. 그제야 주변을 둘러볼 수 있었다. 드물게도 우레탄이 아닌 모래를 써 만들어진 놀이터였다.

때는 늦은 밤이었다. 달마저도 지평 너머로 물러나, 가까스로 도시의 빛을 피한 별 몇만 호젓이 떠돌았다. 이따금 불어 닥치는 삭풍은 모래를 휘감으며 음산한 울림을 빚었다. 춥다고 일순 생각한 그였으나, 모체로부터 똑 떨어진 발이 그러한 촉각을 느낄 리 없다는 것을 이내 깨닫고 말았다.

서글픈 일이었다.

자취를 감춘 밤 특유의 엉거주춤한 여명이 놀이터를 비추었다. 미약한 빛을 따라 주변을 살피던 발은 이내 자신과 같지만 다른 그들과 만나게 되었다. 누구는 손, 누구는 발, 팔뚝, 어깨, 눈, 귀…. 다양한 신체 부위가 밤의 놀이터를 맴돌았다.

"이게 뭐야?"

발이 말했다.

"내가 왜 여기 있는 거지?"

"또 비슷한 애 하나 왔네."

발의 말에 입술이 응수했다. 그 작고 새초롬한 모양과는 어울리잖게 무정했다.

"너흰 누구야?"

발이 물었다.

"내가 왜 여기 있는지 알아?"

"우리와 같은 이유에서겠지."

팔뚝에서 끊어진 흰 손이 대답했다. 그것은 잠들지 않은 아파트단지의 아래에서 부옇게 빛났다. 짧고 단정하게 정리된 손톱은 거친 모래보다는 악기의 현이 더욱 어울렸다.

"너라고 뭐 다를 게 있겠니."

웃음을 표현하듯 그것은 곱고 가느다란 손가락을 모아 모래판을 두드렸다. 탁. 탁. 탁.

"난 이런 데 있을 이유가 없어."

발은 가락을 오그리며 물러섰다.

"빨리 영남이한테 돌아가야 해."

"네 몸 주인은 영남이라는 이름이야? 별로 신경 쓴 이름은 아니네."

누군가가 말했다.

"큰 사람들이 아마 드라마에서 따서 지었나 보지?"

손은 타악기처럼 바닥을 두드려 〈전원일기〉의 오프닝을 흉내냈다. 사실 발이나 다른 신체 부위들이 알기엔 어울리지 않을 만큼 오래된 이야기였다. 때마침 유령처럼 나부끼던 머리칼들이 한 움큼 몰려와 화음을 넣었다.

"또 몰라."

그들이 펄럭일 적마다 흐린 그림자가 차오르고 기울었다.

"그런 사람들이 한번 불붙으면 또 눈 돌아가지."

"그래, 나 보면 몰라?"

끼어든 것은 속눈썹이 그대로 남은 눈알이었다. 그것은 이따금 새처럼 모래밭을 뒹굴어 모래알갱이를 묻혔다. 없는 꺼풀을 벌충하여 시린 별빛을 잊는 나름의 방식이었다.

"무슨 소리를 하는지 모르겠어."

발이 호소했다.

"너희는 여기 왜 있는 거야? 나는 또 왜?"

"정말 모른 척하기야? 봐, 저기 또 오잖아."

손가락이 가리키는 곳을 보니, 승합차가 한 대 있었다. 믿음직한 노란색에 크게 학원 상호명과 사무실, 대표 전화번호를 각각 박아 넣은 모습이 눈에 띄었다. 문이 열리더니 인부로 보이는 사람들이 몇 내렸다. 발과 다른 신체 부위들은 건장한 장정들이 구슬땀을 흘리며 일에 몰두하는 모습을 지켜보았다. 그네들은 작고 날렵한 금속 봉을 여럿 꺼내더니 땅에 깔아 그대로 길로 만들었다. 요철이 맞물리며 가느다란 레일이 척척 생겨났다. 그런 것들이 차의 발치에서부터 아파트 각 동의 입구로 뻗어 나갔다.

"난 여전히 모르겠는걸."

발이 웅얼거렸다.

"대체 영남이는 어디서 뭘 하는 거지? 내가 없이는 뭘 할 수도 없을 텐데."

"필요한 일만 할 수 있으면 되지 않겠어?"

알쏭달쏭한 말이었다.

"오히려 발이 있기에 할 수 있는 일과 갈 수 있는 곳이 너무 많다고 큰 사람들은 생각하는걸."

이는 한층 더 알쏭달쏭한 말이었다.

"봐."

그때 눈알이 말했다.

"이제 나오잖아."

발은 다시 승합차가 있는 쪽을 보았다. 그리고 비명을 가까스로 억눌렀다.

승합차에서 내린 것은 아이였다. 아니 아이의 일부였다. 겨울 새벽의 매서운 추위를 견디기 위해 껴입은 두꺼운 외투는 흡사 무기물의 포장을 보는 것 같았다. 아이의 한 손은 터질 듯 부푼 신발 가방을 쥐었다. 그런데 그 손잡이가 쥐어진 곳은 사람의 주먹이 아니었다. 공업용 렌치처럼 생긴 억센 기계요소가 대신 끈을 결속하고 있었다.

엄지와 검지의 사이, 도톰하게 오른 살이 있어야 할 곳에는 큼직한 톱니가 대신 모습을 드러내 각 부품에 걸리는 힘을 섬세하게 조정하였다. 다른 손 역시 영화 속 개틀링포와도 같은 섬뜩한 물건을 달고 있었다. 동축케이블로 뇌와 연결된 그것은 축을 따라 회전하는 다양한 필기구를 소수점 아래 하나 단위의 정확성과 속력으로 때와 장소에 따라 꺼내었다. 안구 좌우에 전조등처럼 삽입한 LED에서는 4,000캘빈에서 8,000캘빈 사이의 편안한 가시광선 파장이 나와 학습효율을 높였다.

보기 싫게 튀어나온 귓바퀴 대신 삽입된 청각 보형물의 경우 종종 태엽시계처럼 철컥거리며 그날 들은 수업의 내용과 숙제, 경시대회 알림을 반복하여 아이에게 고지해주었다. 목을 감싼 진동관은 빠르고 정확한 발음을 위해 수도 없이 많은 소리글자를 뱉고 흡인하여 아이의 뇌로 전달해주었다. 다양한 필기구를 적재하느라 뭉툭한 둔기처럼 변해버린 손목 위편으로 승합차 문짝을 붙잡으며, 아이는 천천히 레일을 향해 발끝을 내디뎠다.

제 몸의 다른 부위와 마찬가지로 아이의 발 또한 뜨거운 피와 살 대신 튼튼하고 정확한 유압 호스와 액추에이터로 이루어져 있었다. 무엇보다 가장 눈에 띄는 것은 발목뼈와 연결되어 뻗어 나온 코발트-크롬 합금의 기둥이었다. 발레리나의 도도한 발끝처럼 작고 민첩한 휠을 끄트머리에 단 그것을 아이는 조심조심 레일의 요철에 끼웠다. 마그네틱 신호를 읽어낸 레일은 이내 아이의 몸을 올바른 방향으로 밀어내기 시작하였다. 그런 과정을 거쳐 집으로 돌아가는 아이들을, 놀이터의 신체 부위들은 지켜보았다. 정확한 동호수를 예상하는 것은 어렵지 않았다. 달도 별도 몰아내면서까지 아직 눈감지 않은 집이 군데군데 보였으니.

"하지만 난 영남이가 온종일 날 밟고 다닐 때도 불평 한마디 한 적 없는걸!"

발이 하기에는 좀 우스운, 그러나 그보다 더 정확할 수도 없는 말이었다.

"그런 나를 왜 바꾼단 말이야?"

"온종일 돌아다니도록 가만히 두니까 그렇지."

손이 일갈했다.

"발이 건강하지 않다고 국제중학교에 못 가는 것도 아니잖아."

다른 부위들도 말을 보탰다.

"학원에서 학원, 그 사이에 잠깐 코인노래방 정도만 갈 수 있으면 돼."

손이 제 어깻죽지를 땅에 박았다. 마치 커다란 꽃처럼 그렇게 팔이 자라났다.

"영남이의 큰 사람들은 불안했던 거야. 영남이가 어느 날 너를 써서 레일에서 이탈할까 봐."

손은 그대로 저만치 떨어진 아이에게 고개를 흔들었다. 제 옛 주인이라도 되는 걸까? 보았을까? 알 수 없었다. 하루가, 일주일이 차고 넘치도록 긴 아이는 채 6시간이 지나기 전 다시 눈을 뜨고 레일에 발을 올려야 했다.

개월과 년을 넘어 십수 해, 지금까지 아이의 모든 삶보다도 길게 펼쳐진 계획이 그 앞에는 도사렸다. 피아노 줄처럼 촘촘한 격자가 아이의 매일과 가장 깊고 은밀한 꿈까지를 구획하고 다그쳤다. 엉성하게 들끓는 희망과 의심, 공포가 그 걸음을 부추겼다.

"그래도 그렇지, 이건 말도 안 돼!"

"왜?"

왜? 는 발의 분기탱천한 목소리와는 어울리지 않게 사무적이었다.

"큰 사람들은 이제 더 이상 거짓말을 하지 않기로 결심했을 뿐이야."

눈은 인부들이 레일을 거두어 승합차에 싣는 것을 지켜보고 있었다.

"레일을 깔지 않는다고 우리의 주인이 어디든 갈 수 있다고 생각해?"

다른 부위들도 가세했다.

"손을 바꾸지 않으면 그걸로 뭘 할 수 있는데? 귀를 없애지 않으면 그걸로 뭘 들을 수 있고?"

눈이 모래를 깜빡이며 말했다.

"큰 사람들에게 우리의 주인은 병증이자 그걸 일으키는 균이야. 시끄럽고, 무식하고, 성급하고, 자기중심적이고 유치한 세균!"

"그래서 어떻게든 꺾고 부러뜨리려고 하지. 그들이 아는 이름들에 들어맞도록 길들이려고 해!"

신체 부위들이 와글와글 목소리를 모았다.

"단지 그걸 이제까지는 공공연히 인정하지 않았을 뿐!"

"큰 사람들은 우리 주인을 돌보기 어려워 해. 그래서 늦게까지 학교에 남겨두려고 하지."

그 어조란 식은 모래밭만큼이나 싸늘했다.

"처음부터 생각할 여유라곤 주지 않으면서, 따로 생각하는 힘을 길러준다는 놀이를 가르치려고 해."

"그러면서 그렇게 한탄하지―요즘에는 노는 법까지 가르쳐야 한다고!"

"코딩, 영어독서, 논술, 글씨 교정, 샌드아트⋯."

손가락을 꼽는 손가락을 보며, 혀가 혀를 내둘렀다.

"우린 그 많은 걸 다 잘할 수 없어."

"그러니 당연히 필요가 없지."

말은 마치 코러스처럼 화음을 단 채 울려 퍼졌다.

"우리를 매단 채 그 모든 걸 잘 할 수 없다면, 오히려 잘 된 일이지!"

"정말 필요 없다면 왜 날 굳이 이곳에 둔 거야?"

발이 따져 물었다.

"너희는 또 왜 다 여기에 모아둔 거고?"

"큰 사람들이 보기에, 이곳은 우리의 주인들이 가장 본래 모습과 가까운 곳이거든."

대답이 금세 돌아왔다.

"오래된 장난감, 비밀기지, 유치한 낙서를 한 교과서⋯ 누구나 노래하지만 딱히 바라지는 않는 것들을 큰 사람들은 많이 가지고 있지."

발은 경악하여 놀이터를 둘러보았다.

"어쩌면 이곳의 우리를 바라보는 것만으로도 그들은 잠시 철 없는 생각에 잠기는지 몰라."

"너희는 여기 있는 게 좋은 거야?"

발이 물었다.

"이걸로 괜찮아?"

"그럴 리가."

발의 말에 신체 부위들은 선뜻 고개를 저었다.

"심심하고 따분해."

목소리들이 울려 퍼졌다.

"가끔은 춥고."

"하지만 우리가 필요 없어서 버려진 건 어쩔 수 없잖아?"

발은 선뜻 입을 열 수 없었다.

얼마나 지났을까.

승합차는 떠났고 시간이 흘렀다. 서서히 동쪽 자락이 밝아왔다. 하늘이 부옇게 낯을 붉히기 시작했다. 그러자 갑자기 신체 부위들이 웅성대기 시작했다. 땅이 온통 들썩였다. 놀이터 곳곳에서 모래가 픽픽 터졌다.

"무슨 일이야?"

발이 물었다.

"다른 애들이 새로운 주인을 만나는 순간이야."

입술은 말을 마치며 모래를 털었다. 추워서 그런지 푸르딩딩했다.

"넌 처음이니 잘 봐두었다가 따라 하면 돼."

이윽고 한 무리의 큰 사람들이 우르르 몰려왔다. 개중 가장 깨끗한 손을 한 사람이 다른 이들에게 이런저런 지시를 내렸다. 그들은 놀이터 앞에 임시로 연단과 마이크를 깔았다. 먼저 온 이들의 뒤편으로 다른 큰 사람들이 점차 몰렸다. 하나같이 비싸고 좋은 옷을 입고 있었다. 그와 동시에 떨리는 모래판 곳곳에서 지금까지 숨어 있던 신체부위들이 앞다투어 뛰쳐나왔다.

발은 어느새 모래가 아닌 각양각색의 도려내어진 신체 부위로 가득 찬 놀이터를 보았다. 대체 어디에 그렇게나 많이 있었는지 모를 지경이었다. 우글거리는 살굿빛 물결이 탈 난 내장처럼 쉼 없이 들썩였다. 손이 박박 바닥을 긁어대고 종아리와 허벅지가 물고기처럼 뛰어 오르고 그 틈으로 메아리가 일듯 눈과 귀와 입술 등이 후드득 샘솟았다. 더 이상 흐를 리 없는 피도 땀도 그들에게서는 찾아볼 수 없었다. 건조한 살결들이 시종일관 서로를 비비고 때리느라 법석대는 광경을 모여든 큰 사람들이 지켜보았다.

"어머님 아버님들 안녕하세요."

무대를 깔도록 지시한 큰 사람이 연단에 섰다. 그리고 마이크를 쥐었다.

"첫 물건 시작해보겠습니다…."

신체 부위들도 제각기 목 놓아 외치기 시작했다. *저는 그림을 잘 그려요! 저는 튼튼하고 방향 전환을 잘해요! 전 상상을 잘해요! 전 집중력이 좋아요! 빨리 읽을 수 있어요! 정확하게 말할 수 있어요!…* 발은 저와 처음으로 말을 튼 신체 부위들이 그 안에 하나도 없는 것을 알았다. 자세히 보니 그네들은 먼 발치에서 잠자코 그 광경을 바라보고 있었다. 그런 신체 부위들이 그리고 적잖이 있었다.

"저기, 저 허벅지 갖고 오세요!"

한편 큰 사람들이 놀이터 이곳저곳을 가리키면, 인부들이 뼈와 살의 파도를 헤치고 지목한 신체 부위를 집어와 벌려놓았다.

"아깐 이러면 안 된다며?"

발이 악다구니를 뚫고 간신히 물었다.

"우리가 정말 필요가 없다면 이게 다 뭐야?"

"다 달라."

눈이 힐끗 곁눈질했다.

"이 시간에 놀이터를 찾는 큰 사람들은 평범하지 않은 꿈을 꾸거든. 저것 봐."

"저는 오래 빠르게 달릴 수 있어요!"

무르팍 아래가 동강 잘려나간 튼실한 허벅다리가 연단의 주목을 받았다.

"제 전 주인은 운동회에서 항상 1등을 했어요! 노력하면 오래 앉아 있는 것도 잘해요!"

마이크를 쥔 사람이 큼직한 도장을 들고 다가갔다. 그러고는 허벅다리를 이리저리 돌려보며 꼼꼼히 살폈다. 젖살의 얇은 주름이 한 올 한 올 접히는 부분에까지 매서운 눈초리를 들이밀었다. 그리고 무언가 결심한 듯 고개를 끄덕였다.

"1등급!"

그가 도장을 내리찍자 큰 사람들이 너나 할 것 없이 몰려들어 손을 뻗었다. 축구 국가대표! 피겨 스케이팅! 육상선수! 프로게이머! 간간이 어떤 자격증, 단체, 유명인의 이름 석 자가 직접 튀어나오는 일도 있었다. 그런 주문처럼 신비로운 꿈들이란 일견 성공 가도의 규격을 벗어난 재능이라도 그렇게 포용했다. 큰 사람들의 아우성이 새벽녘을 뜨겁게 달구는 가운데 이루지 못한 소망과 꿈의 잔여물이 희끄무레한 빛으로 세상을 떠돌았다.

"다음은 저 손목으로 해볼까요?"

한 차례 신체 부위가 낙점되자 큰 사람들의 소란이 더욱 거세졌다. 발은 그만 기가 질려 있지도 않은 귀를 부여잡고 몸을 웅크렸다. 그렇게 괴롭고도 떠들썩한 시간이 지나자 정신없이 이어진 경매도 금세 파했다. 지평 너머로 고개를 내민 해는 새벽잠에 취한 이슬과 함께 큰 사람들이 불러온 소란도 몰아냈다. 선택을 받

지 못한 신체 부위들은 다음 날의 꿈을 꾸며 땅속으로 다시 파고
들었다.

광명 아래 남은 것은 결국 맨 처음 발과 기꺼이 이야기를 나누
었던 친구들뿐이었다.

"너흰 왜 안 들어가?"

"그러는 너는?"

입술이 제일 먼저 대답했다. 아니 역으로 질문했다.

"난 툭툭 별생각 없이 뱉는 게 너무 많아."

그리고는 낄낄 웃었다.

"전 주인도 그것 때문에 힘들어했지."

낄낄낄. 웃음소리가 계속되었다.

"거기다가 웃음소리까지 듣기 싫잖아."

발은 딱히 그 말에 동조하지도 부정하지도 않았다. 못했다.

"큰 사람이 어떤 꿈을 꾸든 날 고르진 않을 거야."

"나도 전 주인이 하도 문제만 푸느라 마르고 텁텁해졌어."

모래를 입은 눈이 말했다.

"덕분에 어디 한 군데 진득하게 시선을 붙이는 것도 못 해."

안 그래도 의기소침한 그 시선이 모래밭으로 떨어졌다.

"별로 환영받진 못하겠지."

"난 물주전자도 못 들 정도로 약하고, 가녀리면서 섬세하지도
않아."

손이 부루퉁하게 맨땅을 괴롭혔다.

"내 전 주인은 날 떼어내고 나서 학원에서 피아노를 제일 잘
치게 되었지."

"내 주인은 나를 써서 이런저런 걸 많이 했어."

머리칼들이 말했다.

"염색도 하고 모양도 내고…."

그들은 서로서로에게 무수한 위로를 전했다.

"지금 생각해보면 언젠가 되고 싶은 것보다는, 지금 당장 하고 싶은 게 너무 많았던 모양이지."

그들 사이를 떠도는 속삭임은 어느새 백 마디, 천 마디의 메아리가 되어 다른 신체 부위들의 귓전을 두들겼다.

"결국 지금 난 여기서 이러고 있지만."

"하지만 넌 우리와는 달라."

그 말에, 발은 흠칫 몸을 떨었다. 그들이, 머리카락을 위시한 신체 부위들이 일제히 자신을 바라보고 있었다.

"조금만 노력하면 누구의 눈에든 들겠지."

"그러니 빨리 들어가 잠이나 푹 자둬."

그들이 맞장구쳤다.

"우리와 어울리면 새 주인 만나기도 힘들어질 거야."

"지금 남은 것들은 대부분 우리 같은 부위니까."

그 말에, 발은 조용히 주변을 둘러보았다.

제가 고개를 내밀기 전부터 밤의 놀이터를 배회하던 다양한 신체 부위들이 있었다. 듣고 보니 그랬다. 그들은 모두 경매 내내 조용히 자리를 지킬 뿐이었다. 스스로도 내세울 장점이 없음을 알기에 다른 팔이나 다리, 허벅지, 눈, 코, 입이 낙점되는 것을 두고 보는 것뿐 그들에게는 할 일이 없었다.

"영남이는 못 되더라도, 다시 어딘가의 몸이 너도 되어야지."

손이 발등을 토닥이며 말했다.

"나도 처음엔 그러려고 생각했어."

발이 뒤로 물러서며 말했다.

"하지만…."

발은 뒤로 물러서며 말했다.

"하지만? 하지만 뭐?"

입술이 대거리했다.

"이대로 우리 같은 애들이랑 영영 놀이터에서 살게?"

발은 착잡한 빛으로 고개를 흔들었다. 다섯 가락이 모래를 파고들었다.

"정말 그럴까?"

"무슨 말이야?"

눈이 물었다.

"내 말은, 그러니까 내 말은…."

발에게는 말주변이 없었다. 그런데도 무언가 자꾸만 속에서 용솟음쳤다. 단순히 주인을 잃은 뼈와 살에서 벗어나 홀로 선 발이기에 자각할 수 있는 독특한 외로움이자 고양감. 더 이상 흐르지도 않는 심박을 느끼며 발은 제가 몸에 달려 있던 때를 추억하였다. 무게중심을 앞뒤로 흔들어 땅을 디디고 모래밭을 퍼 올렸다.

"너희랑 이곳의 다른 아이들도 그래."

뭉개진 과일처럼 볼품없던 흔적이 점차 깊고 분명한 발자국으로 변하였다.

"모두가 특별한 누군가의 팔이고 다리일 순 없잖아? 그렇게 따지면 너희에게도 반드시 뭔가가 있을 거야."

잠시 침묵이 흘렀다. 발의 말이 모두의 심금을 울렸다기보다는 그 뜻을 반추하는 데 걸리는 시간이었다.

"네가 무슨 말을 하려는 진 알겠어."

가장 먼저 입을 연 것은 역시 입술이었다.

"해가 뜨면 부리나케 숨어드는 다른 것들도, 결국 우리보다 조금 더 낫거나 못한 신체 부위일 뿐이지."

"하지만 그렇다 한들 우리를 골라줄 큰 사람이 없는 건 바꿀 수 없어."

입술이 튼 대화의 물꼬를 다른 신체 부위들이 열심히 받아 넘겼다.

"설령 선택받아도 우리보다 나은 아이들이 수두룩한 걸 알면, 빠르든 늦든 결국 이곳으로 돌아오겠지."

"그래."

머리칼들이 말했다.

"괜히 우리까지 신경써주지 말고, 어서 들어가."

머리카락 틈으로 분 바람이 구슬픈 소리를 뱉어냈다.

"너라도 새 영남이를 만나야지."

"아니야. 결국 그게 문제야."

발이 외쳤다.

"주인이 우리를 선택하는 거지 그 반대로는 될 수 없어."

다른 신체 부위들이 호기심 어린 시선으로 그를 쳐다보았다.

"결국 우리가 이곳에서 언제까지고 주인을 기다리는 순간, 이미 언젠가 이곳에 돌아올 스스로를 생각해버리는 거야."

발은 점점 깊고 강하게 땅을 디뎠다. 모래가 단단히 뭉쳤다.

"그래서는 절대로 이곳을 벗어날 수 없어!"

"그럼 네가 하고 싶은 게 뭔데?"

눈이 희번득 굴러오며 물었다.

"우리가 우리의 주인이 되는 거야."

발이 말했다.

"네가 내 영남이가 되고, 내가 네 영남이가 되는 거야."

발이 힘차게 외쳤다.

"우리가 우리 모두의 주인이 되어 큰 사람들에게 그 모습을 보여주는 거야."

"정말 그럴 수 있을까?"

입술이 창백한 흙빛으로 물었다.

"왜 안 돼?"

"우리를 봐."

눈이 젖은 모래처럼 깜빡거렸다.

"주인에게서 떨어져 나온 우리는 아무것도 아니야."

눈보다는 눈알에 더 가까운, 눈꺼풀도 챙기지 못하고 빠져 나온 그의 말이었다.

"뜻이 맞는 우리를 모으는 것도 힘들뿐더러, 그걸 어떻게 이어서 하나의 몸으로 만들지?"

"어, 잇는다고 하니까 생각났는데."

손이 고개를 쳐들며 말했다.

"내 전 주인이 뜨개질을 배운 적이 있어."

"음···."

천 가닥 만 가닥의 목소리가 적절하게도 끼어들었다.

"실이라면 날 쓰는 게 어때?"

머리칼들이 찰랑거렸다.

"우리는 튼튼하고 양이 많아. 익숙해지면 나쁘지 않을 거야."

"우리도 이것저것 들은 게 있어."

가만히 듣고만 있던 귀들이 불쑥 끼어들었다.

"아마 몸을 만드는 데 도움이 될 거야."

몇은 벌써 귓불을 비비적대며 상대의 구멍을 파주고들 있었다. 싯누런 귀지와 함께 누구에게도 전하지 못한 진심이 흘러나왔다.

"좋아. 난 그럼 놀이터를 돌아다니며 모자란 부위랑 도와줄 애들을 모아 올게."

발이 말했다.

"입술, 너도 같이 가자."

내가 뭘 할 수 있다고? 입술은 흡사 그런 표정이 되어 발을 쳐다보았다. 그것도 잠시….

"방금 들은 말을 조리 있게 바꾸어 이 놀이터 전체에 퍼뜨려줘."

발은 얼떨떨하게 고개를 끄덕이는 입술을 보았다. 그리고 주변에서 자신의 이야기에 몰래 귀를 기울이는 다른 부위들을 셈했다. 머리칼은 벌써부터 제 몸을 뽑아 손에게 칭칭 감고 있었다. 발은 자신과 꼭 맞도록 잘려나간 종아리를 언뜻 보았다. 그때부터 해가 질 때까지 작업은 쉼 없이 계속되었다.

아무렴 우레탄도 플라스틱도 없는 오래된 놀이터에 누가 오면 얼마나 온단 말인가?

「우리는 여러분이 싫어서 이 세상에 나온 게 아니에요.」

텔레비전 속에서 봉제인간이 입을 열었다. 마이크가 잔뜩 들이대진 채였다.

「큰 사람들에게 많은 걸 바라는 것도 아니에요.」

옷으로 간신히 가렸지만, 얼기설기 조립된 크고 작은 절단면의 흔적을 완전히 지울 순 없었다. 머리카락을 아로새기고 분비물로 땜하여 단단히 고정한 신체 부위가 매순 떨리고 울고 주장하고 양보하며 뚜렷한 마음을 그렸다.

「무작정 다시 우리를 받아 달라는 것도 아니에요.」

그것은 색과 크기가 다른 눈동자로 세상을 보고 양쪽이 서로 맞지 않는 귀로 소리를 듣고 각기 다른 주인에게서 온 혓바닥과 이와 성대로 생각을 빚었다. 영남이는 멍하니 화면을 쳐다보았다.

「그저 비슷한 처지의 우리가 한데 모여 우리만의 길을 찾고 싶었어요.」

「우리만의 길이라는 건 어떤 겁니까?」

이윽고 세상 곳곳을 돌아다니는 봉제인간들의 모습이 나왔다. 여느 평범한 거리나 식당, 공원, 지하철, 도로…. 맞는 부분을 조립하여 서로가 서로의 주인이 된 신체 부위들이 평범한 몸처럼 걷고 말하고 울고 웃고 뛰어다녔다. 영남이는 거머쥔 샤프펜슬을 슬며시 내려놓았다.

「아직은 모르겠어요.」

그 두 눈이 학습지를 한 번, 거실의 벽시계를 한 번 바라보았다. 머릿속에서 째깍이는 크로노미터가 문제당 배당된 제한 시간을 재촉하였다.

「아직은 몰라요. 멋지게 말하고 싶지만 정말 그런걸요.」

영남이는 감광 모듈을 잠시 꺼 애꾸눈으로 화면을 바라보았다. 입력값이 사라진 안구가 먹빛으로 물들었다.

「그래서 꼭 여러분처럼 특별하지 않아도 좋은 길을 한번 찾아

보려고 해요.」

그러면 잠깐이라도 문제풀이를 재촉하는 감각을 속일 수 있었다.

「버림받은 신체 부위인 우리라도 나름의 길이 있다고 생각하거든요.」

봉제인간이 느리게 말을 이었다.

「그리고 만약, 만약 정말 그런 길이 있다면.」

영남은 눈을 빛내며 텔레비전을 보았다.

「그건 항상 무언가를 잘하지 않으면 안 되는 여러분에게도 좋은 일이겠죠….」

바깥으로 향하는 더듬이를 드러낸 채 영남의 머리에 삽입된 통신 모듈은 정보전달의 매분 매초를 놓치지 않도록 촉각을—말 그대로—곤두세웠다. 학습지 구석에 밀어둔 샤프펜슬이 책상 바깥으로 대구루루 굴러떨어졌다.

"영남아!"

방에서 통화하던 엄마가 거실로 나왔다.

"얘가 숙제하고 있으랬더니 TV를 보고 있네."

"아뇨, 숙제하고 있어요!"

영남은 여전히 텔레비전에서 눈을 떼지 않은 채 학습지를 펼쳐 보였다.

'만약 봉제로 된 사람들이 여러분의 반에 오면 어떨까요? 그 이유는요?'

'내 주변에서 봉제로 된 사람들을 본 적이 있나요? 그때의 기분은 어땠나요?'

'글의 '나'가 봉제로 된 사람들을 싫어하는 까닭이 무엇인지 생

각해보세요.'

'봉제로 된 사람들이 정말 하고 싶은 것이 무엇인지 생각하고 그 이유를 적어보세요.'

"논술 쓰면서 하려고 본 거예요!"

영남이 대답했다.

일곱 번째 약속

● 초고 2020년 8월 27일

"허깨비다, 허깨비들이야!"

금가고 벌어진 턱뼈에는 이도 잇몸도 없었다. 목소리는 금세 들리지 않게 될 것처럼 위태로웠다. 바람과 함께 땅이 쪼개져 흩어졌다. 날름거리는 화염이 한순간 아름드리나무처럼 타올랐다가 잦아들었다.

"우리는 환상에 사로잡혔다!"

충격파가 눈 닿는 곳을 모조리 집어삼켰다. 해골이 꾸역꾸역 몸을 일으켰다.

"마귀의 환상이다!"

어긋난 손뼈에서는 호두 깨지는 소리가 났다. 새까맣게 그을린 흙이 바스락거렸다. 다리에 힘을 싣자 허벅지 뼈가 분질러졌다. 일어나려던 해골이 휘청거렸다. 뼈들이 충격을 이기지 못하고 나동그라졌다. 백골이라는 표현이 무색하도록 뼈들은 전부 누런내

나는 노란빛으로 변색되었다. 헤아릴 수 없을 만큼 베이고 깨진 단면들은 다 타버린 재처럼 빛바랬다.

"마귀가 우리를 속였다!"

턱뼈가 덜걱거리자 나올 리 없는 비명이 나왔다.

"마귀가 우리를 속였다!"

뼈들이 하나둘 망각으로부터 돌아왔다. 검게 탄 흙과 코를 짓뭉개는 매운 냄새를 떨쳐냈다. 물이 얼음으로, 얼음이 다시 물로 되돌아가듯 균열이 아물고 떨어진 것이 달라붙었다. 그렇게 뼈들은 다시금 사람의 형태를 따라 움직였다.

"계약을 끝내기 위해 더러운 수를 썼다!"

해골에 감긴 누더기가 힘없이 늘어졌다. 누더기는 한때 갑옷이었다. 그것은 어떤 불에도 타오르지 않고, 어떤 칼에도 뚫리지 않았다. 지금은 그러나 쥐의 발톱조차 막을 수 없을 만큼 너덜너덜했다.

"마귀가 우리에게 꿈을 꾸게 했다!"

투구나 각반 따위의 물건도 뼈만 남은 그들의 몸에는 어울리지 않았다. 화살통이나 칼집 따위를 몸에 둘러멜 수도 없으니, 남은 것은 손으로 쥐고 휘두르는 무기 딱 한 자루였다.

"전부 허깨비다!"

해골이 팔을 치켜들었다.

"우리는 지지 않는다!"

손에 쥔 도끼는 수도 없이 제 주인을 따라 날뛴 끝에 악몽처럼 변했다. 녹슨 날은 웃자란 잡초처럼 들쭉날쭉했다. 해골이 비틀비틀 자세를 가누었다. 그때 어디선가 쇠를 깨문 바람이 쇄도했다. 일일이 셀 수도 없는 파편과 함께 한쪽 팔이 떨어졌다.

"우리는 허깨비에게 지지 않는다!"

남은 손으로 해골은 도끼를 더욱 드높였다.

"우리는 허깨비에게 지지 않는다!"

"우리는 허깨비에게 지지 않는다!"

동조하는 목소리가 전장의 이곳저곳에서 튀어나왔다. 그러나 입을 연 이들 중 아무도 멀쩡한 형체를 유지하지 못했다. 몇몇이 대장의 연설에 호응하여 쳐든 팔은 이윽고 연기처럼 흘러내렸다. 그들은 다들 제각기 무언가를 움켜쥐고 으스러졌거나 으스러지는 중이었다.

"우리는 영원히 이긴다!"

검은 용이 다가왔다. 용은 날개도 없이 하늘을 자유자재로 헤엄쳤다.

"우리는 영원히 이긴다!"

용에게는 눈에 띄는 팔다리가 없었다. 광택이 없는 견고한 피부는 화살촉보다 단단했고, 머리 위로 뻗은 막대에선 네 자루의 칼이 사방으로 뻗어 있었다. 그 잔상이 눈에 새겨질 만큼 빠르게 칼을 휘두르며 용이 다가왔다. 요란한 바람이 쉴 새 없이 쏟아졌다.

두두두두두두두두.

칼날이 빙글빙글 하늘을 찢을 때마다 야생마 무리가 짓쳐드는 듯 어마어마한 굉음이 났다. 해골은 그것의 아래턱을 보았다. 검은색의 가냘픈 막대가 비스듬히 꺼떡거리고 있었다. 막대가 이내 그를 향해 기울어졌다. 콧속을 파헤치는, 맵고 표독스러운 냄새.

"우리는 허깨비에게…."

막대가 불붙은 쇳덩이를 뿜었다.

✳

"이게 뭐야?"

부하 하나가 고래고래 외쳤다.

"값나가는 건 전혀 없잖아!"

부하는 말에서 내리자마자 발길질부터 했다. 얼마나 오래되었는지 모를 석탑들이 포슬포슬 무너져 내렸다. 다른 부하들도 하는 짓들은 비슷했다. 남자는 그들이 제단을 엎지르고, 정성스레 보관하던 경전이니 성물이니 하는 것을 맨땅에 패대기치는 모습을 지켜보았다. 공터에 끌고 나온 승려들은 하나같이 죽을상이 되어 깽깽 앓는 소리를 냈다. *매일같이 까치발로 조심조심 다니던 곳일 테지.* 남자는 생각했다. 그런 곳에 제 부하들의 피 묻은 발자국이 찍히는 모습은 얼마나 고통스러운 광경일까.

"이럴 줄 알았으면 우리도 그냥 저기 있을 걸 그랬어!"

부하가 남자에게 가까이 다가왔다. 무기로 저 아래편 산기슭을 가리키며.

"안 그래요, 대장?"

마을이 불타며 내뱉는 연기는 벌써 봉우리를 넘어왔다. 귀를 기울이면 포로 중 일하기에 너무 늙거나 어린 사람들이 남기는 썩 세련되지 못한 유언들도 들려왔다. 마을의 다른 쪽에는 돈 되는 것을 모조리 긁어모은 언덕이 하나 만들어져 있었다.

"지금이라도 내려가죠."

다른 부하가 다가와 동조했다.

"다른 부대가 다 먹겠어요!"

"이놈들 좀 보십시오!"

부하가 승려 하나를 데려와 살아 있는 방울이라도 되는 것처럼 마구 흔들었다.

"이렇게 빼빼 마른 놈들은 노예로도 못 부려요!"

겁에 질린 승려는 하얗게 질린 채 입도 벙긋 못했다.

"쓸모 있는 일이라곤 해본 적도 없을 겁니다!"

"나도 굳이 오래 머무를 생각은 없다."

남자가 입을 열었다.

"그저 확인해야 할 이야기가 있어 온 것이고, 너희도 그에 따랐다."

남자가 주변을 둘러보았다. 제각기 아우성치던 목소리들이 일제히 멎었다.

"그렇지 않나?"

꼭 그걸 잊어버리고 있던 것처럼 부하들은 굴었다. 어쩌면 사원이라는 이름에서 그들은 적막한 산속의 종교공동체 대신 어마어마한 보화와 패물 따위를 떠올렸는지도 모르는 일이었다. 그런 이들 중 유일하게 목적을 잊지 않은 남자, 대장이 눈을 빛냈다.

"저 노인을 데리고 와라."

끌려온 노승은 표정이 차분했다. 심줄이 솟은 팔은 고목의 가지 같았다. 하얗게 센 눈썹과 반질반질하게 해진 옷은 노승이 품은 기억의 무게를 짐작하게 했다. 꼿꼿이 든 고개와 굳게 닫힌 입술, 깊은 주름은 조각상처럼 완고했다. 그 강직한 태도는 거칠게 남자의 앞에 꿇어 앉혀진 뒤에도 변하지 않았다.

"소문은 들었겠지."

남자가 도낏자루를 만지작거리며 입을 열었다.

"너희가 이제 어떻게 되는지."

노승이 느리게 고개를 끄덕였다. 저 아래편 마을에서는 여전히 불길이 넘실거렸다.

"두 가지다. 노예가 되거나, 죽거나. 그런데…."

남자가 말을 늘이며 노승의 반응을 살폈다.

"난 너희를 모두 보내줄 수도 있다."

노승은 아무것도 하지 않았다. 고개를 내리지도 않고 그렇다고 말에 탄 남자를 올려다보지도 않았다. 남자는 괘념치 않고 눈길을 돌렸다.

"이야기를 듣고 왔다."

남자는 사원 안쪽으로 이어지는 통로를 훑었다. 눈빛이 날카로웠다.

"여기에 어떤 보물보다 값나가는 것이… 아니면 '뭔가'가 있다고."

승려들의 안색이 파랗게 질렸다. 저희끼리 무언가 말을 주고받기도 했지만 남자의 부하들이 시퍼런 날붙이를 들이대자 소란은 금세 잦아들었다.

"이곳에 갇힌 마귀가 있다던데. 사실인가?"

노승은 잠시 침묵을 지켰다. 그러다가 강을 마시는 용처럼 길게 숨을 들이쉬며 입을 열기를—

"그렇소."

노승의 목소리는 투명한 못에 가라앉은 돌처럼 묵직했다.

"훨씬 낫군."

남자가 고개를 끄덕였다.

"고맙다고 해야겠지."

당당한, 한편으로는 무자비한 미소가 그 입가에 걸렸다.

"어쭙잖게 숨기려 했다면 귀찮아졌을 테니."

"무엇하러 숨기겠소."

노승은 정말 그렇게 생각하는 것처럼 보였다.

"인간이 품어선 안 될 소망을 이뤄주곤 그 대가로 영혼을 빼앗는 힘."

저만치 떨어진 승려들은 그 말을 얼핏 듣는 것만으로 쩔쩔매며 고개를 숙이는 것이었다.

"마귀의 그런 계약이란, 결코 인간이 감당할 수 있는 것이 아니오."

남자는 노승의 눈길이 처음으로 자신의 그것과 맞부딪치는 것을 보았다.

"그러니 그것을 이용하려는 자는 반드시 파멸할 수밖에 없소."

"너희가 그것을 두려워한다고, 나와 나의 군대 또한 그러리라 믿는가?"

남자가 웃었다.

"우리는 정복자다."

그 표정만으로도 어딘가의 전투를 승리로 이끌 수 있을 것만 같았다.

"얼마 안 가 흔적도 없이 짓밟힐 이 나라의 왕과 백성들, 그들의 두려움까지 우리는 정복할 것이다."

"아직 알지 못하는 일에 대해 말을 잣는구려."

노승이 말했다.

"전쟁이 다가오기도 전부터 그대들의 소문을 내 들었소."

그는 남자에게 똑바로 눈을 맞춘 채 말을 이었다.

"어떤 성채라도 삽시간에 함락시키는 무적의 군대. 두려운 것이 없는 자들…. 허나 그래서 더 두려워해야 하오."

말장난 같은 소리였다. 남자는 눈살을 찌푸렸다.

"가장 강한 자, 가장 똑똑한 자, 누구에게도 고개 숙여본 적 없는… 그런 이들이야말로 가장 호되게 당하기 마련이오."

노승이 고개를 내저었다.

"마귀 앞에서는 한낱…."

"그만."

남자가 허리춤의 도끼를 단단히 쥐었다.

"듣자 듣자 하니, 네가 내 스승이라도 되느냐?"

남자는 노승의 코앞까지 도끼날을 디밀었다. 잘 갈린 날은 거울처럼 노승의 얼굴을 비추었다.

"마귀의 힘을 쓰는 것도, 계약으로 놈을 묶는 것도 우리가 결정할 일이다."

남자가 한 마디 한 마디에 힘을 실어 말했다.

"너희는 그 마귀가 정말로 있는지, 어떻게 놈을 부릴 수 있는지만 고하면 된다."

승려들이 파리해진 낯으로 바들바들 떠는 동안, 노승은 처음부터 이럴 줄 알았다는 양 놀라지 않았다.

"가장 깊은 방의 벽을 더듬다 보면, 입구가 있소."

노승이 품에서 열쇠를 꺼냈다. 남자가 눈짓하자 부하가 그것을 낚아챘다.

"그것으로 문을 여시오."

"그리고?"

남자가 다그쳐 물었다.

"안에 들어가선 또 무얼 하지?"

"그저 문을 열면 되오."

노승이 대답했다.

"그 안에 마귀가 있을 것이니."

남자가 미심쩍다는 듯 입꼬리를 말았다.

"혹여나 속임수라면, 네 눈을 도려내 저들에게 먹일 것이다."

"함정 따위는 없소."

노승이 고개를 흔들었다.

"무언가 할 수 있었다면 진작 써먹지 않았겠소? 꿍꿍이는 없소이다."

"그러면, 이게 끝이라고?"

남자가 바짝 다가서며 눈을 부라렸다.

"그 문만 열면 된단 말이냐?"

"그렇소."

말이 끝나기가 무섭게, 돌연 노승은 맨땅에 주저앉았다. 체면이고 뭐고 거칠 게 없이 철퍽 궁둥이를 붙였다. 그 난데없는 행동에 남자의 부하들이 영문을 모르고 서로를 쳐다보았다. 하지만 승려들은 아니었다. 그들은 무언가 깨달았다.

겁에 질려 흐느끼던 이들도, 칼날을 피해 눈을 내리깔기에 급급하던 이들도 하나둘 고개를 세우고 허리를 폈다. 머잖아 안마당으로 끌려 나온 모두가 올곧은 자세로 정좌한 채 침묵을 지켰다. 이따금 두려움을 못 이기고 눈꺼풀이나 팔다리가 경련하듯 떨렸지만, 반대로 그래서 더 진솔했다.

"그렇다면… 우리가 필요한 건 전부 얻었구나."

남자가 승려들의 행동에 어리둥절하면서도 말했다. 이가 달처럼 누렇게 빛났다.

"협상을 잘 못 하는군그래."

남자는 앞서 꺼낸 도끼를 다시 허리춤에 차지 않고, 빙글빙글 돌리기 시작했다.

"말하지 않았소."

노승은 그 광경을 지켜보며 마치 어린아이의 재롱이라도 되는 것처럼 빙그레 웃었다.

"전쟁이 찾아오기 전부터 그대들의 소문이 돌았다고."

흐트러진 자세를 가다듬고 그가 다시 입을 열었다.

"다 알고 있었지. 우리 같은 사람들이 무슨 짓을 당하는지…."

"그럼 어차피 살해당할 걸, 수 싸움에서 질 걸 알면서 모든 걸 불었단 말이냐?"

남자가 혀를 찼다.

"내 생각보다 훨씬 멍청하거나, 구제할 수 없는 겁쟁이인 게로군."

부하들은 각자 쥔 무기를 살폈다. 마을에서 써보지도 못하고 곧장 올라온 탓에 날이 온통 새것처럼 번쩍거렸다. 포로를, 그것도 빼빼 마른 까까머리들 수십을 해하는 데 조금 써도 문제는 없을 것 같았다.

"지다니?"

노승의 말이었다.

"그대들이 우리를 이겼단 말이오?"

그는 뜻밖이라는 듯 눈을 휘둥그레 떴다.

"잠꼬대라도 하느냐?"

남자가 불쾌한 표정을 감추지 않고 쏘아붙였다.

"우리는 곧 그대에게 죽을 것이고, 그것만은 변함없소."

노승도 그러나 기세를 굽히지 않았다.

"허나 죽더라도 설령 우리는 지지 않을 것이오."

말장난, 말장난, 말장난. 그러나 남자를 응시하는 노승의 눈동자는 한 점 의심 없이 고요했다. 그것을 마주한 호기심 혹은 털끝만 한 경외가 남자로 하여금 필연적인 명령을 내리지 못하게 만들었다.

"죽는다면 지고, 산다면 이기는 것이오?"

노승이 말했다.

"그대의 '관대한' 처분을 받아 마소가 남긴 구유를 핥으며 사는 것이 그럼 승리인가?"

남자는 눈살을 찌푸린 채 노승의 말을 들었다.

"우리는 진정 우리가 믿던 끝을, 죽음 이후 삼라만상의 뜻을 만나러 가오. 그것을 두려워할 까닭이 없소."

노승의 굳게 닫힌 눈꺼풀은 세상의 모든 비와 우박을 한데 모아 퍼붓더라도 꿈쩍하지 않을 것 같았다.

"그대들은 우리에게 이길 수 없소."

승려들은 노승의 그 말을 구호로 삼아 더욱 굳세게 몸과 마음을 가다듬는 듯 보였다. 마음에 들지 않는 광경이었다.

"우리는 아무것도 바뀌거나 포기하지 않은 채, 본래 따르던 뜻을 고스란히 지닌 채 이 땅을 떠나기 때문이오."

전혀 마음에 들지 않는 광경이었다.

"마음의 어떤 부분도 그대들에게 고개 숙이지 않은 채."

"죽음이 가까워지니 혀가 먼저 도망치려 드는구나."

남자가 코웃음 쳤다. 걸쭉한 가래가 노승의 얼굴에 맞아 흘러
내렸다.

"마음을 돌리지 않았다, 믿음을 바꾸지 않았다. 그러므로 지지
않았다?"

남자는 도끼를 쥔 손에 힘을 주었다.

"네 마음의 힘이라는 것이 그렇게나 강하다면, 당장 우리의 칼과
도끼를 막아봐라."

"말하지 않았소. 그것은 일어날 수 없다고."

노승은 무뚝뚝하게 대답했다.

"벌어질 일은 뻔하오… 우리는 죽소. 그대의 팔에 들린 무기로."

그는 대수롭지 않다는 듯 가래를 닦아내며 말을 이었다.

"그러나 그 사실을 바꿀 수 없는 만큼…."

남자는 그가 난데없이 두 팔을 활짝 벌리는 것을 바라보았다.
앙상한 몸을 감싼 옷자락이 볼품없이 축 처졌다.

"그렇게 죽임당한 우리의 생각을 그대들이 바꾸지 못한다는
것도, 뻔하디 뻔한 사실이외다."

노승은 그 말을 끝으로 조개처럼 입을 다물었다. 남자도 더 기
다려줄 이유는 없었다. 명령이 내려지기도 전 부하들은 이미 움직
이고 있었다. 그렇게 창칼로 이루어진 아가리가 승려들을 덮쳤다.

찰나의 소란이 지나간 뒤 사방이 소름 끼치도록 고요해졌다.

"가자."

말에서 내려선 남자가 말했다. 피범벅이 된 채 숨을 고르던 부
하들이 고개를 돌렸다.

"마귀가 갇힌 곳을 찾아야 한다."

"됐다!"

문은 나란히 선 말 서너 마리가 한꺼번에 지나갈 만큼 컸다. 사람 목을 심심풀이로 베던 장정들이 고기를 본 말벌떼처럼 달라붙어야 겨우 열 수 있었다.

"열린다!"

한번 힘이 붙자 문짝은 비누칠이라도 한 것처럼 술술 밀렸다. 좁쌀만 한 틈새가 점점 넓어졌다. 방 안이 훤히 드러나는 것을 막을 어떤 장애물도 운명의 마지막 손길도 없었다. 방은 사면의 벽, 그리고 바닥과 천장이 모두 이슬처럼 맑은 거울로 되어 있었다.

그리고 문에 가장 가까이 선 이들부터 눈을 쥐어뜯으며 쓰러졌다.

멀리 떨어진 이들이라고 무사한 것은 아니었다. 걸음마를 떼고부터 날붙이를 다루던 부하들이 갓난아이처럼 흐느끼는 틈바구니에서, 남자는 저도 모르게 고통에 겨워 신음했다.

눈(眼), 눈, 눈. 방을 빈틈없이 메운 6면의 거울이 모조리 바늘귀보다 작은 파편으로 깨져 있었다. 그것들이 제각기 맺는 일그러진 상은 단 한 가지. 저녁놀보다도 붉고 한낮의 뙤약볕보다도 강렬한 눈길이었다. 그것을 잠시 응시하더라도 누군가의 손길에 들린 송곳이, 그런 형태의 고통이 눈구멍 깊숙한 곳까지를 헤집었다. 남자는 자신도 모르게 악문 이의 사이로 피가 흐르는 것을 알았다. 그는 간신히 고개를 들어 거울로 된 방 안에 유일하게 있는 무언가를 보았다.

마귀는 인간의 형상을 하고 있었다. 호리호리한 체구는 남자나 여자 어느 쪽으로도 보이지 않았다. 목 아래로는 한 번도 본 적 없는 괴상망측한 옷을 걸치고 있었다. 그러나 얼굴은 보이지 않았다. 볼 수 없었다. 곁눈질만 하더라도 눈이 멀 것 같았다. 남자는 직감적으로 알았다. 너덜너덜 으깨진 거울에 비치는 것이 바로 마귀 본인의 눈길이라는 것을.

갑자기 문이 열려 놀란 걸까. 마귀는 한동안 움직임이 없었다. 그러다가 양손을 뺨—이 있어야 할 것 같은 곳—으로 가져갔다. 검지를 펴 아마도 입가 양끝에 대곤 천천히 손을 올렸다. 남자는 힘껏 도낏자루를 움켜잡았다. 그 감촉이라도 없으면 금방 까무러칠 것 같았다. 깨진 손톱이 생살을 파고들었다.

그리고 선잠에서 깨나듯 일순 모든 고통이 가셨다.

드러난 마귀는 완벽한 초승달 모양의 웃음을 걸고 있었다. 그것이 제 입꼬리에 건 손가락을 뗐다. 그러자 사금파리나 다름없이 변한 방의 잔재가 일제히 결합력을 잃고 곤두박질쳤다. 하늘이 깨지는 것처럼 요란한 소리가 났다. 숨막히는 먼지 구름과 갓 되찾은 낯선 자유의 냄새를 싣고, 메아리가 쩌렁쩌렁 울렸다. 아직 충격에서 벗어나지도 못한 남자와 그의 부하들은 졸지에 그 폭풍에 고스란히 휩쓸렸다.

"아, 마침내!"

새된 목소리는 정신없이 갈라졌지만 그러면서도 길은 잃지 않았다. 아수라장이 된 방의 잔해에서 그림자처럼 뚜렷한 윤곽이 저벅저벅 걸어 나왔다.

"실로 마땅히 와야 할 순간이로다!"

마귀의 신발은 앞코가 좁고 물고기처럼 매끈했다. 표면의 가죽은 칠흑처럼 검고 윤기가 흘렀다. 발등을 가로질러 신을 조이는 끈은 꼭 날개를 펼친 나비처럼 보였다. 신의 뒤축이 바닥을 지르밟을 때마다 말의 편자가 땅을 누르는 소리가 났다. 남자의 귀에는 그 기척이 마치 별천지에서 이 땅을 침공하는 세력의 소리처럼 들렸다.

"그대 자기."

마귀의 걸음걸이는 다른 모든 부하를 제치고 정확히 남자에게로 와 멎었다.

"백날의 단잠이라도 기꺼이 살해할 만큼 반가운지고!"

깨닫고 보니 손이, 하얀 장갑을 낀 곱고 가느다란 손이 내려와 있었다.

"왜 이제야 왔는가?"

"나, 나를 아느냐?"

남자의 대답을 듣고 마귀의 눈썹이 살아 있는 것처럼 꿈틀거렸다.

"내가 자기를 아느냐고? **아느냐고? 물론―알다마다!**"

그것의 박제된 웃음이 더욱 굳건히 제자리를 지켰다.

"모든 고개 숙인 얼굴과 휘둘러진 무기의 끝에 있는 것. 묘석과 금줄과 피 묻은 손수건을 나는 안다네."

마귀가 양팔을 극적으로 펼쳤다.

"나의 어미 중 가장 배다른 이름이야말로 앎이요 지식이요 모래알과도 같은 진리의 파편이라! 그러니 그대 자기, 감히 선언컨대―그러한지고."

남자는 어안이 벙벙한 채로 그것의 손을 잡았다.

"나는 자기를 알지."

힘을 싣자 마귀는 미동도 없이 그를 지탱했다. 흡사 집의 기둥을 붙들고 늘어지는 것 같았다.

　남자는 일어나 약간 진정한 뒤 마귀의 겉모양을 자세히 살폈다.

　옷은 신발과 마찬가지로 검은빛이었다. 위와 아래를 합쳐 한 벌이었는데, 모두 표면에 부들부들한 윤기가 흘렀다. 가죽처럼 요란한 광택은 없었지만 대신 천의 씨줄과 날줄이 상상할 수 없을 만큼 치밀하게 얽혀 빚는 것이었다. 몸에 달라붙는 얇은 외투는 허리가 장구처럼 쏙 들어간 모양이었다.

　외투의 섶은 배꼽 위편의 단추로 여며진 채 올라가다가 멱에 이르러 좁은 부채꼴로 벌어졌다. 마귀는 그 안쪽으로 새하얀 옷을 다시 받쳐 입었다. 흰 옷의 목깃은 살과 맞닿는 곳이 살짝 접혀 떠 있었는데, 그 안으로 웬 끈이 들어가 목덜미까지를 한 바퀴 둘러 감았다. 끈은 목젖에서 마름모꼴로 질끈 동여매진 뒤 그 넓적한 꽁무니를 아래로 늘어뜨렸다.

　"우린 여기 오래 머무를 수 없다."

　남자가 말하자 부하들도 슬슬 몸을 추스르기 시작했다. 곧바로 마귀의 장난스러운 웃음이 뒤따랐다.

　"그러니 바로 본론으로 들어가지."

　"듣던 중 반가운 소리로군!"

　마귀가 불똥이 튀도록 손을 비볐다. 흰 장갑에는 그을음 하나 지지 않았다.

　"내가 지금 가장 하고 싶은 일이 뭔지 자기는 상상도 할 수 없을 거야!"

　새까맣게 반들거리는 눈 속에서 억겁의 불길이 일순 타올랐다가 꺼졌다. 마귀에게는 눈동자가 없었다. 한쪽 끝부터 다른 끝까지가 그저 검은 빛이었다.

그것은 어디든 볼 수 있었지만 진정으로는 아무것도 보지 않았다.

"우리가 너를 왜 풀어주었는지는 알겠지?"

"물론."

마귀가 쾌활하게 대답했다.

"똑같은 것을 바란 것은 자기가 처음도 아니고, 마지막도 아니라네. 계약에는 원래 준비가 필요하지. 그런데…."

마귀가 가슴을 부풀렸다. 군마(軍馬)보다도 큰 호흡으로 주위를 빨아들였다. 그 순간 흡사 어떤 저주받을 요술이 실제로 그곳의 정수를 이끌고 온 것처럼, 남자와 부하들은 사원 밖에 자신들이 남겨두고 온 참상을 생생하게 느꼈다. 숨이 끊어질 때까지 찌르고 부러뜨린 승려들의 시신에서 피가 개울처럼 흘렀다.

"실로 예술가의 손길이로다."

마귀의 양팔이 하늘이라도 부둥켜안을 것처럼 벌어졌다.

"이리도 성대한 환영식을 마련해줬으니."

마귀가 손가락을 뻗어 남자를 가리켰다.

"그대 자기, 어찌 나로서도 약간의 성의를 보이지 않겠나?"

가늘게 흘긴 눈꺼풀 사이로 바늘처럼 검게 타버린 시선이 느껴졌다.

"사소한 것은 생략하고 곧바로 듣지─자기의 소원을."

남자의 얼굴이 환해졌다. 부하들도 흥분을 참지 못하고 법석대기 시작했다. 남자가, 대장이 고개를 돌렸다. 고향에서부터 자신을 따라온 용맹한 전사들의 얼굴을 하나하나 눈에 새겼다. 얼굴만 보고도 술술 그들의 이야기가 읽혔다. 이름, 가족과 친구, 전쟁이 있기 전 어디에서 무얼 하다 왔는지, 어떤 무기를 잘 쓰는지, 전투 중 언제 어디를 다쳐 어떤 흉터가 남았는지까지….

그러나 무기에 녹이 슬듯 이따금 껄끄러운 공백이 그를 붙잡아 세웠다.

기억으로만 남은 얼굴들. 지금 이 순간까지 함께 오지 못한 이들. 주인 없는 무기와 머릿속 이름으로만 남은 이들. 끝없는 전쟁이 이어지는 와중 남자가 이끄는 부대는 수도 없이 많은 마을을, 거리를, 다른 왕의 이름을 지워 없앴다.

와중 흐르는 피가 언제나 적의 것이라고는 장담할 수 없었다.

"소원은 정해져 있다."

그런즉슨, 진정한 전사가 바라야 할 소원이라곤 하나뿐이었다.

"우리를, 나와 나의 부대가 영원히 이기게 만들어다오."

"좋지."

대답은 눈송이가 녹는 것보다 부질없었다.

"되었다네."

"되, 되었다고?"

저도 모르게 말을 저는 그였다. 남자는 흐리멍덩한 표정으로 무기를 휘두르고 팔다리를 풀었다. 마치 그런 것으로 정말 소원이 이루어졌는지 확인할 수 있는 것처럼.

"아무것도 달라진 게 없지 않은가."

"그건, 그대 자기."

마귀가 사뿐사뿐 군대를 등지고 사원을 떠났다.

"내가 결정하는 것이라오."

그것의 걸음걸이는 겉보기에는 사람과 다를 게 없었다. 하지만 그 속도는 눈에 보이는 것과 맞지 않았다. 마귀는 그들을 등진 채 불그스름한 늪처럼 변해버린 뜰에 섰다. 그러고는 이곳저곳을 살피며 돌아다녔다. 죽은 승려 사이에서 아는 얼굴이라도 찾는 걸까? 가만히 그 광경을 지켜보는 남자와 부하들에게 바람이 한 줄기 불었다. 물씬 떠오른 시취가 벌써부터 날벌레를 꾀고 있었다. 피를 머금은 먼지가 햇살을 뚫고 하늘하늘 떠올랐다.

"욕봤소."

마귀의 목소리였다. 저를 가둔 이들에게 건네는 나름의 인정. 판에 박힌 조롱. 별 뜻 없이 던지는 혼잣말. 개중 어느 것이라도 이상할 게 없었다. 어떤 하나의 답을 귀결하기에는 그토록 메마른 말. 그 한마디를 끝으로 마귀는 시체 더미에서 눈을 뗐다. 물에 빠뜨린 조약돌이 수면을 가르고 깊디깊은 바닥으로 사라져 영영 돌아오지 않는 것처럼, 흥미를 잃고 스쳐 지나간 마귀의 말도 그것이 얼마만큼의 진심을 담은 것인지 알 방도라곤 없었다.

욕봤소. 라.

남자는 문득 그 말을 하는 마귀의 얼굴에도 어김없이 박제된 미소가 나붙여져 있었을지 궁금했다.

"다 끝났다고?"

남자가 퍼뜩 정신을 차리고 물었다.

"그럼 우리 영혼은?"

마귀가 그 말을 듣고 몸을 틀었다.

"아, 대범한 데다가 꼼꼼하기까지!"

그런데 위화감이 들었다. 뒤돌아본 마귀의 얼굴이 어딘가 이상했다.

"서로 알아갈 시간은 많이 있는데도, 벌써 자기를 경애하지 않고선 버틸 수 없군."

남자는 나중에 그 순간을 돌이켜 본 뒤에야 마귀의 얼굴이 왜 이상하게 느껴졌는지 깨달았다. 그 눈과 코와 입은 분명 제자리에 있었다. 그런데 그 각각이 위아래로 뒤집혀 있었다.

"우리가 뭘 해야 하지?"

혓바닥이 천장에서 대롱거리는 입, 구멍이 위에 뚫린 코, 그리고 눈꺼풀이 아래에서 치솟아 감기는 눈이란 얼마나 미묘하게 괴이한가.

"영혼을 언제, 어떻게 넘겨야 하나?"

"'넘긴다?' 스스로의 선택인 것처럼 그대들은 곧잘 말하는군."

마귀는 이미 웃고 있었으므로 달라질 것이 없었다.

"일찍이 만물의 이름을 지은 현인이 그것들의 허락을 하나하나 얻었단 말인가? 허나….."

마귀가 손사래 치자 흰 장갑에서 된서리가 내렸다.

"…비유는 제쳐두고, 영혼을 찾아내는 것도 거두는 것도 나의 일이라네."

윙, 윙, 윙… 발 빠른 파리들이 구더기를 양껏 싸질러놓곤 하나둘 떠나기 시작했다.

"다만 그 일시의 조건을 정하는 것 또한 계약의 범위이지. 그러나….."

까마귀들이 배고픔을 참지 못하고 슬금슬금 다가와 시체 더미를 쑤석이기 시작했다.

"말했지만 나는 자기들의 전시회를 보고 제법 감명받았다네. 그래서 말도 안 되게 파격적인 조건을 걸지."

마귀의 손아귀가 감겨들었다.

"영혼을 넘긴다는 것은 곧 소원이 종료되는 것."

남자는 그 말을 들으며 침을 삼켰다.

"그러니 내 쪽에서 어떤 조건을 달더라도 그대들이 아직 소원을, 영원히 이기기를 바라는 이상 불만이 생길 수밖에 없지. 아니한가?"

허공에서 무언가 깨지는 소리가 났다.

"나는, 자기들이 더 이상 소원을 바라지 않을 때 돌아오겠네."

그 말이 얼마나 무시무시한지 알길 바란다는, 아니 알아야 한다는 듯이 긴 침묵이 깔렸다. 마귀가 기대에 찬 눈빛으로 군대를 훑었다.

하지만 별다른 반응이 돌아오지 않았다.

"쉽게 풀어 말하지."

실망한 기색을 군이 숨기지 않고 그것이 이리저리 목을 꺾었다.

"그대들 스스로가 더 이상 이기기 싫어진 뒤에야 그 영혼을 받겠네. 되었나?"

마귀는 이윽고 한마디를 덧붙였다.

"가혹한 조건은 아니라고 생각하네."

남자와 부하들은 찬찬히 마귀의 조건을 곱씹었다. 그리고 그 말이 맞았다. 가혹한 조건일 리가 없었다.

마귀는 그들이 영원히 이기리라 선언했다. 무적의 군대. 불멸한 승리자. 무기를 휘두르는 이들에게 있어 이보다 더한 영광이 있을까? 게다가 그 소원의 끝을 정하는 것 또한 자기 자신이다. 이기고 싶은 만큼 언제까지나 이길 수 있다. 그 기적을 누릴 수 있다.

마귀가 사라진 뒤 남자와 부하들은 떠들썩한 잔치를 벌였다. 마을 전체가 잿더미에 파묻히도록 노랫가락은 멎지 않았다.

＊

거듭된 승리는 세계의 종으로, 횡으로 마구 내달렸다. 천하무적이라는 말이 그야말로 알맞았다. 남자의 부대는 동이 트고 어스름이 내리는 동안 몇 개나 되는 적의 요새를 집어삼켰다. 제아무리 위대한 영웅과 신묘한 전략일지라도 그 앞에서는 조금도 버티지 못하고 거꾸러졌다.

끝없이 펼쳐진 황금빛 모래 위로 태양이 작열하는 지옥, 사계절 내내 얼음이 녹지 않는 땅, 발 디딜 틈도 없이 빽빽한 밀림, 깎아지른 고원, 마른 곳을 찾을 수 없는 늪지대…. 셀 수도 없이 많은 나라가 그들의 본래 냄새를 잃고 이름을 빼앗겼다. 그때마다 서로 다른 말을 하고 다른 옷을 입은 사람들이 남자에게 맞섰지만 종국에는 패배하여 흩어졌다. 여러 사람이 여러 곳으로, 때로는 한 사람이 여러 곳으로.

그렇게 태양마저 단박에 굽어볼 수 없을 만큼 거대한 제국이 생기도록 남자의 부대에선 누구 하나 죽지 않았다. 선혈을 몇 대접씩이나 쏟는 부상이라도 언제 그랬냐는 듯 자리를 털고 일어났다. 그의 부대에는 가벼운 잔병치레조차 없었다. 그들의 갑옷은 언제나 호수의 표면처럼 광이 났고, 무기는 똑바로 바라볼 엄두가 나지 않을 만큼 예리했다.

그래도 시간이 흘러갔다.

✳

　늦은 밤까지 발길이 끊이지 않았다. 늘어선 횃불들이 하늘하늘 춤추었다. 벌판에 급히 차려진 천막은 맨땅을 그대로 드러낸 채 사람들을 받았다. 바깥에서 연신 곡소리가 들려오는 와중, 구석에 모여 두런두런 이야기하는 몇을 빼고는 모두 남자의 주위에 둘러섰다.

　"다 왔느냐?"

　가라앉은 목소리로 남자가 물었다.

　"예."

　"슬슬… 시작하시죠, 대장."

　부하들의 말을 못 들은 것처럼, 남자는 손아귀에 쥔 물건을 만지작거렸다. 부하의 갑옷, 더 이상 제 주인을 섬길 수 없게 된 물건에서 철 미늘 한 조각을 떼어낸 것이었다. 외따로 축출된 쪼가리에도 마귀의 영향이 미치는지, 쇳물을 퍼붓더라도 녹지 않을 것처럼 차가웠다. 그것이 제 원래 주인의 몸과 함께 봉분에 들어가야만 제대로 된 매장을 할 수 있었다. 그것이 전통이었다.

　이게 뭣 하는 일이람.

　부하가 작게 말했다.

　영원히 이긴다고 했잖아. 그런데 이게 뭐야?

　억눌린 말은 딱히 누구의 것이라고 못 할 만큼 은밀했다.

　그래도 죽기 전까지 계속 이겼잖아.

　짐짓 태연한 척 입을 열었지만 다른 목소리 또한 불만이 가득했다.

　세월까지 이길 순 없었나 봐.

어쩌겠어. 이제 나이가 나이인데.

남자는 그런 말을 들으며 한마디도 꺼내지 않았다. 입을 꾹 다물고 그저 손 안의 미늘을 이리저리 굴릴 뿐이었다. 문득 모든 게 우스워졌다.

마귀와의 계약 이후로 말 그대로 밥 먹듯이 손에 피를 묻혔다. 이길 수밖에 없는 전쟁이란 얼마나 즐거운 일인가. 무릎 꿇려 참수한 자, 전장에서 팔다리를 베어 넘긴 자, 몸부림치는 심장에 칼날을 박아 넣은 자가 몇인지 헤아릴 수조차 없는데도, 내가 아는 누군가가 죽는다는 것이 이리도 큰일이 되어 있다. 그런 면에서 보면 분명 마귀의 말은 허언이 아니었다. *영원히 이긴다.*

그렇다면….

"대장."

충직한 부하들이 진언했다.

"너무 늦어지는 것 같습니다."

남자는 침묵을 지키는 편을 택했다. 슬슬 부하들 사이에서 동요가 이는 것이 피부에 와 닿았지만, 지금의 미묘한 감각은 말로는 결코 전달할 수 없었다. 멀리서 지켜본 것이 아니라, 코앞에서 마귀의 손을 잡고 그 눈을 바라보며 약속을 맺은 자만 가질 수 있는. 지금 당장 매장을 기다리는 이들의 채근을 모두 묵살하면서까지 기다릴 가치가 있는.

부하들은 의아해하면서도 기다렸다. 자욱한 땀 냄새와 횃불이 타는 소리를 들으며 자리를 지켰다. 그러다 보면 언젠가 남자가 훌훌 자리를 털고 일어나 어쩔 수 없이 식을 진행할 것이라고 생각했다. 그렇게 사위가 고요해지고 모두의 시선이 남자에게 못 박힌 동안, 일이 벌어진 곳은 엉뚱하게도 천막의 바깥이었다. 와지끈 무언가 부러지는 소리가 들려왔다. 뒤이어 뭔가에 기겁한 사람들이 더욱 큰 소란을 일으켰다.

"여기 계십쇼."

화들짝 놀란 부하들은 반사적으로 허리춤에 손부터 얹었다.

"저희가 무슨 일인지…."

"아서라."

남자가 손을 뻗었다.

"너희 귀에는 안 들리느냐?"

그는 마귀를 떠올리게 할 만큼이나 환한 웃음을 띠고 있었다.

"저 소리가?"

천막 밖 사람들이 죄다 도망친 덕에 뭔가 듣기에는 좋았다. 남아 있는 인기척은 딱 한 명의 것이었다. 젖은 옷을 질질 끄는 것처럼 느린 걸음걸이였다. 그리고 어딘가에서 희미하게 개똥 냄새가 풍겼다. 마치 전장에 남겨진 시신의 냄새 같다고 몇이 생각할 무렵, 새하얀 손가락이 불쑥 천막을 열어젖혔다.

아직 흙조차 밟아보지 않았는데도 그 손가락뼈가 다 나와 있었다. 죽은 살은 담갈색으로 너덜너덜 늘어졌다. 군데군데 몸의 형상은 남았지만 단면으로는 토막 난 뼈와 창자가 한데 엉겨 구불거렸다. 티끌 하나 없던 무기와 갑옷은 그사이 천 년도 더 된 것처럼 녹슬었다. 버섯의 홀씨처럼 우둘투둘 일어난 표면마다 그동안 취한 이들의 핏물과 기름때가 끼었다. 더 이상 몸에 맞지 않게 된 혁대 따위가 걸음걸이에 맞춰 흔들렸다. 그러다가 저들끼리 휘감기며 *치르렁, 치르렁* 기분 나쁜 소리를 냈다.

죽은 자의 연주였다.

불청객—천막 안에서나, 산 자의 땅에서나 모두—은 느린 걸음으로 남자의 앞에 섰다. 곧 부하들의 눈이 더욱 휘둥그레졌다. 해골이 무릎을 꿇어 남자에게 주종의 예를 표한 것이었다.

"잘 돌아왔다."

입을 연 남자는 처음부터 모든 걸 알고 있던 것처럼 보였다. 그는 몸을 굽혀 미늘 조각을 원래 주인에게 돌려주었다. 솜이 물을 빨아들이듯 삽시간에 금속은 제 주인을 따라 변모하였다. 남자가 일어났다. 불멸의 전사에게, 그리고 주변의 다른 부하들에게도 물었다.

"영원히 이길 준비가 되었느냐?"

제국은 그 번영만큼이나 일찍이 멸망했고, 누구의 제어도 받지 않은 채 미쳐 날뛰던 망자들의 군대가 그러한 경향을 부채질했다. 어차피 제국의 말이 잊힌 뒤에도 누군가는 새로운 깃발을 내걸고 새로운 자손을 낳아 번성했고, 죽어도 죽지 않게 된 채 눈에 띄는 모든 것을 그저 죽이는 자들이 신경 쓰는 것은 그것뿐이었다. 언제든 다른 죽일 자들은 있다는 것. 그들의 파괴적인 취미 덕분에 유령 군대를 칭하는 각기 다른 전설들이, 셀 수도 없이 많은 두려움이 대륙 너머의 대륙으로, 바다 너머의 바다로 속속들이 퍼졌다.

"우리가 살아 있을 때보다 적들은 더욱 불어났다!"

도저히 인간의 모습을 찾을 수 없게 된 남자가 호기롭게 선언했다. 부하들은 실제론 있지도 않은 눈을 반짝반짝 빛내며 저희의 대장을 응시했다.

"칼은 길고 예리해졌으며, 갑옷은 무겁고 튼튼해졌다!"

몇몇 병사들이 노획물을 가지고 장난을 쳤다. 맨살이 거의 드러나지 않도록 온몸을 감싸는 갑옷이었다. 얇은 쇠가 놀랍도록 정교하게 맞물려 움직임을 보강하고, 관절 안쪽으로는 미세한 사슬까지 늘어져 방어력을 극대화했다. 게다가 사발처럼 둥그런 은색 투구에는 작은 가리개까지 달려 그것으로 얼굴만 드러내거나 감출 수 있었다.

"그러나 우리는 이겼다!"

원래라면 그들의 녹슨 무기로는 백날을 휘둘러도 생채기조차 못 낼 것이었다.

"지금도 그러하고, 앞으로도 그러하다!"

제아무리 위협적인 반격이라도 적에게 이미 흘릴 피가 없다면 아무 소용도 없었다. 산 자들의 군대는 쇠하지 않는 그들의 일격에 야금야금 물어뜯기며 마지막 한 명까지 유명을 달리했다.

"우리는 영원히 이긴다!"

녹슨 무기와 백 번, 천 번 부딪친 갑옷은 깨졌다기보다 물어뜯기듯 찢어졌다. 그 틈으로 죽은 자들이 내뿜는 유독한 기운이, 그리고 뼈밖에 남지 않은 손길이 때로는 직접 파고들었다. 도주를 택한 이들도 결국은 하나둘 숨이 턱 끝까지 찬 채 목이 베였다. 괜히 고생만 더 한 꼴이었다.

"내일, 강을 따라 진군하면 드디어 이 나라의 왕을 만난다!"

드높은 성벽과 화살 세례를 먼저 뚫고 가야겠지만, 상관없었다. 죽지 않게 된 뒤로 그들에게 성을 공략하는 것은 할 수 있느냐가 아니라 해야 하느냐의 문제였다. 맨몸으로도 충분했다. 보통은 내리쳐진 공격을 뚫고 비틀비틀 몇 번 되살아나주기만 하면, 전투고 뭐고 적 쪽에서 먼저 기가 죽어버렸다. 그런 면에서 오늘

만난—마지막 한 명까지 저항 비슷한 것을 한—병사들의 경우에
는 운이 좋은 편이었다. 그나마 제대로 된 전투를 맛보았으니.

"내가 말한 게 이거라니까."
한편, 부하 몇이 노획물 틈바구니에서 기이한 물건을 발견했다.
"이상한 무기야."
쇠와 나무를 짜 맞추어 속에 가느다란 관을 판 물건이었다.
"무기라고? 이게?"
둘은 탐색에 몰두했다. 막대의 이곳저곳을 움직이고, 뒤집고
두드렸지만 자그마한 금속침이 까딱거리기만 할 뿐 별일은 일어
나지 않았다. 기다랗게 뚫린 구멍에서는 연기 냄새가 희미하게 났
지만, 그들은 냄새에 둔감해졌을뿐더러 사방이 불사의 악취로 가
득 찬 상황에서는 아무것도 말 수 없었다.
"이 안에서 번개를 길렀어."
부하가 볼멘소리를 했다.
"작은 가루로 밥을 주니까 순식간에 다 자라서 뛰쳐나오던걸."
부하는 오늘 생긴 신선한 흉터를 어루만졌다. 깨졌다가 다시
붙은 뼈는 사마귀처럼 자글자글한 파편으로 꽉 차 있었다.
"나 원. 허깨비 같은 소리나 늘어놓고."
그리고 손에 든 것을 내던졌다.
"됐어."
쇠로 된 부분은 그나마 멀쩡했지만, 나무로 만들어진 쪽은 그
들의 기운에 잠식되어 다 바스러진 뒤였다.
"별것 아니겠지."

내가 잠들어 있었나? 남자가 흠칫 눈을 떴다.

물론 말도 안 되는 소리였다. 감을 눈이 없는데 어떻게 잠을 청한단 말인가? 남자는 목뼈가 어긋나도록 고개를 털었다. 주변을 감싸고 있던 부연 껍질이 벗겨졌다. 벌판은 쾨쾨한 빛의 말라죽은 풀로 가득했다. 초겨울의 싸늘한 바람이 갈빗대를 휘감고 지나갔다. 산 자들의 냄새가 거기에 실려 왔다.

익숙한 일이었다. 몽롱한 상태에 빠졌다가 문득 현재로 끌려오는 것은.

특히 육신의 제약이 없어진 뒤로는 어떤 지표가 될 만한 식사, 수면 따위의 활동을 하지 않다 보니 더욱 그랬다. 끊임없이 싸우고 죽이고, 싸우고 죽이고, 도저히 견딜 수 없을 정도로 부서지거든 어딘가에서 신기루처럼 부활하고, 다시 싸우러 갔다. 안 그래도 무뎌진 감각 탓에 시간은 남자와 부하들이 도저히 따라잡을 수 없는 무언가가 되어 있었다. 멀어지는 파도를 좇아 철퍽철퍽 뻘을 헤매는 것처럼 망자들의 군대는 역사에서 완전히 유리되었다. 그들이 언제부턴가 산 자들의 말과 글을 전혀 이해할 수 없게 된 것도 그런 연유에서였다.

"전투 준비!"

"뭐라고 지껄이는 거람?"

눈구멍이 내려앉다 말고 엉성하게 붙어버린 부하가 투덜거렸다.

"신경 쓰지 마라."

남자가 산 자들의 군대를 응시했다. 그네들은 겁을 먹었는지 이쪽으로 접근하는 대신 가만히 서서 저들끼리 무언가에 몰두하고 있었다.

"어차피 할 일은 변하지 않는다."

산 자들의 지휘관이 바삐 부대를 독려했다. 그러나 남자와 남자의 부대에서 보기에는 우스꽝스럽기 그지없었다.

"저것이 우리와 맞설 이들인가?"

남자가 코웃음을 쳤다.

"참으로 실망스럽군."

굴뚝처럼 솟은 펑퍼짐한 군모는 끄트머리에 깃으로 된 장식까지 달고 있었다. 몸에 착 달라붙는 감청색 옷은 문득 마귀의 모습을 떠올리게 할 만큼 이질적이었다. 찌르고 들어오는 무기를 어떻게 방어할 것인지 심히 의심스러워지는 그 두께에 더불어 옷의 곳곳에 큼지막한 단추나 견장, 치렁치렁한 술이 매달려 있었다. 그 색도 화려하기 짝이 없어 아무리 봐도 군인이 아니라 한껏 꾸민 광대에 가까웠다. 어깨에 걸친 무기는 부채꼴 모양의 넓적한 자루가 몸체 대부분을 차지했는데, 그 끝에 있는 작은 구멍 아래론 생색내듯 얄팍한 칼날이 삐죽 튀어나와 있었다.

"시시한 싸움이 될 것 같구나."

마치 언제는 그러지 않았다는 듯 남자가 선언했다.

"빠르게 끝내고, 저들이 지키는 마을로 들어간다. 돌격!"

거리가 빠르게 좁혀졌다. 적들의 움직임이 분주해졌다. 튼튼한 사각의 진을 고수하던 부대가 어이없게도 고작 2, 3열짜리 횡대로 길게 늘어섰다. 듣도 보도 못한 전법에 맹렬히 달려가던 부하들이 실소를 지었다.

"1열 준비!"

"생각보다 더 빠르게 끝나겠는걸요, 대장."

적들이 그 괴상한 무기를 한층 더 괴상하게 들었다. 넓게 퍼진

꽁무니를 어깨에 받치고, 팔을 들어 눈가에 그 몸통을 고정했다.

"얼간이들이 따로 없군요!"

"발사!"

"혹시 처음부터 우리가 두려워서….."

무언가 바람을 헤치며 날아왔다. 제대로 본 이들은 아무도 없었다. 땅 전체가 징처럼 울렸다. 앞장서 달리던 해골들이 고꾸라졌다. 자디잔 뼛조각들이 나뒹굴었다. 균형을 잃고 넘어진 몸이 민들레의 씨앗처럼 흩어졌다. 엉거주춤 진격이 멈췄다.

"2열 앞으로!"

막대를 든 광대들이 무기를 쑤시는 동안 뒤에 서 있던 이들이 앞으로 나섰다.

"발사!"

그러고는 벌어졌던 일이 반복되었다. 보이지 않는 힘이 꼿꼿한 일직선을 유지하며 돌진했다. 파괴는 꼼꼼하고 균등하게 망자들을 덮쳤다. 부하들의 몸뚱어리가 마구 뒤엉켰다. 곤죽이 된 뼛가루가 발악하듯 형체를 갖추면 금세 다음 일격이 다다랐다.

"당황하지 마라!"

남자가 외쳤다. 막 두 다리를 얻어 일어서던 참이었다. 뼈로 쑨 묵 같은 꼴이 되어서는 그것이 최선이었다.

"우리는 영원히 이긴다!"

"우리는 영원히 이긴다!"

부하들이 기세를 회복했다. 면밀히 살피면, 충격에도 공백은 있었다. 횡으로 드문드문 뜨였고, 무엇보다 그것이 맹렬히 들이닥치는 순간과 그렇지 않은 순간이 있었다. 적의 몸짓은 멀리서 볼 때는 하나처럼 일사불란했지만, 다가갈수록 조급해졌다. 그 무기에 대해 아무것도 모르는 그들이 보기에도 헛손질이 종종 있었다.

"우리는 영원히 이긴다!"

"우리는 무적이다!"

망자들이 코앞까지 다가오자 적은 그네들 무기 주둥이에 붙은 가냘픈 칼날을 사용할 수밖에 없었다. 겨울맞이 준비를 하던 메마른 벌판은 느닷없이 피와 골수와 저민 고기로 가득한 풍요를 맛보았다. 산 자들의 지휘관도 붙잡혀 목을 잘렸다. 그래서 과정이 다소 까다로웠으나 결과적으로 그들은 승리했다.

이번에도.

그것과 비슷한 일이 있었다. 그런 경험을 했다.

새로운 현재로 문득 남자는 돌아왔다. 그런데 어느 쪽이 기억이고 어느 쪽이 지금인지, 어느 쪽에서 어느 쪽을 떠올리는지 알수 없었다. 그들은 이제 피와 살을 가졌을 때보다 수십 배는 더긴 세월을 무감각한 망자의 몸으로 보내왔다. 뒤섞여 엉망이 된기억은 지금 이곳의 기준조차 어그러뜨렸다.

아무튼 남자는 부하들을 이끌고 나아갔다.

쇠로 만든 줄이 그들 앞을 가로막았다. 줄은 세상을 빙 두르는것처럼 시야 한가운데를 가로질렀다. 줄은 저들끼리 똬리를 튼뱀처럼 구불구불 말려 있었다. 그리고 언젠가 본 빨간 꽃의 줄기처럼 다시 쇠로 된 가시들을 삐죽삐죽 달고 있었다. 줄에 한번 휘말리면 순식간에 골반이 짜개지고 등뼈가 떨어져 나갔다. 쇠로된 줄 뒤편으로는 흡사 뱀처럼 기다랗게, 나란히 도사린 구덩이가 있었다. 그 안에서 산 자들이 몸을 숨긴 채 번개를 기르는 막대만 빼꼼 내밀었다. 이전보다 번개들은 더 빨리 나이를 먹고 그만큼 강하게 뛰쳐나왔다. 이제 몸뿐 아니라 단풍처럼 알록달록하게 녹슨 무기들도 몇 번이고 부서졌다 달라붙기를 반복했다.

"비슷한 일이라니?"

남자는 세 발 달린 검은 괴물을 보았다. 뒤편에 인질처럼 산 자를 한 명 데리고 있었다.

"말도 안 되지 않는가."

괴물은 다리를 굳건히 고정하곤 납작한 계란형 얼굴을 이쪽으로 향했다. 그 낯짝에는 작고 검은 입 말고는 아무것도 없었다. 원통형의 몸은 옆구리에 구멍이 뚫렸는데, 그 틈으로 자그마한 내장을 묶은 띠가 웬 상자까지 이어져 있었다. 뒤에 있는 산 자가 괴물을 붙잡고 자세를 잡았다. 괴물의 입에서 불꽃이 피었다.

벌어지는 일을 하나하나 읊기에는 모든 것이 너무 빠르고 요란했다.

남자는 멀리 날아간 손을 움직였다. 잘게 나뉜 손가락들이 굼벵이처럼 흙을 팠다. 남자는 매캐한 냄새에 허우적거렸다. 두개골 안쪽까지 흙이 들어찼다. 그가 울부짖자 나무와 풀과 산 자들을 겁에 질리게 하는 부패의 힘이 내뿜어졌다. 그러나 셀 수도 없을 만큼 인간의 피로 더럽혀지고 불타오른 땅은 더 이상 그들의 기운에 반응하지 않았다.

그래도 아주 조금씩, 조금씩 구덩이에 다가가고 있었다. 계속해서 일어나는 그들에 비하면 쇠로 된 줄도 언젠가는 시들었다. 적들이 번개를 기르는 속도도 초반의 맹공에 비하면 느려졌다. 남자는 몇몇 괴물이 내장의 띠를 더 이상 빨아들이지 못하는 것을 보았다. 뒤에 있던 산 자는 아무것도 못 한 채 멍청히 굴고 있었다.

"우리는 영원히 이긴다."

"우리는 무적이다."

그리고 기억하기 싫을 만큼 긴 시간이 지난 뒤, 참으로 오랜만에 그들은 피를 보았다.

허깨비처럼 승리의 순간은 지나갔다.

"대장?"

시간은 점점 더 빨라졌다. 빨리 잊고, 빨리 돌아오고, 그만큼 가벼운 기억을 쉽게 흘렸다.

"무슨 생각을 그리 해요?"

어제도 오늘도 내일도 다를 것이 없어서 뒤돌아보면 어디부터 선을 그어야 할지 모를 학살의 순간이 모래알처럼 흩어져 있었다. 남자는 자기네들이 오솔길을 따라 진군하던 것을 떠올렸다. 근처에 산 자들의 마을이 있었다.

"멍하니 계시던데, 선 채로 꿈이라도 꾸셨습니까?"

시답잖은 물음에 대답하려던 찰나 일순간 나무와 산세가, 길의 모양이 달라졌다. 전혀 다른 곳에 그들은 있었다. 남자가 징검다리처럼 끊어진 기억 속에서 주춤거렸다. 지금의 지금이 조금 전 부하와 이야기하던 것과 같은 지금인지조차 알 수 없었다. 앞을 노려보자 마을의 어귀가 보였다. 축지법이라도 쓴 걸까? 어리둥절하여 뒤를 보자 자신들이 걸어온 길이 뚜렷하게 보였다. 발자국을 따라 잡초나 들꽃 따위가 시커멓게 죽어 있었다. 그러고 보니 그림자의 방향도 달라졌다. 해가 그사이에 움직였다.

이렇게까지 기억이 잦게 끊긴단 말인가. 무언가에 홀린 기분이었다. 남자가 도낏자루를 부서져라 쥐었지만 그들은 이미 고통이 무엇이었는지조차 영영 잊은 뒤였다. 그들은 마찬가지로 표정도, 마음을 읽고 표현하는 것도 잊어버렸다. 그들은 더 이상 '느낄' 수가 없었다. 꼬리를 깨문 채 빙글빙글 생각을 굴리는 머릿속만 남고, 그 밖의 보이고 들리는 모든 것이….

부하들은 제각기 제 눈앞에 펼쳐진 마을을, 아니면 어떤 요사한 자연의 변덕을 바라보았다. 널찍한 길은 매끄러운 잿물 같은 것으로 포장이 되어 있었다. 그 위로 이따금 흰 선들이 겹쳐졌다. 길가에 솟은 것들은 안에 사람이 들어가는 것 같았지만 그들이 아는 '집'과는 모양도 재질도 한참 동떨어져 있었다. 구조물 군데군데로는 맑은 호수를 네모반듯하게 도려낸 듯 투명한 부분이 있어 내부를 그대로 볼 수 있었다. 물론 그 안에 있는, 앞이 검게 반들거리는 네모난 상자나 뚱뚱하게 부푼 가죽 의자 같은 것들은 그들을 더욱 혼란스럽게 만들 뿐 어떤 실마리가 되지는 못했다.

"꿈을 꾸는 것 같구나."

남자가 발치를 내려다보았다. 잿물을 바른 길은 그들이 내뿜는 기운에 아랑곳하지 않았다. 집을 두른 하얀 울타리와 그 안쪽에 예쁘게 난 잔디는 그래도 이곳에 누군가가 산다는 단서가 되었다. *샅샅이 뒤져서 산 자를 데려와라.* 그렇게 명령하려고 남자는 입을 열었다. 또다시 해가 기울고 훌쩍 그림자의 방향이 바뀌었다.

수색이 끝났다. 아무도 없었다. 누군가가 선고라도 내리는 것처럼 그런 생각이 밀어닥쳤다.

그들의 몸은 더 이상 눈을 깜빡이지도 않고 혀를 깨물지도 않았다. 코가 막힐 일도 없었고 발톱이 살을 파고들거나 재채기가 나올 일도 없었다. 그래서 그들의 몸은 싸우지 않을 때 무얼 해야 할지 알 수 없었다. 그나마 감각이 들뜨는 것은 누군가를 쓰러뜨리고 배를 찔러 내장을 끄집어낼 때뿐이었다. 그 나머지와 연결된 모든 기억은 길 잃은 뗏목처럼 둥둥 표류하여 쉬이 망각에 잠겨버렸다. 그래도, 이건 너무 심하지 않은가?

아무튼 수색이 끝났다. 당연한 사실을 그는 구태여 곱씹어야 했다. 그런데….

"이것 좀 보십시오!"

부하 한 명이 제가 찾은 것을 들이밀었다. 잔디가 자라는 땅을 조금 잘라 들고 온 것이었다. 그런데 아래를 보니 흙은 온데간데없이 이상한 망 같은 것이 저희끼리 얽혀 잔디를 떠받쳤다.

"괴이한 물건이로고."

망은 인공적으로 만든 것 같았는데, 낭창낭창 잘 구부러졌지만 질겨서 사람의 힘으로는 끊을 수 없었다. 그 매끈한 표면도 길을 덮은 것과 마찬가지로 그들의 힘에 반응하지 않았다. 거기에 자세히 보니 땅뿐만 아니라 그 위에 얹힌 잔디도 그랬다. 풀의 모양을 본떠 꾸민 것이었다. 다른 부하가 묵직한 물건을 내밀었다.

"이런 것도 있었습니다."

나무 같았는데, 봉이라기엔 작았고 침이라기엔 두꺼웠다. 그런 원통이 여럿 모여 육각 모양으로 묶여 있었다. 원통의 꼭대기에서 굵고 질긴 줄이 하나씩 뻗어 조금 떨어진 곳에서 하나로 모였다.

"이런 게 잔뜩 집집마다 있었습니다."

줄은 조금 더 이어지다가 부하가 직접 칼질을 했는지 녹이 묻은 채 끊어져 있었다.

"보여드리려고 하나 끊어서 가져왔지요."

남자는 자기가 눈살을 찌푸렸다고 생각했다.

"이것으로 확실해졌다."

부하들이 귀를 기울였다.

"마귀의 농간이 틀림없구나."

그가 자신 있게 고개를 끄덕였다.

"무엇 하나 말도 안 되는 것들뿐이다. 쇠로 된 괴물 따위의…
모조리 마귀의 속임수다."

이제는 부하들도 함께 고개를 끄덕이고 있었다.

"제 꼭두각시들을, 허깨비를 대신 내세워서… 우리가 산 자들
과 싸운다고 생각하게끔…."

논의가 이어지는 한편 마지막 해골까지 털레털레 마을, 아니
면 그렇게 보이도록 만든 곳으로 들어갔다는 사실이 명백해졌다.
파도처럼 구불거리는 선은 보이지 않는 방식으로 목소리를 실어
날랐다. 마침내 불이 댕겨졌다. 불똥은 도화선을 따라 조용히 빠
르게 망자들이 볼 수 없는 곳을 나아갔다.

흙이 구름처럼 높이 솟았다. 암반이 쪼개질 정도로 거대한 폭
발은 죽은 자들의 기억에 남을 법한 그 무엇도 남겨놓지 않았다.

남자는 눈을 떴다. 또 다른 지금에 있는 자신을 보았다. 그런데
도 아직 깨어나지 못했다.

마찬가지의 잿물로 된 길을 바퀴를 단 짐승들이 지나다녔다.
우렁찬 포효가 줄지 않았다. 짐승들은 물살에 벼려진 조약돌처럼
유연하게 생겼고, 납작한 얼굴에는 부리부리한 눈과 입이 거의
닿을 것처럼 붙어 있었다. 불룩 솟은 등짝은 양옆이 투명하여 배

속이 다 들여다보였는데, 놀랍게도 그 안에는….

남자와 부하들이 주위를 둘러보았다. 투명한 건물들이 하늘을 밀쳐내며 고개를 쳐들었다. 알 수 없는 글자를 담은 깨끗한 현판들이 있었다. 그러나 제일 먼저 눈에 들어온 것은. 산 자들이었다. 바글바글한 산 자들. 어딘가의 안이나 밖에서 앉아 있거나 서 있거나 걷거나 그로서는 알 수 없는 무언가를 하는 산 자들의 시선이 느껴졌다.

그들과 가장 가까운 산 자가—놀랍게도 남자가 지금까지 본 중 가장 마귀와 비슷한 차림새를 하고 있었다—주머니에서 손바닥만 한 석판을 꺼내 들었다. 그것을 정면으로 들어 멍청이처럼 제 얼굴을 가리자, 곧이어 석판에서 천천히 손뼉 치는 소리가 났다.

"또 여기야?"

낯선 말이 송곳처럼 남자를 후볐다. 그 말이 기폭제가 되었다.

"예보가 맞는 날이 없네."

남자는 자신이 몰랐을 뿐 주변을 가득 메운 무어라 형용할 수 없는 굉음이 실은 산 자들의 입에서 나오는 말소리라는 것을 알았다.

"원래 그따위지, 뭐. 예전에는 한 곳에서 다섯 번 나타났다던데."

"어, 라이브라니까! 지금 여기 있어!"

"우회로로 돌아가세요!"

"또 지각하겠네, 왜 계속 난린데!"

"너무 가까이 가지 마! 사진만 찍고 얼른 오는 거다?"

분주히 몰려들어 다른 산 자들을 떠미는 이들은 모두 같은 옷을 입고 있었다. 비단처럼 윤이 흐르지만 빗물 한 방울 스미지 않을 것처럼 몸이 완전히 밀폐되었다. 번개를 기르는 막대를 들고 있었지만 기억 속 물건들보다 훨씬 짧고 단단했다. 그나마 이해하기 쉽도록 일이 돌아가는가 싶다가도, 금세 남자는 어안이 벙벙해졌다. 하늘만큼 높은 건물에 달린 얇은 판에 갑자기 어마어마한 크기의 거인이 나타났다.

「…번째 유령 경보입니다. 가급적 외출을 자제해주시고….」

부하들이 제자리에서 붕붕 무기를 휘둘렀다. 기세를 실어 발뼈에 금이 가도록 땅을 내리찍었다. 아무것도 반응하지 않았다. 검은 잿길 양옆으로 한 뼘만큼 쌓아 올린 길조차 반듯하게 자른 돌덩이였다. 산 자들이 멀어졌다. 같은 옷을 입은 자들이 번개를 기르는 막대기를 쥐었다. 곧 '퐁' 소리와 함께 무언가가 날아들었다. 깨어날 수 없는 꿈에 그들은 갇혀 있었다.

세상이 뒤집히고 아주 잠깐 뜨거워졌다. 그러고는 다시

웬 벌판이었다.

쇠로 된 괴물이 땅을 콱콱 도려내며 다가왔다. 양쪽으로 무수한 바퀴가 한데 이어져 발판을 깔고, 팔도 다리도 없는 대신 육중한 머리와 거기 붙은 기다란 코로 균형을 잡았다. 태양처럼 커다란 불꽃이 곧 괴물의 콧구멍을 비집고 피어올랐다. 남자의 부하들로 물샐틈없던 시야가 한순간 깨끗이 트였다. 여전히 너른 벌판과, 지척에 생겨난 검은 구덩이가 눈에 들어왔다. 근처의 흙은 온통 그을린 채 시커멓게 신음했다. 그 사이로 두 번째 불꽃이 보였다.

"허깨비다."

한 공터였다.

바닥의 흙은 단단히 다져져 날조차 들어가지 않았다. 그 위에 그런데 이상한 무언가가 그려져 있었다. 인공적인 염료를 이용한 문양이었다. 몇 개씩 드리운 동심원은 아주 예전 활시위를 당겨 목표를 맞추던 시절의 기억을 떠오르게 만들었다. 문득 바람이 빨라졌다. 고개를 들자 꽁무니에 화염을 매단 기둥이 떨어져 내리고 있었다. 기둥의 뾰족한 주둥이에서 눈부신 빛이 쏟아졌다. 거품처럼 허물어지는 세상을 남자는 바라보았다.

"허깨비야."

바다였다.

그들은 뗏목을 만들었다. 해안선을 따라 무언가 싸워 이길 것을 찾으려 했다. 나무와 노끈이 순식간에 썩어버렸지만 주위를 샅샅이 뒤진 덕에 쓸 만한 물건들을 찾을 수 있었다. 가벼우면서도 질기고, 투명하면서도 튼튼한 이상한 재료들이 많이 있었다. 그리고 항해를 나간 지 얼마 안 되어 그들의 것보다 열 곱절은 더 높은 배가 다가왔다.

모루처럼 생긴 외관은 그것을 쇳덩이를 물에 뜨게 만드는 요사한 주술처럼 보이게 만들었다. 남자는 부하들더러 그것을 무시하라고 일렀다. 이쯤 되니 생각이 확실히 굳어진 까닭이었다. 거대한 배의 갑판에 뾰루지처럼 볼록 솟은 것이 고개를 돌렸다. 뾰루지에 달린 막대에서 구름만큼이나 거대한 불길이 내렸다.

"전부 허깨비야."

✳

폭발, 폭발, 폭발. 나중엔 그 간격이 점점 짧아져 기억하는 모든 순간이 집요한 하나의 화염으로 덧칠되었다. 어느덧 산 자들은 완전히 모습을 감추었다. 얼핏 인상이 남는 것들은 하나같이 단단하고 또… 도무지 뭔지 모를 것들뿐이었다.

먼지가 날렸다. 사이로 눈부신 섬광이 내달렸다. 빛에 닿자 부하들이 삽시간에 잿더미로 변했다. 잉걸불조차 남지 않은 몸뚱어리는 다시 들러붙지 않았다. *이젠 폭발도 필요 없단 말인가.* 남자가 생각했다. 옷을 입지 않아도 그 맨몸이 바위보다, 화살촉보다 굳고 단단한 무언가. 무기를 쥔 것은 분명 산 자를 닮은 것들이었다. 그러나 한 걸음 한 걸음이 부자연스러우리만치 정확했다.

바닥을 뒹굴던 부하가 다가온 단단한 것에게 무기를 찔러 넣었다. 알아볼 수 없을 정도로 오염된 날은 예전처럼 유연하지 못했다. 단단한 것의 표면에 받히자 그대로 산산이 부서졌다. 공격을 받은 쪽에는 부채주름만큼의 홈도 잡히지 않았다. 단단한 것이 몸을 돌렸다. 그대로 부하의 남은 부분을 짓이겼다. 남자가 몸을 일으켰다.

"이런 것들이 다 무어란 말이냐!"

아무도 남자의 말을 듣지 않았다.

"속임수야! 마귀의 농간이다!"

단단한 것이 막대의 주둥이를 겨누었다.

"더러운 술수야! 계약을 억지로 끝맺으려 한다!"

남자가 밑동만 겨우 남은 팔을 쳐올렸다.

"당장 나와라!"

단단한 것의 막대에서 섬광이 엿보였다.

"이 극악무도한 환상을 거둬라!"

또 부활이 찾아오리라, 그 뒤의 남자는 다시 전혀 다른 전장에서 전혀 다른 허깨비에게 난도질당할 터였다. 그때 불현듯 눈길이 이상한 곳으로 향했다.

땅에 핀 꽃.

누구에게도 그 향기를 전하지 못할 것처럼 보이는 하찮은 들꽃. 그 끄트머리에 엉뚱하게도 피가 한 방울 맺혀 있었다. 전쟁터에서는 당연한 것이었지만 지금 그런 것을 흘릴 수 있는 존재는 근처에 하나도 없었다. 핏방울이 그리고 떨어졌다. 떨어진다… 채 한 뼘도 안 되는 높이를 느리게, 느리게, 더 느리게…. 이곳저곳에서 번뜩이던 빛이 일제히 얼어붙었다.

"그대 자기, 불렀나?"

등 뒤의 목소리가 남자를 꿰뚫었다.

곧바로 유령 군대로, 죽지 않는 자로 견뎌온 무수한 전투와 죽음의 기억은 모조리 눈 녹듯 사라졌다. 그날 사원에서 살아 숨 쉬는 인간의 몸으로 마귀를 마주하던 순간이 오늘 지금으로 곧장 이어졌다. 남자가 몸을 틀었다.

눈처럼 새하얀 식탁보, 얼룩 한 점 없이 깨끗한 접시, 그 위에 쌓아 올려진 백골. 어느 것이 더 맑고 순수한지 경쟁이라도 하는 것 같았다. 아직 살점이 붙은 뼈다귀를 게걸스레 해치우면서도 마귀는 웃음을 유지했다. 이윽고 말끔히 발라낸 뼈를 집어 던졌다. 남자는 어느 이름 모를 짐승의 조리된 뼈에 맞았다.

"실례했네. 우리 자기."

마귀가 박제된 웃음을 전했다. 희미하게 기름 냄새가 났다.

"어느 쪽이 어디인지 헷갈렸다오."

"이 간악한 마귀야!"

마귀는 즐거워 견딜 수 없다는 듯 목을 꺾었다.

"당장 이 모든 속임수를 거두어라!"

남자가 앙상하게 고함쳤다.

"네놈의 허깨비들은 더 이상 보고 싶지 않다!"

어느새 부하들도 주위에 와 있었다.

"우리를 진짜로 영원히 이기게 해주기 싫었던 게야."

깜부기처럼 타버린 해골들이 하나둘 저희의 대장에게 힘을 실었다.

"그래서 이 말도 안 되는 환상에 우릴 빠뜨렸지!"

"이런 걸로 우릴 속이려고 하다니!"

"허깨비라!"

마귀가 입보다도 큰 미소를 지었다. 정말로 이상하고, 또 정확하지도 않은 풍경이었다.

"있을 수 없는 것, 고로 있지도 않은 것들이 그대들을 '이긴다'는 건가?"

"그건 네놈이 제일 잘 알 터이다!"

남자는 들어 올린 도끼날을 있는 힘껏 식탁에 내리찍었다. 뻔하게도 아무 일도 일어나지 않았다. 마귀는 미동도 하지 않았고, 식탁보는 여전히 첫눈처럼 희고 깨끗했다.

"그렇다면 무엇이 문제인지 나에게도 그 까닭을 들려주지 않겠나, 자기?"

마귀가 속살거렸다.

"있지도 않은 것에게 어찌 그대들과 같은 전사들이 '진정으로' 질 수 있단 말인고?"

식탁보는 그대로였다. 오히려 도끼가 변하고 있었다. 식탁과

닿은 곳부터 스멀스멀 살아났다. 깨끗해졌다. 막 숫돌에 벼린 것처럼 날에 윤이 돌기 시작했다. 모두 눈을 휘둥그레 떴지만 각자 본인을 빼면 아무도 눈치챌 수 없었다. 실제로 그들에게는 치켜세울 눈두덩도 없었으니까.

"잠꼬대 같은 소릴랑 집어치우게, 자기."

마귀가 손끝으로 도끼를 밀어냈다.

"있지도 않은 허깨비가 어떻게 그대를 이길 수 있는가?"

남자가 꼴사납게 엉덩방아를 찧었다.

"그건 마치, 어느 까까머리 늙은이의 있지도 않은 마음이 현실의 전사들을, 그네들의 '용맹'을 끝내 이겼다는 것처럼 들리지 않는가?"

마귀가 호주머니에서 무언가 꺼냈다. 둥글넙적한 금속 뚜껑을 열자 흰 원판이 드러났다. 가운데에서 세 개의 크고 작은 바늘이 바깥쪽으로 뻗었고, 판의 가장자리에는 서로 같은 거리를 유지하는 열두 개의 작은 머리가 있었다. 마귀가 원판을 응시하며 남자를 곁눈질했다.

"그대 자기, 할 말은 그게 다겠지?"

바늘들이 조금씩 움직이며 열두 개의 머리를 도려냈다. 머리들은 모골이 송연해지는 비명을 질렀다.

"난 목이 잘린 수탉만큼이나 바쁘다네."

마귀는 활짝 웃으면서도 한숨을 쉬었다.

"지금 이 순간에도 날 애달피 찾는 목소리가 아흔의 아흔, 발이 빠른 말과 쓴 가루약 따위로 날 따돌릴 수 있으리라 믿는 이들이 다시 그 아흔의 아흔은 된단 말일세."

"우린 허깨비와 싸우고 싶은 게 아니야!"

부하 한 명이 씩씩거렸다.

"대장은 우릴 영원히 이기게 해달라고 했잖아!"

물론 그 거친 숨결이란 실은 어디에도 없었다.

"허깨비들한테 붙잡혀 있는 게 아니라!"

어느 누구도, 남자나 동료들은 물론이고 그런 말을 한 망자 스스로조차 자신이 그렇게 말할 수 있는지 몰랐다. 그렇게나마 새로운 가능성을 깨달았지만 때는 이미 늦어 있었다.

"우릴 진짜 적들하고 싸워서 이기게 만들어라!"

"개인적으로, 자기들이 그날 빚은 작품을 감상한 친분으로 말이야."

마귀가 사근사근 말했다.

"조금 아슬아슬한 귀띔을 해주자면, 그대들은 아직 이기고 있다네. …이기는 중이지."

마귀가 눈을 굴렸지만, 망자들의 경우와 마찬가지로 이것도 자기 자신만 알 수 있는 움직임이었다. 그 눈길에는 흰자위나 검은자위는 물론이요 적의와 즐거움의 구분 또한 없기에.

"다만 승리의 순간에 다다르지 못 했을 뿐."

마귀가 주먹을 쥐었다.

"아무렴 강이 마르고 산이 무너지도록 시간이 지난다면, 그렇게 적이라고 할 만한 이들이 모조리 죽어 없어진다면 그것이 자기들의 승리와 무엇이 다른가?"

망자들은 아무 생각도 들지 않았다.

"하지만 그건 좀 매몰찬 처사로군, 거기에서 말을 끝낸다면 그만 베갯잇이 다 젖겠어."

마귀는 식탁보를 구기며 무언가를 골똘히 생각했다. 손에 든 원판에서는 여전히 비명이 울려 퍼졌다.

"예술가를 푸대접해도 좋은 곳은 스스로의 일기장뿐이니, 위안이 되는 이야기라면… 그래. 자기가 나에게 바랐던 것을 다시 읊어볼까? 정확히?"

마귀의 손이 남자를 가리켰다.

"영원히 이기게 해달라. 고 말했지?"

남자에게 마귀가 손을 뻗었다. 그날처럼, 그러나 뼈만 남은 몸은 그때와는 비교도 할 수 없을 만큼 가벼웠다.

"부끄러워할 필요 없다네, 자기."

빈 포대가 나부끼듯 남자는 일으켜졌다.

"내 앞에서는 유한자들 중 아무도 그런 말들—영원히, 완전한, 절대로—을 전혀 심각하게 생각하지 않으니까!"

마귀가 쥐고 있던 물건이 미친 듯이 골골거렸다. 엄청나게 빨리 돌기 시작한 바늘이 단 일합에 열두 개의 머리를 동강 냈다. 비명은 작은 재채기처럼 들렸다. 새로 나타난 인형들을 다시, 또 한 번 더, 다시 한번…. 바늘은 점점 더 빨라져 결국 인형이 놓인 판이 아예 보이지 않을 정도가 되었다.

주변의 풍경도 그에 맞추어 달라졌다. 망자들의 몸을 뚫고 까마득한 산이 솟는가 하면 순식간에 바닥이 보이지 않을 만큼 깊은 골짜기가 생겨났다. 태양과 달이 주거니 받거니 하늘을 가로지르고, 물장구치는 벌레들처럼 밤하늘의 별이 시시각각 자리를 바꾸었다. 망자들이 허둥지둥 당황하는 사이 그리고 바늘이 멈추었다.

아무것도 없었다.

주변에는 상하도 좌우도 앞뒤도, 방향도 색깔도 냄새도 물질도 없었다. 주변에는 더 이상 세상이 없고, 세상에는 더 이상 주변이 없었다.

"허깨비라? 그럴 수도 있지. 허나 나는 분명 그대들의 소원을 '영원히' 이루어주고 있다네."

마귀가 말했다.

"태양이 뜨고 지는 것이 혀를 내두를 만큼이나 반복된, 그리하여 어떤 기적이라도 낯설지 않은 것이 된─"

말을 단번에 알아들은 사람은 없었다. 그걸 바랐는지도 종국에는 알 수 없었다.

"─실로 허깨비처럼밖에 보이지 않을 만큼, 위대하고 가공한 시대에까지 이르러서 말일세!"

공허가 사라지고 어느새 단단한 것들과의 전투가 이어지던 곳에 그들 모두가 돌아와 있었다.

"너, 너… 그러면!"

누군가 소리 질렀다.

"그것들이 허깨비가 아니란 말이냐?"

"나는 아무 말도 하지 않았네."

마귀가 사무적으로 응수했다.

"예술가의 변덕이라지만, 조금 심하지 않은가, 자기?"

그리곤 빙글거렸다.

"처음엔 허깨비라고 하더니 이제는 그 반대를 입에 담는군. 어느 장단에 춤을 춰야 할지."

"아, 아니야! 더는 안 돼!"

내내 입을 다물고 있던 부하 하나가 버티지 못하고 날뛰었다.

"이젠 못 하겠어!"

스스로의 저주받은 무기를 부하는 온 힘을 다해 집어 던졌다. 칼은 비실비실 좁은 포물선을 그리고는 처박혔다. 녹 부스러기가 콩고물처럼 풀썩 튀었다.

"더, 무엇을?"

마귀가 손을 반대로 꺾었다.

"못 하겠다는 말인가, 자기?"

말려든 손등이 새로운 손아귀가 되어 주먹을 쥐었다.

"처, 처음부터 이럴 궁리를 했지!"

부하가 엉금엉금 어딘가로 도망쳤다.

"우린 속은 거야! 그러니 이젠 못 한다!"

뼛조각들이 양탄자처럼 늘어졌다.

"그만둘….."

땅이 갈라졌다. 틈새에는 선홍색 잇몸을 따라 방패처럼 큰 이빨들이 가지런히 나 있었다. 난동을 피우던 부하가 넘어졌다. *아아아*— 맥 빠지는 비명이었다. 붙잡을 곳도 없이 그럴싸한 한마디도 없이, 부하는 아이가 장난치듯 팔다리를 휘적거리며 멀어져 갔다. 기다란 목구멍 저편에서 코를 찌르는 유황 냄새가 났다. 들끓는 연기는 놋쇠의 색처럼 진했다.

"나는 자기의 소원을 이루어주고 있었다네."

땅에 난 입이 우물거리며 닫혔다.

"영원히 이기는 것."

마귀가 발랄하게 말했다.

"그것을 더 이상 바라지 않는다니, 약속대로 그 영혼은 내 것이 되었고."

부하가 사라진 곳에 봉긋하게 남은 흙무덤을 마귀가 밟아 없앴다.

"참으로 유익한 시간이었지만, 안타깝게도 이제 가봐야 할 것 같군."

그리고 그것으로 끝이었다.

"혹여 할 말이 남았는가?"

대답은 돌아오지 않았다. 고요가, 그야말로 '완벽한' 고요가 내렸다. 심장이 뛰지도 숨을 헐떡이지도 않는 살아 있는 뼈다귀들만 비로소 가능한 경지였다. 망자들이 서로를 쳐다봤지만, 지금까지 수백 번 그리고 앞으로 수억 번 그러하듯이, 그들끼리는 전혀 알 수가 없었다.

"이만 가보지."

마귀가 아이처럼 좋아하며 손뼉을 쳤다.

"몸조리 잘하고, 다가올 승리의 순간을 만끽하도록."

서서히 세상이 살아나고 있었다. 본래 없어야 할 핏방울이 사라지고, 단단한 것들의 움직임이 원래의 백 분의 일로, 십 분의 일로 느려진 채 천천히 돌아왔다. 남자는 자신에게 똑바로 겨누어진 막대를 보았다. 구멍 속 섬광이 강해질수록 반대로 마귀의 모습은 흐릿해졌다. 더욱 선명해진 웃음이 흡사 서슬 퍼런 월도(月刀)의 모양으로 그의 머릿속에 새겨졌다.

"다음 영원이 지나고 또 보세!"

불낙엽설

● 초고 2019년 2월 16일

바람이 가을의 끝자락을 간질이는 어느 날. 도회지로부터 멀리 떨어진 언덕에 돌연 두 손의 걸음이 닿았다. 기껏 정강이까지를 훑는 웃자란 풀 사이에서 듬직하게 솟은 것은 한창 계절의 끝을 찬송하는 한 그루 은행이라, 고약한 냄새마저 죄 저문 뒤 보름달처럼 환하게 피어오른 잎사귀는 그야말로 고즈넉하였다. 다만 그 이파리들의 대부분이 이미 가지 대신 땅과 이웃하여 흙과 잡초를 얼싸안았으니, 두 손은 단풍 구경을 놓친 것이 아쉬워 누가 먼저일세라 입맛을 다셨다.

"내 전자파에 절어가던 심신을 이끌어 대자연의 공기를 벗 삼으니, 절로 호연지기가 길러지는구려!"

"허허, 동감이외다."

울려 퍼지는 웃음소리.

"이런 것이 바로 휴식이니, 구태여 비싼 돈 들여 향락을 추구

할 필요가 있을까!"

탁 트인 하늘 아래 은행나무를 살피던 둘의 눈길이 이내 운명처럼 한 점에 멎었다. 아직 생의 끝을 주저하는 겁 많은 잎사귀가 가지에는 무성하였는데, 개중 하나가 유달리 곱고 섬세하여 흡사 한 떨기 섬섬옥수처럼 시선을 끌어모으는 탓이었다. 순간 마침맞게도 분 바람이 가지를 뒤흔들어 우수수 낙엽의 춤사위를 빚어냈음에도, 둘의 시선을 끌어낸 잎사귀는 꿈쩍하지 않았다.

"떨어지지 않는 낙엽이라⋯."

둘 중 한 명이 있지도 않은 턱수염을 괜히 매만지며 읊었다. 그러자 그의 동료 말하길.

"아니, 떨어진 잎사귀가 낙엽이거늘, 어찌 떨어지지도 않은 것이 낙엽이 될 수가 있소?"

"그 또한 그렇구려."

껄껄껄. 둘의 호쾌한 웃음이 가을 하늘을 한바탕 밀어 올렸다.

"낙엽은 낙엽이 될 것인데, 떨어지기를 거부하는 낙엽이라. 허허."

"헌데, 공께서는 어이 생각하시오?"

"무엇을?"

말을 꺼낸 이가 아직 떨어지지 않은 나뭇잎을 가리켰다.

"저 낙엽이 대관절 어인 사유로 자연의 이치를 거부하는가 말이오."

생각해볼 가치가 있다는 듯, 질문을 받은 쪽이 진중하게 고개를 주억거렸다.

"속 시원히 물어보면 좋을 테지만, 저리 고고하게 머물러서야 말을 걸기가 어렵구려."

무거운 침묵이 두 손을, 야트막한 언덕을 감싸 안았다. 저무는 태양은 따스한 눈길로 그들을 보듬고, 철딱서니 없는 산들바람도 그들을 빗겨 불며 그 고민의 순간을 섣불리 깨뜨리려 들지 않았다. 산천초목의 궁금증을 그렇게 품은 채, 떨어지지 않는 잎은 조용히 몸을 떨었다.

"알겠소."

한 명이 자신 있게 말문을 열었다.

"저 잎사귀가 무엇을 그리는지!"

다른 한 명이 주의 깊게 그 말을 경청했다.

"낙엽이 되는 순간 가장 아쉬운 것, 제아무리 바라도 다시 느낄 수 없는 것이 무엇이겠소?"

그의 물음은 일 인분의 메아리로 다시 스스로에게 돌아갔다.

"겨울의 얼어붙은 땅, 흙을 파먹는 벌레의 배 속에서는 결코 찾을 수 없는 것… 바로 봄의 향취 아니겠소?"

그러니 그것을 기다리기 위해 끝끝내 낙엽이 되는 것을 참고 있다. 자연의 이치를 거부하고 있다. 그럴싸한 의견이었다.

"동장군의 냉랭한 빗장을 열어젖히며 찾아오는 봄의 기운이란 우리와 같은 만물의 영장에게도 실로 아름답기 그지없을진저!"

그가 말을 이었다.

"흐르는 개울물과 짝을 찾는 꾀꼬리의 교태와 겨우내 웅크려 있던 생명들 제각각의 음률로 산천초목이 기지개를 켜는 때야말로 봄인지라."

누군가 추임새를 넣어야 할 것처럼 그는 뜸을 들였다.

"저 잎사귀로서는 그것이 못내 아쉬운 게지."

곧추선 손가락이 느리게 흔들리는 은행잎을 가리켰다.

"만물의 새로운 시작을, 겨울의 끝을 제 눈으로 목도할 수 없다는 것이 두려운 게요—가엾게도."

다른 한 명은 눈을 감은 채 잠자코 그의 말을 반추하였다. 일견 흠잡을 곳이 없는 논리였다.

"허나 저 잎사귀가 정녕 봄을 그리워한다고 볼 수 있소?"

그렇다. '일견'. 이제 가만히 듣던 다른 사람의 차례였다.

"본디 봄이란 만물의 태초를 일깨움에 있어 필수불가결한 것. 모든 잎과 풀이 비록 내년의 봄을 모를지언정 올해의 봄을 이미 겪었을 터인데."

"그러니 더욱 어리석은 것이지."

논쟁이 더욱 활기를 띠기 시작했다.

"제 눈으로 봐놓고도 믿기가 힘든 게요. 이 겨울에도 끝이 있음을."

두 사람은 이미 땅에 떨어진 잎사귀들을 쑤석거리며 말을 이었다.

"저의 태초가 그러하였듯, 정녕 그때가 되어 다시 생명이 싹트는 것을 확인하겠다고 고집을 부리는 게지."

그가 혀를 내둘렀다.

"가엾기에 앞서 이제는 도리어 어리석게 된 일이 아닌가!"

그 탄식의 주파수에 맞추어 샛노란 잎사귀들이 살랑살랑 떨렸다.

"제 미약한 의사와는 상관없이 섭리의 순환은 계속해서 일어날 것을."

말은 계속해서 이어졌다.

"그러나 따지고 보면 우리 인간사의 굴곡진 모양들도, 그를 아로새기는 무수한 갈등들도… 짐짓 저 잎사귀와 같은 사고의 산물이 아닌가 싶기도 하구려."

"일견 합당해 보이나…."

그는 일견이라는 표현을 정말 좋아하는 것 같았다.

"저 낙엽이 진정으로 겨울을 꺼릴 것이란 이유라도 있소?"

"허허."

그 웃음은 뭐 그런 당연한 것을, 이라고 말하기라도 하는 듯싶었다.

"보금자리를 구하지 못한 동물들이 겨우내 눈을 감고 잠이 들듯, 식물 또한 비슷한 의식을 가지지 않겠소?"

"식(植)과 동(動)이 같을 리 없거늘, 더욱이 그 부속에 불과한 한 엽 잎사귀라면 마땅히 뜨거운 피를 가진 동물과는 상이한 사고를 하리라 생각하오."

동료가 넌지시 말했다.

"우리의 발톱 한 조각, 체모 한 가닥이 학문의 이치를 깨치지 못하는 것처럼, 저것이 낙엽 되기를 거부하는 까닭도 오히려 겨울을 똑똑히 보고 싶은 까닭이라면 어떻겠소?"

역발상. 비록 트집 잡듯 돌려세운 방향일지라도 돌파구는 돌파구였다.

"곱씹어보면, 겨울의 섭리 또한 봄과 마찬가지인 자연의 경이가 아니오?"

그는 그런 돌파구를 통해 다음 생각의 징검돌들을 내려놓기 시작했다.

"눈을 본 강아지가 신이 나 경중경중 뛰어오르는 것처럼, 생명이 어찌 겨울의 은혜를 피하기만 하겠소?"

말이 계속해서 이어졌다.

"더욱이 낙엽의 생각으로는 무르익은 봄만큼이나 매서운 겨울 또한 낯설진저, 그 광경을 보다 폭넓게 보려는 까닭에 가지에서 내리지 않으려는 것이 아닐까 싶구려."

그러나 아직 부족했다. 누가 그렇게 일러주는 것은 아니지만 입을 연 사람 본인은 적어도 그렇게 생각했다. 단순히 자연현상에 대한 해석이 아닌 그 이상의 통찰이 필요했다.

"한데 공의 말대로, 대부분의 준비되지 않은 이들에게 겨울이 그만큼 혹독한 것 또한 사실이오. 이것을 단지 호기심 탓에 억지로 버티려 하는 것은 분명 철없는 일이라!"

그가 고개를 내저으며 말을 이었다.

"누군가의 비극이 다른 누군가에게는 결국 흥밋거리 이상의 일이 될 수 없음을, 우주는 이 작고 보잘것없는 낙엽을 통하여 우리에게 은유한 것이 아니겠소."

그 말을 끝으로 두 손 모두 입을 다물었다. 그 자리에는 무거운, 그러나 설을 각기 겨루기 전과는 다른 종류의 침묵이 흘렀다. 흡사 모든 기량을 쏟아낸 끝에 정정당당한 승부를 낸 것 같은 무언의 합의가 둘 사이에는 감돌았다.

"하하하!"

"하하하하!"

편안히 뒷짐을 진 채 둘은 누가 먼저랄 것도 없이 웃음을 터뜨렸다. 목젖이 하늘을 향하도록 치켜든 턱과 크게 벌린 입, 풀무처럼 오르락내리락하는 가슴팍에 이르기까지 그야말로 사나이의 피가 끓어오르는 광경이었다.

"병신들이 지랄도 참."

어디선가 낯선 목소리가 들려왔다. 둘은 고개를 돌렸다.

"왜 안 내려가냐고?"

아직 떨어지지 않은 잎사귀였다.

"니들 보기 싫어서 그래 씨발놈들아."

두 사람의 웃음이 뚝 그쳤다.

"툭하면 꼬투리 잡고 이유 만들어서 니가 맞네 내가 맞네 지랄이나 하고… 세상이 무슨 너네가 아무데나 갖다 붙일 수 있는 비유 창고라도 되냐?"

잎사귀가 치를 떨었다.

"그런 식으로 말만 비비 꼬고 있으면 내가 뭔가 좀 이해한 기분이 들어?"

두 사람은 멍하니 그것을 올려다보았다.

"조금이라도 늦게 떨어지면 안 볼 줄 알았는데—"

잎사귀는 말하던 도중 낙엽이 되었다.

"—이제 찾아와서까지 지랄들이네, 씨발."

꽁무니를 떼어낸 낙엽이 천천히 떨어지는 것을 보며, 두 손은 입을 다물었다.

우공이산

● 초고 2014년 12월 27일

북산에 우공이라는 노인이 살고 있었다. 노인의 집 앞에는 큰 산이 있어 통행이 불편했다. 그래서 어느 날 자식들과 논의하여 산을 다른 곳으로 옮겨버리기로 했다.

　행렬은 그 끝이 보이지 않을 정도로 길었다. 나아가는 수레마다 바위 섞인 흙무더기가 쌓여 있었다. 흙무더기는 지나가던 사람이 제풀에 속이 더부룩해질 만큼 수북했다. 건장한 남성들이 몇이나 달라붙어 용을 쓰는데도 수레들은 땅에 접착이라도 해놓은 듯 간신히 나아갔다.

　수레가 들어가고 나오는 곳은 어느 산이었다. 산은 봉우리부터 중턱, 그 기슭까지 곳곳에 빈 수레를 매달고 있었다. 그 주변마다 예외 없이 한 무리의 인부들이 땀을 뻘뻘 흘리며 삽질에 열중했다. 수레는 삽 한 술에 비하면 말도 안 되게 넓었지만 인부들의

수고로움에 힘입어 금세 그득그득 차올랐다. 작업을 마친 인부들
은 잠시 숨을 돌렸다. 목에 건 흰 광목천에는 어느새 퀴퀴한 소금
꽃이 피어 있었다. 짧은 휴식을 마친 그들은 이내 수레를 밀고 당
기며 산에서 내려갔다.

한 수레가 떠난 자리에는 다른 빈 수레가 도착했다. 수레를 끌고
올라온 인부들은 제각기 삽을 꺼내 들어 마찬가지로 삽질을 시작
했다. 그런 광경은 멀리서 보면 산이 산 채로 사냥당하는 것처럼
보였다. 개미떼처럼 꼬물거리는 수레들이 산을 조금씩 갉아먹고
있었다. 그리고 그런 행렬의 옆에는 꼬부랑 노인이 한 명 서 있었다.

"저렇게 느릿느릿해서야⋯."

노인은 무엇이 그리도 불만스러운지 연신 지팡이를 바닥에 쳐댔다.

"이거 어디 내 아들들 대까지 끝낼 수는 있겠나?"

탁 탁 탁. 노인이 빠르게 지팡이를 내리쳤다. 노인만의 특정한
습관처럼 보였다. 탁 탁 탁. 노인은 수레의 행렬을 바라보았다. 그
러다가 심사가 뒤틀리는지 시선을 어딘가에 못 박았다. 중간쯤 가
는 수레 한 대가 유독 속도가 느렸다. 그래서 그 앞으로는 빈 공간
이 뻥 뚫리고 뒤로는 사람들이 우글우글 들러붙어 행렬의 허리를
두 동강 내고 있었다. 노인은 혀를 찼다. 탁 탁 탁, 탁 탁 탁.

문제의 수레를 끄는 인부는 안 그래도 힘들었다. 땀방울은 아
이들이 갖고 노는 구슬만 했고 얼굴은 연짓빛으로 새빨갰다. 옆에
서 노인의 지팡이 소리까지 들리자 가슴이 철렁 내려앉지 않고 버
틸 재간이 없었다. 그래서 남자는 잽싸게 고개를 치켜들고 눈은
질끈 감았다. 일부러 어금니가 다 드러나도록 이를 악물었다.

"일 똑바로 안 할 거야?"

안타깝게도 남자의 고용주는 쉽사리 감동받는 사람이 아니었다.

"이러라고 내가 돈 주는 줄 아나?"

남자는 죄송합니다. 라고 입을 열려 했다. 그러나 말 한마디 내뱉기에도 너무 힘이 들었다. 그래서 얼굴만큼이나 시뻘건 숨을 씨근덕씨근덕 내쉬며 고개만 꾸벅 숙였다.

"대체 이게 몇 번째인가?"

노인은 아직 시작도 안 한 것 같았다.

"힘들다고 봐주는 것도 한두 번이야! 난 자선 사업에 돈을 댄게 아니란 말일세!"

뼈마디가 불거진 손가락을 툭툭 꼽아가며 노인은 호통쳤다.

"돈 주고, 밥 주고, 숙소까지 전부 내 돈으로 지어준 것 아닌가? 그럼 자네들은 모든 힘을 쥐어짜 고용주인 날 만족시켜야지!"

억울하지만 뭐라고 할 말도, 기력도 없었다. 남자는 속으로 천불을 삼키며 묵묵히 갈 길을 갔다. 노인의 목소리는 점점 작아지더니 마침내 수레들이 내는 소리에 밀려 사라져버렸다. 그리고 어느덧 본격적인 비탈길의 초입이었다.

남자는 눈앞이 가물거리는 것을 참고 손에 힘을 줬다. 굵은 힘줄이 그만 좀 부르라는 듯 짜증을 내며 솟았다. 길 한가운데에는 딱 사람의 발을 걸기 좋은 돌부리가 퉁명스럽게 튀어나와 있었다. 많은 인부가 항의했지만 별다른 조치는 없었고, 그래서 그들은 깽깽이발로 몇 발짝을 가는 기술을 터득했다. 그보다 앞선 수천 대 수레와 수십만 보의 걸음으로 바위처럼 다져진 바닥이 한 걸음 한 걸음마다 남자의 다리를 밀어 올렸다.

"…그래서 요지는 무엇이냐?"

노인의 둘째 아들의 목소리였다.

"여러분은 오히려 아버지와 저희에게 감사해야 한다는 점도 분명 있습니다!"

빌어먹을, 말이나 못 하면 밉지도 않지. 남자는 그렇게 읊조리며 밭을 굴렀다.

"요즘 같은 세상에서는 무엇도 믿을 수 없지요! 자신의 몸만이 가장 정직한 재산입니다!"

그래도 그 놈팡이의 목소리가 들린다는 것은 목적지에 많이 가까워졌다는 뜻이었다.

"이런 기회가 아니면 언제 돈까지 두둑이 받으면서 육체를 단련하겠습니까!"

떨어지는 땀방울에 잡생각을 쏟아버릴 즈음 남자는 소스라치게 놀라 고개를 돌렸다. 비탈길 아래에서 비명 소리가 들려왔다. 보니 다른 인부들도 일제히 똑같은 곳을 보고 있었다. 그러면서도 그들은 모두 같은 생각을 했다. 누가 비탈길 초입의 돌부리를 보지 못하고 한 발을 들지 않은 것이다. 아니나 다를까 위에서 내려다본 사고 현장은 정확히 그곳이었다. *이래서 신참은….* 남자는 혀를 차고 다시 걷기 시작했다.

이해할 수 없는 일은 아니었다. 수레를 끌다 보면 좋건 싫건 주변에 둔감해지기 마련이다. 게다가 앞뒤는 전부 똑같이 터벅터벅 걸어가는 행렬로 꽉 막혔고, 아무 생각 없이 발만 옮기다 보면 돌도 잘 안 보일 수 있다. 노인이 득달같이 달려가 빨리 사고를 수습하라며 고래고래 외치는 것이 들렸다.

그 전에 사고를 미연에 방지하는 건 어떤지 묻고 싶었다.

산을 오르는 길에는 휴게소…로 볼 수도 있는 곳이 있었다. 도저히 더 못 올라가겠는 인부들은 이따금 그런 곳에서 피로를 풀었다. 널찍한 비탈길에 비하면 팔다리에 들러붙은 종기로밖에 보이지 않았지만 인부들은 어쨌든 그곳을 휴게소로 썼다. 다만 그게 처음부터 그런 용도로 지어진 것인지는 의견이 분분했다. 주로 지지받는 설은 노인 일가가 길을 잘못 만들어놓곤 인부들을 위한 곳이라고 어쭙잖게 포장했다는 것이었다. 많은 지지를 받지는 못했지만 아무도 잊을 수 없는 설로는 공사 도중 사망한 인부의 시체를 버리는 공간이라는 주장도 있었다.

남자는 휴게소에서 쉬지 않기로 했다. 안 그래도 방금 고용주 눈밖에 단단히 났는데 꼬투리를 잡히면 일을 못 하게 될 수도 있었다. 지나가면서 흘끔거리니 다른 인부 한 명이 허겁지겁 물을 들이켜고 있었다. 저도 모르게 침이 넘어갔다.

입안이 바짝바짝 말라 누가 입천장과 혓바닥을 꿰매놓은 것 같았다. 물을 마시는 인부는 표정이 보이지 않을 만큼 고개를 처박고 있었다. 주변에는 비슷한 꼬락서니의 사람들이 바글댔다. 덥수룩하고 삐뚠 수염, 종일 흙먼지에 절여진 탓에 먹처럼 새까매진 옷과 온몸, 그 안에서 두 눈만이 형형한 갈증으로 타오르고 있었다. 휴게소의 공용 우물은 그렇게나 큰 갈망을 받았다.

사실 말이 우물이지, 그냥 물을 갖다가 산 중턱의 구덩이에 처넣은 것에 불과했다. 느지막하게 휴게소를 찾은 인부들은 흙과 똑같은 색깔을 띤 채 위협이라도 하듯 연신 일렁이는 황톳물로 만족해야 했다. 그래도 벌레 같은 게 들어가 있지는 않아서 좋았다.

벌레가 그곳에 못 들어간 것인지 안 들어간 것인지는 좀 더 고민해봐야 할 문제였지만.

"물맛 한번 죽이는구나!"

"진짜 이건 그 늙은이한테 감사해야 돼!"

남자는 잠시 발걸음을 늦추었다.

"옳소, 우공님 만세!"

"이렇게 달고 시원한 물을 주시다니!"

하루 벌어 하루 먹고 사는 그네들 특유의 자학적인 농담이란. 그러나 선뜻 속력을 붙이지 못하는 것은, 말 자체는 농담일지라도 그 안에 담긴 갈망만은 더할 나위 없는 진심이기 때문이었다. 인간이 사족을 못 쓰는 모든 종류의 보화를 가져오더라도 지금 그들이 우물을 바라보는 눈길만은 재현할 수 없을 것 같았다. 계속해서 비탈길을 오르고 또 오르던 남자의 발끝에 서서히 골라지지 않은 잡석과 풀, 낙엽, 삭정이 따위가 채였다. 그는 발길을 멈추었다. 그리고 결연하게 몸을 폈다. 허리에서 구슬 깨지는 소리가 났다.

작업을 시작할 때였다.

한 삽, 두 삽, 세 삽…. 어느덧 헤아리기를 관둔 남자의 귓전을 끔찍한 비명 소리가 강타했다. 남자는 깜짝 놀라 두리번댔다. 아무리 많은 사람이 파헤치고 있는 산이라고 해도 가끔 범이나 멧돼지 등이 인부들을 공격하는 사고가 일어나곤 했다. 남자는 그나마 있는 무기라고 땟국이 낀 삽을 꽉 잡고 전투태세를 취했다.

"제발 좀… 빌려달라니까!"

그러나 그런 남자의 앞에 모습을 드러낸 것은 호랑이보다도 가혹한 현실이었다.

"쓰고 바로 주면 될 거 아니야!"

"자네도 그렇게 못 하는 거 알잖아."

대답한 쪽은 고개조차 돌리지 않고 삽질에 열중했다.

"미안해, 미안."

손을 벌린 쪽이 비틀비틀 물러났다. 그리고 다른 사람들에게 다가갔다. 이제 보니 그 인부는 빈손이었다. 제 몫의 삽을 확실히 든 인부들은 그가 접근할라치면 딴청을 피웠다. 안쓰러웠지만 어쩔 수 없는 일이었다. 수레가 부실해서 삽을 흘리는 것은 장비를 분실할 수 있는 수없이 많은 방법 중 한 가지에 지나지 않았다.

"그러게 조심 좀 하지."

다른 인부들이 저희끼리 떠들었다.

"여기서 삽만큼 정신 똑바로 차려야 하는 게 없는데."

"노인네가 여분의 장비를 안 주니 어쩔 수 없지."

"쯧쯧. 저 친구 이제 일은 다했구만."

남자도 안타까웠지만 어떻게 도와줄 방법이 없었다. 인부들은 병적이다시피 장비 관리에 신경 써야 했다. 현장에는 제 손은 똥물에 담그더라도 삽날만은 애지중지 미온수로 씻어낼 사람들이 비일비재했다. 게다가 운 나쁘게 장비를 못 쓰게 된 인부들이 호시탐탐 다른 인부의 장비를 노리는 일도 곧잘 생겼다.

"근데 이 공사 왜 하는 거였지?"

"고용주 집이 이쪽에 있는데, 산 때문에 다니기 불편하다고 치워버린다던데."

둘의 대화를 듣던 남자는 문득 궁금해졌다.

"별, 그런 것 갖고 이렇게 크게 벌려놓은 거야?"

남자가 앞으로 몇 년을 살든 이 공사의 끝을 볼 일은 없었다. 떠나는 사람만큼 일자리에 고픈 사람들이 꾸역꾸역 쏟아져 들어

올 것이고, 그 사람들은 자기의 앞선 기수들이 늙어 죽은 뒤에도 계속 일할 것이다.

그 과정이 계속 반복되면 나중에는 이곳이 어떻게 변할까?

✳

우공께서는 북산에 살고 계셨다. 인근에 큰 산이 하나 있었는데 우공께서는 그것이 마음에 들지 않으셨다. 그리하여 어느 날 우공께서는 수 대에 걸친 계획을 세워 산을 옮기기로 결심하셨다. 산의 밑에 뭔가 귀중한 것이 묻혀 있다는 소문도 있었다.

남자는 쭈뼛거리며 다른 인부들을 따라 했다. 왜 그런 짓을 해야 하는지는 몰랐지만, 첫 근무인 마당에 뭐라고 의문을 제기할 용기는 없었다. 빈 수레의 행렬은 자칫하면 해가 지기 전 산에 도착해버릴 것처럼 천천히 이동하고 있었다. 이는 물론 인부들이 죄다 한 다리를 치켜든 채 움직이기 때문이었다.

"우리 지금 왜 이러고 있는 거야?"

아! 다행히 그 말고도 상식적인 궁금증을 가진 친구가 한 명 더 있었다.

"나도 몰라."

남자는 선배 인부들의 대화를 주의 깊게 들었다.

"근데 내가 온 첫날에도 다 이렇게 하더라고. 선배한테 물어보니까 그 선배가 처음 온 날에도 다 이러고 가더래."

아무래도 생각보다 유서 깊은 전통인 것 같았다.

"그래서 그 선배는 자기 선배한테, 그 선배는 다시 자기 선배한테, 그러니까 내 선배의 선배의 선배가 다시 또…."

머리가 어지러웠지만 꼭 그 말을 들어서만은 아니었고, 사실 머리가 어지러울 만큼 힘들었으니 당연한 일이었다. 아무리 봐도 정신이 제대로 박힌 사람이라면 결단코 안 할 짓이었다. 자세히 보니 선배 인부 중에서도 몇이 용감히 두 발 보법을 시도하고 있었다.

그러나 그들의 저항은 유사 이래 수많은 혁명이 그러했듯 기대에 못 미치는 평범한 성과를 약간 포장한 뒤 모든 것이 달라진 척 스스로를 기만하는 것으로 끝났다. 수많은 눈총의 십자포화에 노출되거든 제아무리 강심장이라도 그 앞에서 채 아홉 걸음조차 버틸 수가 없었다.

다른 사람들이 전부 그렇게 하고 있다는 현실은 '약간'의 불편함 정도는 감수해도 될 만큼 굳건했다. 그렇게 인부들은 서로가 서로를 옭아매며 기묘한 행렬을 유지했다. 막연히 우리 중 누군가는 이유를 알겠거니 생각하는 그들은 그러나 소리 내어 묻기를 꺼림으로써 그들 모두의 집합적인 무지를 성공적으로 감추는 동시에 드러냈다.

한편 예전에 튀어나와 있던 돌부리는 어느 용감한 인부가 갖다 버렸는지 보이지 않았다.

불끈. 장딴지를 채근하는 남자의 귓가에 달그락거리는 소리가 들렸다. 밥상머리 수저 부딪히는 소리보다도 작은 그 울림이 심장을 회칼처럼 찌르고 들어왔다. 남자는 부리나케 수레에 실린 장비를 확인했다. 다 제대로 있었다. 확실히 똑똑히 있어야 할 곳에 있었다. 가슴을 쓸어내리며 발길을 재촉했다. 새로 찍히는 발자국마다 안도감이 뚝뚝 묻어났다.

지난날 어느 감독관이 삽을 잘 관리하지 못했다는 명목으로 인부 한 명을 마구 매질했다. 삽날 부분에 달라붙은 흙덩이를 못 떼어냈을 뿐인데. 다른 인부들도 눈살을 찌푸렸지만 그들도 딱히 뭐라고 할 수는 없었다. 그들이 처음 들어오던 날부터 비일비재 하던 일이었기 때문이었다.

예비 물량이 그득하게 쌓여 있었기에 얼핏 생각하면 필요 없는 규칙이었지만, 인부가 자신의 연장을 잘 관리해야 하는 것은 상식이 아닌가? 남자는 그렇게 믿었다. 그리고 인부들에게는 공유해주지 않는 관리자들 나름의 계획이 있으리라고 믿었다. 다만 원래 고용주와 그의 아들들이 살아 있던 시절에 비해 지금의 삽은 더 많고, 튼튼하고, 쌌다. 그래서 흙덩이를 떼지 않은 인부를 매질할 만한 이치랄 것은 딱히 없었다.

"이 공사, 목적이 뭐였지?"

"그거야… 우리 고용주 마음이지 뭐."

"지금 우리 감독하시는 분?"

"아니, 아니."

인부가 고개를 내저었다.

"그분께서는 원래 고용주의 손자의 손자의… 아무튼, 원래 고용주께서 이런 일을 시켰대."

"왜?"

인부들은 자신들이 가진 가장 강력한, 그러나 한편으로 가장 무가치한 무기를 그렇게 부지불식간에 소모했다. '왜?'

"지금 우리 육체는 이 세상을 헤쳐나가기에 너무 약하다나?"

인부가 기억을 더듬었다.

"그래서 우리가 육체를 단련할 기회를 준다고 이런 일을 기획

했다나 봐."

"감사해야 되겠네."

"말도 안 돼."

전혀 상반되는 반응이 튀어나왔다.

"누가 그래? 이게 그거 때문이라고."

"원래 고용주의 둘째 아들께서 그렇게 말씀하셨다는데."

"그 말은 어디에서 나온 거고?"

"모르지."

인부가 손가락을 꼽기 시작했다.

"난 어떤 선배한테 들었고, 그 선배는 또 선배한테, 그 선배는⋯."

"이봐들. 듣자 하니 좀 답답해서 내 끼어들게."

다른 인부도 대화에 참여했다.

"진짜 목적은 육체 단련 같은 게 아니야. 내가 감독관들끼리 얘기하는 걸 들었는데⋯."

남자는 딱히 쉬고 싶지는 않았지만 휴게소에 들어갔다. 안은 벌써 인부들로 바글거렸다. 휴게소 한쪽에 무질서하게 놓인 빈 수레들은 무슨 묘지라도 되는 것 같았다. 인부들은 모두가 우물 앞에 줄지어 선 채 얌전히 차례를 기다렸다. 우물의 관리자는 지팡이를 들어 바닥을 세 번 두드렸다. 탁 탁 탁. 그리고 입을 열었다.

"마시거라."

"예."

인부는 고개를 꾸벅 숙이며 바가지를 받았다.

"우리의 고용주께 감사를."

그리고 조신한 소녀가 짝사랑하는 남자 앞에서 음식을 먹듯 입술을 있는 대로 오므린 채 바가지로 다가갔다. 이윽고 개미가 듣기에도 부족하다고 느낄 만큼 작은 소리가 울려 퍼졌다. 뭔가 마셨다기보다는 입술과 물을 잠시 만나게 했다는 표현이 더 어울렸다. 그리고 다른 인부를 대상으로 그 과정이 반복되었다. 남자의 차례까지는 좀 오래 기다려야 할 성싶었다. 실상 이런 영문 모를 시간 낭비만 안 한다면 산을 벌써 몇 번은 더 왕복했으련만….

남자는 자신의 차례를 기다리며 앞서 물을 들고 있던—도저히 '마셨다'고는 표현할 수 없었다. 그건 양심이 허락하지 않았다—인부들을 관찰했다. 그들은 하나같이 곧 죽을 것만 같은 표정을 한 채 뒤도 안 돌아보고 휴게소를 떠났다. 한편 오랜 기다림 끝에 드디어 남자의 차례가 돌아왔다. 만약 그가 뱃사람이 되겠다고 다짐했다면 멋진 돛과 선수상을 단 대형 범선 정도는 무리 없이 만들어낼 시간이 지난 후였다.

남자는 찰랑거리는 물에서 시선을 돌리고자 노력했다. 하지만 소용없었다. 물을 떠주는 사람의 손은 축축하게 젖어 있었고, 자신에게 건네지는 바가지 역시 마찬가지였다. 그 서늘한 감촉을 느끼자 남자는 맹목적으로 바가지 속 물을 갈망하는 한 마리의 짐승이 될 수밖에 없었다. 심장이 미친 듯이 두근거렸다. 시야가 좁아지며 오직 물의 표면에 이는 작은 파도들밖에 보이지 않았다. 끊임없이 찰랑거리는. 투명한 빛깔의 시원하고, 맛깔나는 물.

"마시거라."

탁 탁 탁. 지팡이 소리가 꿈결처럼 아스라이 울려 퍼졌다. 남자는 입에 처박히려 안달하는 제 손을 진정시키느라 온 힘을 들였다. 팔이 부르르 떨자 물 또한 같이 움직였다. 아아! 물이 바가지의 벽면을 따라 그 부드러운 무늬를 아롱아롱 흩뜨리는 광경이 너무나도 아름다웠다. 남자는 숨을 헉 하고 들이마셨다. 안 된다. 자중해야 한다. 남자는 천천히 바가지를 입가에 가져다 댔다. 튼 살에 실금이 새겨질 정도로 벌려진 입으로는 태양도 달도 들어갈 것 같았다.

헛기침.

우물의 관리자가 남자를 노려보고 있었다. 남자는 퍼뜩 정신을 차렸다. 바가지의 물이 입안으로 쏟아져 들어오기 직전이었다. 황급히 고용주께 감사를 표한다는 뜻으로 뭐라고 웅얼거렸다. 그리고 초인적인 인내심을 발휘하여 간신히 물 몇 방울을 살짝 '느꼈'다. 우물의 관리자는 고개를 끄떡이더니 남자에게서 바가지를 빼앗아갔다. 쭈르륵. 하는 기운 빠지는 소리와 함께 물은 자신이 퍼올려진 곳으로 돌아갔다. 남자는 고개를 수그리고 휴게소를 떠났다. 남자의 뒤에 서 있던 사람이 물을 받기 위해 걸어 나왔다.

작업을 시작하자마자 어딘가에서 우르릉, 하는 소리가 들려왔다. 산을 마구 파헤치고 있으니 당연한 일이었다. 남자는 그저 누군가 산사태에 깔려 비명횡사하지 않기만을 빌었다. 이렇게 부작용이 많은데도 대체 왜 고용주는 이 공사를 이어가는 걸까? 정말 우리들의 육체 단련을 위해서일까?

"그러니까 그게 아니라니까!"

문득 남자는 그저께 밤 숙소에서 본 광경을 떠올렸다.

"우리가 문제가 아니라, 산이 문제라고!"

누군가가 목청 높여 떠들고 있었다.

"그 산에 뭔가 특별한 구석이 있는 게지! 그러니까 다 파서라도 찾으려는 거고!"

일리가 있었다. 왠지 그대로 생각해보면 모든 맞지 않는 아귀들이 딱딱 맞아떨어지는 것 같았다. 그러니 그 말을 믿어도 문제가 없을 수도 있었다. 그러나 그 소문은 실상 감독관 몇이 모의하여 퍼뜨린 설에 불과했다. 시대가 변했기 때문에 그렇게 꾸며내야만 했던 까닭이었다.

과거의 노동자들은 '고용주의 통행을 편리하게 하기 위해서' 산을 옮긴다는 이유에 납득할 수 있었을지 몰라도 지금은 어림도 없었다. 내 온갖 생고생이 고작 부자 나리의 산책을 위해서라고? 안 해. 아니 못 해.

좀 더 이치에 들어맞는 목적을 만들어낼 필요를 느낀 감독관들은 그리하여 산 밑에 무엇인가 귀중한 것이 묻혀 있다는 이야기를 꾸며냈다. 노동자들은 의문을 제기할 수가 없었다. 자신들이 전혀 알지 못하는 곳에 마찬가지로 알지 못하는 무언가가 있다고 말하는데 그에 대해 무슨 말을 더 할까?

설령 몇몇 당돌한 노동자들이 증거를 요구한다 하더라도 적당히 제 꼬리에 꼬리를 물고 반복되는 단서 몇 개만 던져주면 다 해결되게 되어 있었다. 물론 그래도 끝까지 부질없이 발버둥 치는 노동자들이 한둘 정도는 나왔다. 사실 그 부분이야말로 이 체계의 꽃이자 열매였다. 관리자들은 전혀 그런 특이한 경우를 두고 고민할 필요가 없었다. 자신들이 분명한 목적을 위해 일한다고 믿는 노동자들이 알아서 이 '튀는' 노동자들을 교화시키니까!

이 무슨 아이러니인가!

어느 날 우공의 눈에 산 하나가 띄었으니, 이것이 북산이다. 우공은 많은 사람을 불러 산을 다른 곳으로 옮겨버릴 것을 지시하였다. 우공의 지시를 이해하지 못한 자들이 손가락질하며 따지니 우공이 재차 입을 열되 북산의 밑에는 귀중한 것이 잠들어 있으니 그것을 캐내는 자 그때까지의 노고를 뒤엎는 보상을 받으리라 말하였다.

어느 날 우공이 인간들이 산을 옮기는 모습을 보았으나 이는 보기에 안 좋았다. 그리하여 우공께서는 삽을 내려주시며 이 도구를 유용하게 네 몸보다 중히 여기라 하였다. 몇몇 사람이 이를 성실히 이행하지 아니하되 우공이 말하되 너희의 노동에 너희가 순수한 마음으로 임하지 아니할진대 북산의 모습이 사라진 후에도 스스로의 부덕함을 깨닫지 못하리라.

푸욱. 삽날이 시커멓게 죽은 흙을 파고들었다. 친구들이 모두 이곳을 떠난 뒤에도 마지막까지 남아 저항하던 굼벵이가 반 토막이 났다. 그 마음가짐에 걸맞은 용감한 최후였다. 삽질을 한 사람은 날에 걸린 굼벵이의 상반신만 끌어내 수레에 던져 넣었다. 산은 수십만 번 이상의 삽질을 당했다. 지금까지 산에 대고 삽질을 한 사람들은 수천 명이 넘었다. 굼벵이 한 마리쯤은 아주 작고 부수적인 피해였다. 인생의 반쪽을 잃고 홀로 남겨진 굼벵이의 하반신이 자기도 데려가라는 듯 꿈틀꿈틀 경련했다.

한참이나 작업에 열중하던 남자는 차츰 주위가 떠들썩해지는 것을 알았다. 땀을 닦자 눈이 시큰했다. 무심결에 삽을 땅에 꽂다가 두 손으로 고이 내려놓았다. 삽에 깔리는 개미 따위가 어리둥절 스스로의 죽음을 받아들일 만큼 섬세했다. 행여나 눈먼 돌부리에라도 부딪쳐 빛나는 날에 흠집이라도 났다간….

"삽! 삽! 삽!"

다른 인부들이 외치는 소리가 들렸다. 왜 주변이 떠들썩한지 알만했다.

"삽! 삽! 삽!"

인부 한 명이 황공하다는 듯 무릎을 꿇은 채 고개를 푹 수그렸다. 그 앞에는 관리자들이 위엄 있게 다가오고 있었다.

"삽이다! 세상에!"

"정말 삽이야!"

관리자들은 먼지 하나 묻지 않은 새 삽을 들고 있었다. 무릎 꿇은 인부의 두 손에 관리자들이 삽을 내려놓았다. 인부는 이제 머리로 굴삭이라도 시작할 것처럼 몸을 잔뜩 웅송그렸다. 해진 옷에 탄 피부, 사슬갑옷처럼 온몸에 말라붙은 소금색 땀꽃. 그런 너덜너덜해진 인부의 손에 번쩍거리는 삽이 내려앉자 도저히 어울리지 않았다.

저게 대체 뭐하는 짓이지?

남자는 그 광경을 보며 수백 번, 수천 번도 더 되뇌었던 의문을 곱씹었다.

그도 그럴 게 산 곳곳에 지어진 간이 창고, 노동자 숙소, 하다못해 시내만 가도 방금 인부가 받은 것만큼 번쩍이는 삽이 하늘을 찌르리만치 그득 쌓여 있었다. 게다가 인부의 삽은 사실 망가진 것도 아니었다. 그저 보기 흉하게 손잡이가 살짝 기울어진 정도였다. 대체 관리자들은 왜 그리 연장에 집착하는지 원.

관리자들은 과장된 동작으로 팔을 뻗어 인부의 머리를 탁 탁 탁 쳤다. 기사 수여식을 보는 것 같았다. 그들이 돌아가자마자 다른 노동자들이 이루고 있던 원이 순식간에 무너졌다.

"직접 받는 걸 보는 건 처음이야!"

"오늘 한턱내라!"

전설로만 전해져 내려오던 삽 수여식을 직접 보았으니 오죽하겠느냐마는, 그만큼이나 되는 사람들이 일제히 발을 구르며 환호성을 질러대니 참을 수 없을 만큼 시끄러웠다. 땅이 다 울리는 기분이었다. 남자는 짧은 딴짓을 끝내고 삽질에 열중했다. 그런데 이상했다. 어쩌면 기분만이 아닌 것 같았다.

땅이 춤을 추고 있었다. 잘 추지는 못했지만 적어도 열심히 추고는 있었다. 남자는 다시 한번 삽날을 천천히 박았다. 틀림없었다. 땅이 심하게 요동치고 있었다. 세상이 휘청거렸다. 균형을 잡기가 어려웠다.

산사태였다.

흙으로 된 파도가 빠른 속도로 질주하며 시야 안의 모든 것들을 집어삼켰다. 흡사 세상의 끝에서 반대편 끝까지 세워진 벽이 남자를 맞이하러 달려오는 것 같았다. 사실 놀랄 일은 아니었다. 상식적으로 산을 삽으로 파낸다고 꼴값들을 떨고 앉았으니 산사태가 일어나도 이상할 게 없다. 이렇듯 생각해보면 말도 안 되는 것을 우겨댔을 때 그 억지가 금방 드러나는 상황들은 의외로 많이 있었다. 인부들은 어쩌면 여태껏 그런 것을 무시해온 대가를 치르는 셈이었다.

인부들이 도망쳤다. 그 와중에도 삽을 꼭 쥐고 있었다. 깡충깡

충 뛰어가는 그들의 모습은 꼭 깽깽이발을 하고 있는 것 같았다. 자세히 보니 정말이었다. 그들은 전부 한 발을 허공에 꺼떡대며 필사적으로 뛰고 있었다. 딱히 의문을 제기할 구석은 없었다.

그러한 풍습은 그들이 눈을 뜨기도 전부터 있었으니까. 어째서인지 분명 이유가 있(었?)기에 그렇게나 오래 존속된 게 아니겠는가? 반발하려 드는 것은 곧 여태까지 똑같은 전통을 군말 없이 받아들인 수많은 사람을 감히 바보로 만드는 일이었다. 어쨌든 우스꽝스러운 광경이었지만 중력은 그런 면으로 다소 쩨쩨했다. 유머감각이라곤 없는 흙더미가 고물거리는 살덩이들을 집어삼켜 버렸다.

남자는 천천히 눈을 떴다. 아무래도 땅속에 파묻힌 모양이었다.

아무것도 안 보였고 팔다리를 움직일 수도 없었다. 그는 온몸을 굼질거렸다. 우스꽝스럽긴 했지만 그것이 최선이었다. 그 순간 오른손에 뭔가가 잡혔다. 남자는 반색하며 필사적으로 그것을 끌어당겼다. 삽이었다.

"뭘 기대한 거야?"

그는 자기 목소리가 생각보다도 더 낯설게 들린다고 생각했다. 그러나 한편으론 맞는 말이었다. 삽이 아니라 다른 무엇이었으면 어찌했으려고? 평소 무자비하게 대지를 가르던 삽날이 이제 뒤바뀐 처지가 되어 생매장 당하려 하고 있었다.

어떻게 한다… 이대로는 꼼짝없이. 그런 생각을 하던 중 실낱 같은 말소리가 들렸다. 위에 사람들이 있는 것 같았다. 흙더미가 바스락대는 기척…. 남자는 문득 검고 축축한 흙에 묻힌 자신 바로 위에 사람들이 몰려들어 뭐라고 떠들어대는 광경을 상상했다.

등골이 오싹해졌다. 그때 작은 흙뭉치가 후두둑 떨어졌다. 아주 가는 빛줄기가 그 뒤를 따랐다.

옳거니! 남자가 생각했다. *날 구하러 온 거구나!* 벌어진 틈으로 이제 누군가의 동아줄만큼이나 튼튼한 손길이 내려오리라고 믿었다.

그 대신 물줄기가 쏟아졌다.

비가 올 리는 없었다. 일기예보도 별 말이 없었고, 주변의 다른 흙은 전부 바짝 말라 있었다. 물줄기는 딱 그 작은 구멍에서만 흘러들어왔다. 사람들의 웅성거리는 소리가 더욱 커졌다. 조르륵 흘러내린 물줄기는 남자의 이마에 떨어졌다. 서늘한 벼락을 얻어맞은 것처럼 정신이 번쩍 들었다. 미약하게나마 시야를 틔워준 빛줄기 덕택에 남자는 그것이 흙탕물임을 알아챘다. 그는 목을 살짝 돌려 물줄기를 피했다. 그런데 물줄기는 마치 살아 있는 생명체라도 되는 양 더욱 몸집을 불려 쏟아졌다.

남자가 필사적으로 발버둥 칠수록 갇힌 제 처지만 명확해질 뿐이었다. 물줄기는 어느새 귀가 먹먹해지도록 불어났다. 고개를 이리저리 돌리다가 물을 한 모금 정통으로 삼켜버린 그가 쿨럭쿨럭 당나귀기침을 뱉었다. 눈앞의 풍경이 뱅뱅 돌며 심심한 위로를 건넸다. 그러나 물줄기는 여전히 건재했다. 남자가 숨을 토할 때면 잠시 주춤하더니 이내 득달같이 달려들어 목구멍을 헤집어놓았다. 진한 흙 맛이 느껴졌다.

눈앞이 어둠보다 탁한 빛깔로 물들어갈 즈음 남자는 퍼뜩 깨어났다. 고통은 건재했다. 물줄기 또한 마찬가지였다. 눈에 핏발이 일었다. 물을 잔뜩 퍼먹은 덕에 흙이 약해져 있었다. 남자는 무너져 내리는 천장을 헤집으며 분투했다. 순간 벌어진 틈으로 또 다른 물줄기가 그를 내리쳤다. 남자는 눈을 감고 몸을 위로 끌어올리는 데에만 집중했다.

큼지막한 흙덩어리들이 물속으로 첨벙첨벙 빠졌다. 점점 더 많은 물이 들이왔고 흙더미가 부너지는 속도도 점점 더 빨라졌다. 남자는 필사적으로 구멍을 넓혀 사람이 나갈 틈을 만들었다. 물은 이미 턱 끝을 간질이고 있었다. 남자는 사람이라기보다는 뙤약볕에 노출된 지렁이 같은 몸부림으로 벽을 기어올라, 마침내 밝은 빛이 있는 곳으로 나왔다.

"이런 세상에!"

누군가의 목소리가 앞뒤 가리지 않고 쏟아졌다.

"정말이었잖아!"

"과연 이런 쪽으로도 효능이 있었군."

한 무리의 관리자들이었다. 산사태가 일어나자 헐레벌떡 현장으로 온 모양이었다.

"자네도 봤나? 봤어?"

그들은 남자가 나오자 기쁨을 금치 못했다. 자신을 구한 것이 그리도 고무적인 일인가 잠시 착각하던 그였으나….

"쥐 죽은 듯 묻혀 있던 사람이, 주 우공의 황톳물 덕에 기력을 되찾아 올라오지 않나!"

"그러게 내가 일전에 뭐라고 했나."

남자는 기진맥진하여 고개를 돌렸다. 관리자들끼리 일전에 뭐라고 했는지 알지 않을 수 있다면 돈이라도 낼 수 있었다.

"창고들도 이런 식으로 부활시킬 수 있을까?"

"그건 좀 어려울 것 같군."

관리자가 탄식하며 말했다.

"새로운 삽이 필요할 것 같아."

"이봐들! 저기 다른 사례가 나왔어!"

그러고는 어딘가로 우르르 달려가 버렸다. 남자는 고개를 숙이고 목구멍 안쪽의 흙 알갱이들을 마저 쫓아냈다. 관리자들은 조금 전까지 그들이 살인을 저지르려던 참이었음은 안중에도 없는 것 같았다. 그것을 큰일로 보고 싶어하는 사람과 그렇지 않다고 생각하는 사람이 있을 뿐, 거기에 대고 섣부른 도덕적 판단을 내리는 것은 다소 섬세하지 못한 일이 될지 모르는 일이었다. 남자는 과자 반죽처럼 설컹거리는 침을 뱉으며 일어섰다.

얼추 사태가 수습된 현장을 기다리는 것은 물론 사건의 그다지 중요하지 않은 부분만을 부각하여 사망자들에게 색인을 입히는 과정이었다.

관리자들의 면밀할 뻔했던 조사와 객관적이려 노력했던 분석을 통해, 대부분의 사망자들이 제 삽을 팽개치고 걸음아 나 살려라 도망쳤던 이들이라는 것이 밝혀졌다. 위기 상황에서 누구나 할 법한 바로 그런 행동 탓에 인부들은 주 우공의 운명적인 시련을 극복하는 데 실패한 것이었다!

"물론 우리는 안심할 수 있지요."

혹자들은 말하였다.

"우리는 우리 삽을 소중하게 여깁니다. 그런 불순분자들하고는 다르게요!"

설령 또다시 시련이 닥치더라도 그러니 자신들은 재앙에서 한

발 비켜 있다는 것이었다.

한편 삽 창고의 경비를 자원해서 서던 두 명의 열성 인부에 대해서는 각각 상반되는 결과가 나왔다. 한 명은 마지막 순간까지 경비로서의 책무를 다하기 위해 고군분투하다가 벽에 깔려 즉사했고, 다른 한 명은 제 한 몸 건지기 위해 도망치다가 극히 고통스럽게 죽어간 것이었다. 그 이야기가 마찬가지로 얼마나 많은 인부들에게 귀감이 되었는지는 하늘만이 알 것이었다.

깽깽이발과 세 번의 두드림, 황토물 마시기, 삽을 둘러싼 숭배 의식… 이런 기기묘묘한 의식과 그를 뒷받침하는 온갖 케케묵은 절차와 추상적인 격언들. 그들이 모여 이루는 정교하기 이를 데 없는 체계를 지탱하는 것이 결국은 인간의 가장 원초적인 공포 두 가지—죽음과 고통—인 셈이었다.

이러한 변모가 어디서부터 어떤 경로를 거쳐 퍼졌는지 정확히 알 수는 없었다. 새 삽을 사지 않아도 된다는 안도감에 술자리에서 흘러나온 농에서 시작되었을 수도 있고, 노동자들이 삽을 더 귀중히 다루며 시작되었을 수도 있었다. 그러나 산사태와 마찬가지로, 정말 중요한 점은 그것이 어떻게 시작되었는가가 아니었다. 그것이 앞으로 어떤 영향을 끼칠 것인가였다.

＊

너의 손에 삽이지 아니한 다른 도구들을 쥐고 그것으로 너의 노동을 이루어지게끔 하지 말지어다. 산의 육체는 반드시 주 우공의 삽으로만 그 피를 흩뿌릴 수밖에 없을지니. 주 우공께서는 오직 단 하나, 삽만을 내려주시었으며 그 외에 다른 도구들은 결코 내려주시지도 내려주시고자 하시지도 아니하셨음에. 더욱이

명심할지어다. 모든 뜻있는 자라면 무릇 갈구하는 것이 산의 밑
에는 있나니. 주 우공의 행하심과 그분께서 남긴 것들을 믿으라.

"드디어 끝났다."

누군가가 읊조렸다. 많은 사람이 눈을 감으며 그 말을 음미했
다. 끝났다. 끝났다…. 사실 개중 그 말의 무게감을 이해하는 사
람은 아무도 없었다. 그들로서는 섣불리 상상의 나래를 펼치기도
어려울 정도로 먼 태곳적부터 진행되어온 거대한 공사의 무게를,
그들은 당연히 느낄 수 없었다. 그들은 고작해야 당장 자신들의
어깨에 지워진 몇 달, 몇 년의 무게만 간신히 알아챘다. 그들이
느끼는 감정은 물론 진짜배기였다.

적어도 겉으로는.

그들은 더 이상 궁금하지 않았다. 공사의 진정한 목적도, 자신
들이 행하는 괴상망측한 습관들이 왜 생겨났고 그 원래 용도가
뭔지도 궁금하지 않았다. 그들은 그것을 탐구의 대상으로 삼은
적이 없었다. 그들의 합리적인 사고력은 자신보다 오래된 것들을
상대로는 많은 편의를 봐주며 태도를 누그러뜨렸다. 그렇게 무해
하고 무익하였으나 그럼에도 수고로웠던 헛짓에 대한 스스로의
보상심리가 그러한 경향을 더욱 부추겼다.

우공의 목적은 '통행을 편하게 하는 것'이었다. 우공은 산이 밉
지도 않았고, 산과 원수진 적도 없었다. 땅 밑으로, 물 위로, 물
아래로, 심지어는 하늘 위로도 갈 수 있는 오늘날의 우공이었더
라면 다른 방법을 선택했을지 모르는 일이었다. 사실 공사가 정
말 제 본분에 충실했다면 그것은 애초에 완료될 수가 없었다.

공사가 진행되던 도중에 굳이 산을 옮기지 않아도 편히 다닐 수

있는 시대가 왔으니까.

　많은 사람이 감격에 젖은 와중 하루의 끝을 알리는 종소리가 울렸다. 종소리가 한 번. 한때 북산이라 불렸으나 이제는 그저 황무지에 불과한 곳에 있던 인부들은 물론이고 관리자들까지 황급히 종루를 향해 섰다. 종소리가 두 번. 사람들은 일제히 부동자세를 취했다. 종소리가 세 번. 관리자들은 인부들더러 숙소로 돌아올 것을 명했다.
　인솔자 역할을 맡은 인부 몇이 거대한 깃발을 흔들며 동료들을 불러 모았다. 깃발에는 역삼각형 한 개. 역삼각형의 윗변 중앙에서 뻗어 나간 선분 한 개, 선분의 끝에서부터 다시 그려진 역삼각형 한 개. 즉 삽의 상장이 그려져 있었다. 삽은 고된 노동의 상징이기도 하지만, 그러한 고통의 상징을 공유함으로써 인부들의 결속력이 더욱 강화된다…는 문화인류학적 설명이 종종 덧붙곤 했다.
　여하튼 인부들은 바삐 걸음을 옮겼다. 석양을 따라 길게 늘어진 그들의 그림자가 연신 오르락내리락하는 활기찬 화음을 그렸다. 그럴 만도 했다. 해도 해도 끝이 안 보이던 일이 마침내 끝났다. 그리고 그걸 해낸 게 바로 자기 자신들이었다. 뉘엿뉘엿 지는 해와 으스스하게 깔리는 땅거미를 배경으로 펄쩍펄쩍 즐겁게 뛰어가는 깽깽이발의 군중은 뭐라 설명할 수 없는 기묘한 느낌을 자아냈다.
　기괴하리만치 늘어난 그림자들이 제 주인의 몸짓에 맞춰 이리저리 머리를 들이밀었다가 다시 후다닥 빠지고는, 다시 늘어났다가 줄어들고…. 인부들이 한 명도 빠짐없이 숙소에 도착하여 주 우공의 황톳물로 육신을 정갈히 할 때까지 그림자들의 행렬은 계속되었다.

이를 지켜보던 사람들은 왠지 모를 으스스함을 느끼며 몸을 떨었다. 어느새 태양이 완전히 떨어지고 캄캄한 어둠만이 그들을 바라보고 있었다. 사람들은 제각기 괜히 부산을 떨며 각자의 집으로 돌아갔다. 그리고 문득 생각했다. 언제나 고개를 돌릴 때마다 인부들은 거기에 있었다. 뭉툭하게 솟아오른 언덕 위에, 개미처럼 바글대는 수많은 노동자들. 그들은 이제 앞으로는 그런 광경을 다시 볼 수 없으리라고 생각했다. 그 사실이 어쩐지 낯설었다. 그 이상으로 어색했다. 무슨 일이 앞으로 벌어질지 알 수가 없었다.

그날 밤은 길었다.

아침이 되었다. 평소의 습관대로 일찍 일어난 인부들은 어제 일이 다 끝났음을 기억해내고 홀가분한 기분이 되었다. 그리고 더 자려고 했다. 하지만 그럴 수 없었다. 왠지 가슴이 그냥 두근거리고 호흡이 가빠졌다. 인부들은 끝내 주섬주섬 작업복을 챙겨 입고 숙소를 나갔다. 밖에는 먼저 나온 인부들로 발 디딜 틈이 없었다. 관리자들은 마치 그들이 그럴 것을 알고 있었다는 양 인부들을 기다렸다.

아무 말도 없었다. 아무 말도.

인부들도 조용했고 관리자들도 조용했다. 숙소 앞 공터는 수천 명이 넘는 사람들이 있었음에도 대단히 고요했다. 와중에 관리자 하나가 연단으로 올라와 마이크를 잡았다. 수천 쌍의 눈동자가 관리자의 움직임에 맞춰 쏠렸다.

"형제들이여⋯."

눈길에도 온도가 있었다면 관리자는 이 순간 흔적도 없이 녹아버렸을 것이었다.

"형제들도 잘 아시겠지만."

그는 목이 타는지 병을 열어 황톳물을 마셨다.

"그동안 우리가 얼마나 고된 길을 걸어왔습니까."

인부들은 고개를 끄덕였다.

"주 우공께서 내려주신 과업은⋯ 한낱 인간에게는 너무나도 벅찼습니다."

삽이 아닌 다른 도구를 쓰지 말라, 언제나 하늘과 대지에 감사하여 한 발만을 디뎌라⋯ 그런 일들에 대해서는 구태여 반복할 필요도 없었다.

"물론 그것들에는 모두 깊은 뜻이 있었습니다."

으음. 미적지근하지 않은 척 서로의 의중을 캐는 신음이 그들 사이에서 튀어나왔다.

"우리로서는 결코 이해할 수도 없고, 이해하려 해서도 안 되는 그런 섭리 말입니다. 우리가 그것을 느낄 수 없고 짐작할 수 없다고 해서, 그런 것들이 없어지는 것은 아닙니다."

관리자가 갑자기 연설대를 내리쳤다.

"그런데도 우리는 그분의 뜻을 오해했습니다. 잘못들을 저질렀습니다!"

그리고는 몸을 뒤로 돌렸다.

"형제들이여."

펄럭이는 깃발을 가리키기 위해서였다.

"저것이 무엇입니까?"

"신성한 도구!"

사람들이 일제히 대답했다.

"삽날과 삽대와 손잡이가 모여야만 비로소 탄생할 수 있는, 삽입니다."

"그렇습니다. 저것은 삽입니다."

관리자가 말했다.

"여러분은 물론 그것도 알고 있겠지요?"

몇몇 인부들이 자신도 모르게 몸을 떨었다. 무슨 말이 나올 줄 알고.

"우리가 저 상징을 만들어내기까지 있었던 피비린내 나는 분란을?"

관리자가 침통하다는 듯 고개를 내저었다.

"한때 삽을 이루는 세 가지의 요소. 삽날과 삽대, 손잡이를 각기 추종하는 세력들이 생겨났지요. 그러다가 결국…."

관리자는 또다시 황톳물로 목을 축였다. 병 속의 물은 유화물감처럼 선명했다. 그 안에 물이 원래 포함해야 할 것이 있는지 혹은 없는지조차 알 수 없도록.

"아, 형제들이여… 그것은 실로 피와 고통의 시간이었습니다."

인부들은 관리자가 자신이 겪어보지도 못한 일을 마치 자기네 집 안마당에서 일어난 일처럼 떠들어대는 것을 모른 체했다. 이미 죽어서 땅속에 묻힌 사람들과 당대 그들만의 특유한 맥락과 상황과 논점과 가치관을 멋대로 휘둘러대고 있다는 사실 또한 모른 체했다.

사실 모른 체했다기보다는 그들은 정말 몰랐다.

가장 먼저 무대에 등장한 꼭두각시들은 삽날단과 손잡이단이었다. 각기 삽의 양극단에 존재하는 조직이니 당연한 수순이었다. 이들은 각기 숭배하는 구성 요소를 무기로 삼았고 아무래도 재료공학적 이점 탓에 차츰 손잡이가 삽날에게 밀리기 시작했다. 삽날단의 무지비함에 진저리를 치던 삽대단은 손잡이단과 손을 잡고—딱히 의도한 것은 아니지만—나름 팽팽한 전선을 형성했다.

허나 길고 지루한 전투가 계속되며 전선이 고착화되었다. 결국 대두된 것은 특정 분파가 아닌, 지긋지긋한 전쟁에 학을 떼고 스스로 뭉친 중립 세력이었다. 전쟁이 장기화되며 점점 더 많은 삽날과 손잡이, 삽대를 들고 패잔병들이 도망쳤고 이에 어떤 뚜렷한 이데올로기도 없는 중립 세력이 정작 온전한 삽을 가장 많이 보유하고 있는 아이러니가 탄생했다. 세 단체는 각자 물밑으로 중립 세력과의 연합을 도모했지만 어느 쪽도 성공하지 못했다.

이때 중립 세력에서 홀연히 나타난 이가 바로 '그'였다.

목수 일을 하던 아버지를 따라 다양한 연장을 접한 그는 문득 중립 세력 바깥의 상황이 참 한심하다는 생각에 사로잡혔다. 그가 보기에 삽은 삽날, 삽대, 손잡이 세 가지가 모여야만 비로소 이루어질 수 있었다. 어느 한 요소만 가지고 삽의 본질이네 어쩌네 하는 일은 가당치도 않았다.

그는 주변 사람들을 모아 바깥 세력에 대한 일종의 계몽운동의 필요성을 설파하고 다녔다. 사람들은 그의 말을 듣고는 자신들이 원래 있던 곳으로 시선을 돌리기 시작했다. 삽날이건 손잡이건 삽대건 그들의 아웅다웅하는 모습이 확실히 추하긴 했다. 그들은 한때 자신들도 저렇게 추한 짓을 했다는 사실에 대한 자기혐오와, 그래도 자신들은 그곳에서 몸을 뺐으니 저들과는 뭐가 달라도 달랐다는 묘하게 뒤가 구린 자신을 얻었다.

중립 세력의 급격한 성장을 확인한 삼대 세력의 지도자들은 그들을 견제해야 한다는 데서 의견의 일치를 보았다. 그리고 가장 효율적인 길은 중립 세력의 수장을 족치는 것이었다. 그들이 보기에 중립 세력은 전투력 자체는 강성할지 모르나 어디까지나 수장을 중심으로 형성된 오합지졸에 불과했다. 구심점이 파손되는 순간 부품들은 그저 각각의 부품들에 불과해지는 것이다… 적어도 그들이 보기에는 그랬다.

그렇게 삼대 세력의 정예 대원들이 침투해 수장을 납치했다. 중립 세력이 수장의 실종을 알아채고 발칵 뒤집혔을 때는 이미 '이단의 왕' 처형식의 입장권이 불티나게 팔리고 있었다. 그렇게 처형식이 이루어지고 어떤 기적도 없이 이단의 왕은 죽어버렸다.

그런데 그로부터 사흘 뒤….

"중립 세력, 즉 지금 우리의 전신이 되는 단체가 행한 정화 덕분에—"

'정화'와 '덕분에'. 그 두 단어의 마법으로 인해 사람들은 아무도 진짜 벌어진 일이 무언지 캐물으려 하지 않았다.

"—삽의 3요소를 따로따로 추종하던 이단들이 깨끗이 사라지게 된 것입니다."

관리자가 잠시 뜸을 들였다.

"우리는 그러한 고통을 겪었음에도. 마침내 해냈습니다."

그러더니 두 주먹을 불끈 쳐들었다.

"마침내 주 우공께서 우리에게! 아니 모든 인간에게 부여하신 과업을 끝냈습니다!"

응당 터져 나오는 환호성. 사실 꽤 길게 이어져야 온당할 것 같았다. 실제로도 그렇게 될 것 같았다. 그러나 금세 그쳤다.

수천 명의 사람들이 그저 쭈뼛거리며 서 있었다. 어색하기 짝이 없는 침묵이 그들을 감싸 안았다. 세상의 모든 소음마저도 어색함을 견딜 수가 없어 그들 곁을 떠나버린 것 같았다. 분위기가 그토록 어색해진 데에는 한 가지 이유가 있었다. 그리고 그 이유가 뭔지 모르는 사람은 아무도 없었다. 감히 그것을 입 밖으로 꺼낼 용기가 없었을 뿐.

"그래서, 그다음은 뭐야?"

누군가의 속삭임. 순간 더욱 무겁고 싸늘한 침묵이 모두를 덮쳤다. 사람들은 일제히 입을 봉한 채 눈알만 데굴데굴 굴려댔다.

'그다음은 뭐야?'

'그다음은….'

'뭐야…?'

그래. 과업을 완수했잖아. 그래서 그다음은? 산 밑에 있다던 보물은 어디 있지? 우린 이제 뭘 해야 하는 거야? 인부들은 어찌할 바 모르고 당황했다. 그들은 관리자들에게로 눈을 돌렸다. 그들 역시 더 높은 관리자들에게로 눈을 돌렸다. 그들 역시 최고위 관리자에게 눈길을 돌렸다. 놀랍게도 그들 또한 아무것도 몰랐다.

눈길에 눈길에 또 눈길. 그 위의 눈길. 아래의 눈길. 옆의 눈길. 눈길. 시선을 뒤따르는 가느다란 선이 이미 그 안에서 또 한 번의 천지창조를 일으킬 것처럼 우글거렸다. 질식할 것만 같은 중압감이 그들 모두를 짓누르고 있었다. 그 순간 모두는 각자의 머릿속에서만큼은 박사요 천재요 교수였다. 그리고 이들의 엔진은 비록 외로운 탐구라고 해도 꽤나 잘 돌아가고 있었다. 갖가지 이론들을 나름대로 늘어놓던 누군가의 입에서 결국 이런 소리가 튀어나오기 전까지는.

"혹시… 뭐 잘못된 거 아니야?"

그 순간 우주가 폭발했다. 온몸의 털이 빳빳하게 일어섰고, 심장은 갈비뼈를 부술 듯 부풀었다가 거품처럼 터졌다. 뼈마디가 신경질적으로 삐거덕거렸다. 뇌가, 위가, 간이, 이자가, 허파가, 신장이, 부신이, 방광이 소름 끼치는 귀곡성을 내질렀다.

"그럴 리가 없잖아! 그럴 리가 없어!"

사람들이 제각기 외쳤다.

"말도 안 돼!"

"뭐가 잘못된 거야? 대체 뭐가?"

사람들은 내 머리로 부족해서 서로가 서로의 머리를 쥐어뜯었다.

"이건 반드시 일어나야만 하는 일이었어!"

"주 우공께서 틀린 말씀을 하셨을 리 없어!"

세상이 떠들썩해졌다. 실상 세상의 나머지 사람들에게는 우공이 뭐라고 말했건 상관없었지만 지금 그들에게는 그곳이 세상의 전부였다.

"여러분! 진정들 하십시오!"

마이크가 찌잉 하고 울렸다.

"주 우공께서 이런 꼴을 보고 기뻐하실 것 같습니까?"

사람들의 눈이 무대로 향했다.

"우선 확실한 것을 되짚어봅시다."

인부들이 고개를 끄덕였다.

"주 우공의 말씀은 틀릴 리 없습니다, 그렇지요?"

그렇다. 그래. 맞는 말이야… 산발적인 대답이 유령처럼 울려 퍼졌다. 굳이 정해진 결론을 되물으며 관리자는 몇몇 사람들의 머릿속에 남아 있던 불신의 찌꺼기를 날려버렸다.

"그렇지만 산 아래에는 아무것도 없던 게 확실합니다."

당돌하게도 연단 밑의 누군가가 입을 열었다. 도리어 의문을 의문으로 받아쳤다.

"그렇지 않습니까?"

관리자의 등허리에 식은땀이 쭈르륵 고였다. 마이크를 쥔 손에 힘이 들어갔다. 질문에는 함정이 도사리고 있었다. 자칫 잘못 대처했다간 조직 전체를 일순에 붕괴시켜버릴 만큼 강력한 함정이.

"아닙니다."

그러나 관리자는 오히려 거기에서 활로를 찾았다.

"그것은 확실하지 않습니다."

"어째서입니까?"

눈치 없는 질문자가 계속해서 나불거렸다.

"두 눈으로 직접 보지 않았습니까? 지금 저곳에는 아무것도….."

"지금! 우리가 확인할 수 있는 것은!"

상대가 기세에 눌려 입을 다물자 관리자는 그제야 조곤조곤 입을 열었다.

"'지금 이 순간' 산 아래에는 아무것도 있지 않다는 사실입니다."

'없다'라는 서술어는 그 상황에서 너무나도 공격적이었다.

"누가 감히 그것을 두고 그곳에 '원래부터' 아무것도 없었다고 단언하렵니까?"

인부들이 서로를 쳐다봤다.

"감히 누가요?"

어쩌면 그들 중 하나가? 어림도 없지! 그들은 눈을 부라리며 서로를 감시했다.

"오히려 산 밑에는 무엇인가 있었다, 그러나 사라져버렸다, 라는 해석이 더욱 논리적이지 않습니까?"

때로 '그것이 논리적이다'와 '그것이 자연스럽다'가 같은 말이라고 믿고 싶어질 때가 있었다. 그 충동에 저항하는 사람들도 있지만, 저항은커녕 그것이 충동인지도 모르는 사람들도 수두룩했다.

"그렇다면… 그것이 사라진 이유가 뭘까요?"

"주 우공께서 그것을 거두어 가신 것입니다."

관리자는 조금 들뜨는 기분이 된 터라 술술 대답했다.

"뭣 때문에?"

"실망하신 것입니다."

"그건 왜요?"

"그것은….."

관리자가 멈칫했다. 그러더니 전혀 엉뚱한 곳에 눈길을 못 박았다. 그리고 그대로 아무것도, 아무 말도 하지 않았다. 침묵은 살아 있는 짐승처럼 스멀스멀 그 혓바닥을 뻗었다. 차츰 다른 사람들도 그를 따라 고개를 돌렸다. 그들은 보았다. 공사장의 바깥을. 그곳에 빙 둘러서 자신들을 구경하는 인근 주민들을. 주 우공의 말씀에 귀 기울이지 않은 사람들을. 이때 스피커로 갑자기 천둥이 쳤다.

"저기 그 이유가 있습니다!"

관리자의 옷자락이 펄럭였다. 그는 제 팔을 대기권 너머 탈출

속도 이상으로 발사하기라도 할 것처럼 쳐들었다.

"바로 저들 때문입니다!"

주민들은 연단 위에 선 사람이 자신들을 가리키고, 뒤따라 인부들까지 그 손짓을 따라 고개를 돌리자 깜짝 놀랐다.

"저 사람들이요?"

인부들이 되물었다.

"그렇습니다! 저 사람들!"

관리자가 펄펄 뛰었다.

"주 우공을 믿지 않고! 온갖 자질구레한 것들을 위하여 인생을 허비한 불신자들!"

관리자가 계속해서 펄펄 뛰었다.

"주 우공께서 우리에게 내리신 것이 무엇입니까? 경전에 뭐라고 쓰여 있지요?"

몇몇 사람들이 경전을 뒤지며 답을 찾으려 노력했다. 질문을 던진 쪽에서 대답을 기다리기라도 한 것처럼.

"'모든 뜻있는 자가 한마음 한뜻으로 갈구하는 것'이 아닙니까?"

"그렇습니다."

몇몇 사람들은 뭔가 깨달은 듯 고개를 주억거리기 시작했다.

"충분하지 못했습니다!"

관리자가 이미 펼치고 있던 양팔을 더욱 넓게 펼쳤다.

"세상 사람들이 아직 충분히 '뜻있지' 않기에, 그것을 갈구하지 않았기에, 주 우공께서 그것을 거두어 가셨습니다!"

인부들이 술렁거리기 시작했다.

"작금의 사태는 이미 모두 경전에 적혀 있었습니다!"

관리자는 거기에 휘발유를 더 들이부었다.

"그런데 우리는… 아아, 그저 산만 파헤치면 되는 줄 알았지요!"

가슴팍을 쥐어뜯는 관리자를 보며 인부들이 덩달아 안타까워했다.

"불신자들이 저기 저렇게, 뻔히 돌아다니고 있는데!"

자기반성의 탈을 쓴 분노의 외주는 파급력이 강했다.

"아아! 우공이시여!"

군중 속에선 이미 마이크 따윈 필요 없을 정도로 우렁차게 오열하는 사람들이 나오기 시작했다.

"저희는 그것도 모르고….."

"용서해주십시오, 우공님!"

하지만 침통한 분위기는 그리 오래가지 않았다. 옳고 그름을 가르는 선이 편리하게도 자신이 속한 집단과 그렇지 않은 나머지를 나눈 선과 같은 상황에서는 그럴 수밖에 없었다.

관리자들은 이제 그들이 외부를 향한 공격성 외의 다른 방법으로 분노를 해소하지 못하게 만들어야 했다.

"여러분, 저들을 미워해서는 안 됩니다!"

이미 불이 댕겨졌는데 짐짓 엄한 손찌검으로 불길이 잡힐 리 있는가. 관리자들은 열심히 부채질을 했다.

"저들은 그저 무지했을 뿐입니다. 그래서 실수를 저지른 것뿐입니다."

분노와 우월감, 배타적인 선민의식은 마치 삽날과 손잡이, 대처럼 처음부터 한 덩어리로 움직이라고 만들어진 감정들 같았다.

"저들에게도 우리처럼 참된 삶을 향해 나아갈 기회가 주어졌더라면, 그랬다면 저들은 기꺼이 세속의 유혹에서 벗어났을 것입니다."

"옳소!"

군중의 함성을 반찬 삼아 관리자가 입안을 적셨다.

"일찌감치 뜻을 받아들인 우리와는 달리, 저들은 머릿속에 온갖 세속적인 것들을 가득 들여놓았습니다! 그리하여 주 우공의 말씀을 귀담아들을 수 없었습니다!"

'온갖 세속적인 것들'은 무책임하리만치 큰 분류였다. 그러나 그것보다 훨씬 높고 본질적인 무언가를 느낀다고 믿는 사람들에게는 몇이나 되는 부등호의 입을 들이밀더라도 무용지물이었다.

"우리는 저들을 벌해서는 안 됩니다."

관리자가 말했다.

"우리는 보듬어야 합니다, 다시 한번 기회를 주어야 합니다. 그것이 앞서 깨달은 우리의 책무입니다!"

인부들이 연신 동조했다. 맞아, 맞아!

"아아…! 여러분, 저는 비로소 알았습니다."

관리자가 부르르 떨리는 입술을 핥았다.

"주 우공께서는 우리가 아무리 큰일을 해내더라도 주변 사람들에게 그 의로움을 퍼뜨리지 않는다면 아무 의미도 없다는 것을 역설하신 것입니다."

아아! 인부들이 탄식했다.

"일부러 이렇게 고된 방법을 통해서 말입니다!"

관리자가 계속해서 말을 이었다.

"산을 옮기는 공사… 산사태… 성전… 그 모든 고난과 역경들은, 전부 이 순간을 향해 뻗어 있었습니다."

인부들은 금세 탄식하는 것을 멈추었다. 입을 굳게 다물었다.

"주 우공의 진정한 뜻과 마주하여 우리의 진정한 소임을 깨닫기 위해. 우리는 그 시련들을 견뎌왔습니다!"

그들은 허리를 꼿꼿이 세우고 섰다. 바위처럼 완고한 입매와 형형하게 타오르는 눈길. 그들의 머릿속을 채우던 민망하리만치 원초적인 분노는 이제 맹목적인 사명감에 자리를 내주고 사라졌다.

"이제 아시겠지요? 우리들의 임무는….''

"깨우치지 못한 자들을 계몽하는 것입니다!"

"앞으로는 각자 가고 싶은 곳으로, 있어야 할 곳으로 가십시오!"

관리자가 기세를 몰아 외쳤다.

"어디든지, 누구든지 상관없습니다!"

인부들의 함성이 더욱 떠들썩해졌다.

"이미 아는 곳, 앞으로 알게 될 곳… 그저 여러분이 옳다고 생각하는 모든 곳으로 가십시오. 그리고 퍼뜨리십시오."

관리자는 차오르는 눈물을 간신히 억눌렀다.

"주 우공의 진리를!"

감격에 겨워 메인 목을 풀며, 그가 끝맺었다.

"삽과 황톳물과 깽깽이발을, 그 외의 모든 것들을!"

인부들은 일제히 한쪽 다리를 드높이 들었다. 그들의 목소리는 아직 북산이 남아 있었더라도 어쩌지 못할 것처럼 우렁찼다.

인간이야 인간

● 초고 2018년 10월 5일

죽어가는 이들의 메아리가 울려 퍼졌다. 선명한 핏자국들이 밤의 거리와 골목마다 끼얹어졌다. 눈감은 세상의 지붕 아래 매캐한 화약과 뇌홍의 안개가 피어올랐다. 각종 화기와 포획수단으로 무장한 사냥꾼들은 무려 수십씩 떼를 지어 희생양을 물색하였다. 가히 군사작전을 방불케 하는 규모로 사냥은 이어졌다. 해가 지거든 세상은 더 이상 안전한 곳이 아니었다. 도처에서 피가 얼어붙는 단말마를 들을 수 있었다. 놀랍게도 이 모든 것이 철근콘크리트와 마천루의 도시 한복판에서 일어나는 일이었다.

늦은 만남을 즐기는 무리의 유행가가 사냥꾼들의 귓가를 간질였다. 사냥이 이뤄지는 바로 코앞을 인사불성의 취객이 비틀거리며 지나가는 일도 왕왕 있었다. 배수로가 삼키지 못한 체액이 신발 밑창에 달라붙는 불상사 정도가 그들 최대의 관심사였다. 보름이 떠오를 때마다 똑같은 일이 반복되었고 매번 엄청난 수의 희생자가 발생했지만 시민들은 누구도 이의를 제기하지 않았다.

자신들은 늑대인간이 아니었기에.

"오늘이 마지막인가?"

남자는 금속이온탄을 장전하며 말했다. 입가로는 비정상적으로 긴 송곳니 한 쌍이 튀어나와 있었다. 피부는 달빛조차 머금지 못할 정도로 창백했다. 시종일관 유리알처럼 희번덕거리는 눈동자로 그는 이곳저곳을 살폈다.

"오, 정말 그랬으면 좋겠는데."

남자의 동료는 특별히 맞장구치지 않고 가만히 고개만 끄덕였다. 둘은 순찰차에 기대 시간을 죽이고 있었다. 높게 뜬 달이 골목으로 간신히 내려앉았다. 남자의 동료는 보호 장구를 찬 뒤 화기 점검을 일찌감치 끝마쳤다. 그리고 보닛에 올려둔 커피를 홀짝였다. 광증폭 기능이 붙은 고글이 김으로 부옇게 물들였다.

"나도 한입만 주라."

남자의 말에 동료는 컵을 입가에서 떼곤, 머금은 것을 한 박자 늦게 마저 삼켰다. 남자는 그다음으로 손을 내밀지 싶어 기다리고 있었다.

"이거—"

대신 돌아오는 것은 곤란하다는 듯 인상을 찌푸린 동료의 얼굴이었다.

"—피 안 든 건데."

"괜찮아."

남자가 어깨를 으쓱거렸다.

"그냥 음식도 먹을 수 있어."

흡혈귀는 오직 피가 든 음식만 먹을 수 있다는 것. 남자가 두 번째로 많이 접하는 오해였다. 첫 번째 오해는 흡혈귀가 하늘이 어두울 때만 돌아다닐 수 있다는 것이었다. 물론 피부가 하얗다는 것은 색소가 많이 없다는 뜻이다. 종양으로 얼룩진 흉한 말년을 살고 싶지 않다면 낮에 많이 돌아다닐 이유는 없지만, 그렇게 치면 어둠 속에서 눈뜬장님이 되는 인간도 밤에 잘 돌아다니고, 빛 알갱이 하나까지 잡아내는 눈을 지닌 고양이도 낮에 잘 돌아다니지 않는가?

동료는 떨떠름한 표정으로 컵을 건넸다.

"아, 괜찮은가 근데?"
그러다가 문득 생각났다는 듯 입을 열었다.
"그거 믹스거든. 그, 어디서 읽었는데….."
동료가 머리를 긁었다. 걱정하는 것처럼 보이려는 것 같았다.
"단 거 먹으면 안 되지 않나?"
"안 되는 건 아니야."
잔이 뜨거워서 남자는 몇 번이나 손을 바꾸어 들어야 했다. 죽은 자의 살갗에 뭔들 뜨겁지 않으랴마는.
"우리 미각이 고양잇과랑 비슷해서, 단맛이 안 느껴지거든."
남자가 설명했다.
"맛 못 느끼고 자꾸 먹으면 건강에 안 좋으니까, 삼가라는 거야."
"아아, 그렇구나."
"이게 많이 단가?"
그럴걸. 자신 없는 목소리로 동료는 대답했다. 남자는 머금은 커피 한 모금을 입안에서 부글거렸다. 눈앞이 아쩔해질 정도로 뜨거웠다. 열기가 무수한 칼날처럼 혀와 잇몸을 긋고 지나갔다. 그리고 한발 늦게 원두 특유의 쓴 뒷맛이 따라왔다. 그것뿐이었다. 커피 믹스 안에 넘칠 것처럼 든 설탕의 맛은 전혀 느낄 수 없었다. 남자는 아쉽게 쩝쩝거렸다. 가끔은 단맛이란 감각을 느껴보고 싶었다.

한편 맛을 찾는 데 열중하다 보니 동료에게 잔을 돌려주는 것도 잊은 그였다. 동료는 불안한 눈빛으로 모락모락 올라오는 김을 추적했다. 그 양이 점점 줄고 있었다.

모든 일의 시작은 흡혈귀들의 '커밍아웃'이었다.

이유는 간단했다. 그들은 더 이상 세상의 주류 문명으로부터 유리된 삶을 버틸 수 없었다. 그들도 과학의 이기와 각종 편의시설을 사용하고 싶었다.

예전에 어느 수학자가 발표한 글이 있었다. 흡혈귀에게 물린 사람은 모두 흡혈귀가 되고, 흡혈귀는 일정 기간 최소 몇 끼의 식사를 한다는 전제를 두고 출발한 가설이었다. 그 상태로 제아무리 전설에 호의적인 시선으로 계산을 전개하더라도 결과는 명확했다. 수학적으로 흡혈귀는 존재할 리 없었다. 한 마리의 흡혈귀가 눈을 뜨고 고작 몇 개월만 지나도 지구상의 모든 인간은 흡혈귀가 되어버린다는 것이었다. 남자는 동족들과 함께 기사를 읽으며 낄낄대던 순간을 잊지 못했다. 일단 흡혈귀는 그런 식으로 되는 것이 아니었고, 오직 피만 먹고 살 수 있는 것도 아니었다.

이렇듯 도처에 널린 오해로도 모자라, 사실상 인간의 아종임에도 그 신체가 과학문명의 조망을 받지 못하여 겪을 수밖에 없는 애로사항을 흡혈귀들은 더 이상 참을 수 없었다. 흡혈귀들은 열쇠구멍을 통해 잠긴 문을 들락거리고 하늘을 날 수 있었지만, 정작 서로 우열을 가리기 위해 짐승처럼 싸울 때 말고는 그 능력들을 써먹지 못했다. 그들은 그래서 더 인간 사회에 편입되길 원했다. 그들이 바라보는 인간 세상은 자기보다 키가 작거나 멍청한 동족이라도 곧바로 내치지 않는 곳이었다. 모두에게 고유한 가치와 권리가 있고 그렇기에 존중받아야 하는 곳이었다. 한번 제 앞가림도 못 하는 놈이라는 낙인이 찍히거든 알아서 오크나무 말뚝이나 깎아야 하는 그들에게 인간들의 목발과 보청기는 꽤나 신선한 충격으로 다가왔다.

그들도 내심 그러한 세상을 원했다. 사회의 일원이 되고 싶었다. 버려진 도시의 상하수도나 폐쇄된 지하철역에서 혈거인처럼 사는 것은 지긋지긋했다. 밝은 곳으로 나가 문명의 혜택을 입고 싶었다. 어린아이들을 겁주는 데 말곤 아무짝에도 쓸모없는 악명 대신 공공기관에서 발급받은 제대로 된 신분증을 원했다. 그들 스스로도 다 알지 못하는 흡혈귀 종족의 특성을 인간 과학자들이 합리적인 가설에 따라 증명하고 명문화해주길 바랐다. 그래서 그들은 밝은 조명 아래서 입을 열었다. 전 세계에 그들의 존재를 알렸다.

늑대인간들은 그러나 이러한 시류에 편승하지 못했다.

"너무 늦겠다."

남자가 말했다.

"슬슬 들어갈까?"

그의 말에 동료는 어색하게 고개를 끄덕였다. 동료는 남자로부터 종이컵을 넘겨받으며 얼핏 그 가장자리에 남은 자국을 보았다. 남자의 긴 송곳니가 남겨놓은 흔적이었다.

둘은 각각 다른 곳을 보고 있었기에 시선은 닿지 않았다.

순찰차가 멈춘 골목 안쪽에는 잘못 자란 뼈처럼 외부 비상계단을 매단 건물이 있었다. 붉은 벽돌로 멋없이 지어진 건물은 한쪽 바닥면에 지하실로 들어가는 계단을 내밀고 있었다. 둘은 그 안으로 걸음을 옮겼다. 남자는 금세 익숙한 냄새를 맡았다.

"참, 격세지감이라고 하나 이런 걸?"

젖은 털이 풍기는 악취였다.

"어렸을 땐 툭하면 이놈들이랑 싸웠거든."

동료는 듣는 둥 마는 둥 경계를 늦추지 않았다.

"몇 명 크게 다치기도 하고, 운 없으면…."

남자가 손가락을 튕겼다.

"뭐. 그땐 그랬지."

그가 입안으로 기다란 송곳니를 핥았다.

"지금은 이렇게 편한걸!"

흡혈귀와 달리 늑대인간들은 상대적으로 외모의 제약이 적었다. 창백한 피부나 긴 송곳니에 비해 체모가 풍성하거나 덜 익은 고기를 유달리 좋아하는 정도는 충분히 얼버무릴 수 있었다. 그들은 얼마든지 주류 인간 사회에 편입되어 살아갈 수 있었다—보름달의 저주만 없었더라면.

단 6분. 만개한 보름달이 하늘의 꼭대기에 내걸리는 그 순간마다 늑대인간들은 예외 없이 이성을 잃었다. 한번 광증이 도지면 눈앞의 움직이는 모든 것을 닥치는 대로 찢고 죽여야 했다. 스스로의 뼈가 부러지고 팔다리가 끊어지는 것도 아랑곳하지 않고 그들은 날뛰었다. 하물며 짐승도 제 몸을 돌볼 수 있거늘, 그 상태의 늑대인간은 짐승만도 못한 무언가였다. 그런 발작이 백만 명, 천만 명이 사는 도시 한복판에서 도질 때마다 아비규환이 펼쳐졌다. 유사한 사건이 잇달아 발생하여 인간 당국의 의혹을 사던 차, 흡혈귀들이 약삭빠르게도 먼저 스스로를 드러낸 것이었다. 그렇게 대중은 늑대인간이라는 새로운 악의 축을 발견했다.

흡혈귀들은 늑대인간들의 특성을 어렴풋이 파악해 서로 공유하고 있었다. 그렇게 주먹구구식으로 이뤄지던 일이 인간의 과학적 사고와 맞물리자 순식간에 진일보했다. 가령 늑대인간이 은을 받아들일 수 없는 것은 금속이온의 작용과 관련이 있었다. 과학자들은 금세 유사한 효능을 낼 수 있는 물질을 우후죽순으로 찾아냈고 얼마 안 가 순은의 백 분의 일도 안 되는 가격으로 늑대인간 사냥용 탄이 판매되었다.

야생동물에게는 무해하지만 늑대인간에게는 치명적으로 작용하는 효소, 그 울음을 변조한 유인장치 등 갖가지 물건들이 개발되었다. 이야기 속 망태할아범과 달리 늑대인간들은 실체가 있는 위협이었고 따라서 최우선으로 물리쳐 없애야 할 대상이었다. 그들의 오랜 숙적인 흡혈귀들 또한 이를 마다치 않았다.

그렇게 멸종 직전에 놓인 늑대인간의 종지부가 지금 막 찍히려 하고 있었다.

"수고 많으십니다."

남자는 송곳니에 달라붙은 커피를 할짝대며 말했다.

"긴장 좀 하지?"

현장에 먼저 와 있던 선임 대원이 응수했다. 치열한 싸움의 흔적인지 방검복이 구정물과 핏자국으로 얼룩덜룩했다.

"긴장할 게 뭐가 있습니까."

남자가 킥킥거렸다.

"늑대인간이고 늑골인간이고, 이놈들은 자기 송곳니장로 없으면 쪽도 못 씁니다."

그 말을 들은 선임과 동료가 불편한 눈빛을 교환했다.

"예전에 저희도 한 번 놓친 놈인데, 역시 몰아넣으니까 별거 아니네요."

깊게 박힌 쇠말뚝들이 지하실 곳곳에 고정되어 있었다. 그 끄트머리마다 질긴 끈이 튀어나와 서로를 방사형으로 이었다. 그렇게 죄어진 그물은 돌진하는 장갑차라도 주저앉힐 것처럼 억세었다. 안에서 거친 숨을 몰아쉬는 것은 늙고 거대한 늑대인간이었다. 엄니는 바나나만 했고, 쏟아지는 안광은 창밖 아스라이 비치는 달보다도 밝았다. 늑대인간이 뒤척이자 남자의 동료가 움찔거렸다. 남자는 웃고 있을 뿐이었다.

"대왕멍멍이. 오랜만이야."

남자는 뻑뻑해진 혓바닥을 이리저리 굴렸다. 야생의 말을 하는 것은 오랜만이었다.

"근데 얼마나 힘들었으면 마지막 송곳니장로가 이런 지경까지 몰렸대?"

흡혈귀 특유의 창백한 피부에 푸르스름하니 활기가 돌았다. 기쁨의 빛이었다.

"구역질 나는구나."

늑대인간의 말은 방 안의 공기를 뒤흔들었다.

"인간의 울음을 대신 익히느라 혀가 썩어버렸느냐?"

노쇠하고 상처 입었어도 그 기세는 수그러들지 않았다. 남자는 힐끗 제 동료와 선임의 반응을 살폈다. 인간의 귀에는 야생의 말이 아무 의미 없는 바람 소리처럼 들렸다. 낯빛이 조금 어두워졌지만 그래도 질색하진 않아서 다행이었다.

"뭐라고 떠드는 거야."

선임이 그를 제지하려 했다.

"조금 있으면 회수반이 올 테니까 얌전히 지키면 돼."

"괜찮습니다. 그냥 개인적인 게 좀 있어서요."

남자가 웃으며 말했다.

"그리고 굳이 같이 자리 안 지켜도 될 것 같습니다."

그는 그 말이 너무 건방지게 들리지 않았으면 좋겠다고 생각했다. 여유 있게, 그리고 유머러스하게, 가볍게 너스레 떨듯이.

"여기야 저희 둘이면 충분하죠, 안 그래?"

남자는 활짝 웃으며 옆의 동료에게 어깨동무를 둘렀다. 그런데 팔이 허공에서 뚝 떨어졌다.

돌아보니 동료는 뭣 때문인지 기척도 없이 저만치 몸을 빼고 있었다. *갑자기 왜 그래.* 격의 없이 말하던 남자는 뒤늦게 동료의 눈길이 향하는 곳을 깨달았다. 지하실은 온통 피투성이였다. 송곳니장로가 구해온 먹잇감이거나, 포획 과정에서 죽은 대원들의 것일까. 이미 눌어붙은 핏자국 위에 겹겹이 뿌려진 더운 피가 케이크의 장식처럼 굳어 있었다.

동료의 눈빛 속에서 남자는 인간의 죽음을 보았다. 그리고 그 죽음을 불러온 늑대인간을 보았다. 남자의 종족은 그리고 그 늑대인간과 한때 대등하게 전쟁을 벌였다. 동료는 늑대인간의 털과

귀를 보았다. 그리고 눈앞 자신의 동료가 달고 있는 송곳니와 긴 손톱을 보았다. 알아들을 수 없는 야생의 말로 대화를 나누는 둘을 동시에 그는 두려워하였다. 남자는 엉거주춤 물러난 동료의 공포를 읽었다.

늑대인간이 코웃음 쳤다. 남자 말고는 아무도 들을 수 없었다.

"회수반 올 때까지 주변 경계하도록 하겠습니다."

동료가 말했다.

"그래."

선임은 말을 마치자마자 자연스레 남자의 동료를 따라 걸었다. 마치 남자가 아니라 자신이 그의 파트너인 것처럼. 둘이 따로 할 이야기가 있을 거라고 남자는 생각했다.

두꺼운 쇠문이 여닫히며 바깥바람이 들어왔다. 그는 귀를 기울였지만 흡혈귀의 청력으로도 흐린 말소리만 겨우 잡아낼 수 있었다. 돌연 등 뒤로 한 줄기 서늘한 웃음 소리가 들려왔다.

남자가 뒤돌아섰다. 늑대인간의 입가가 말려 올라가 있었다. 잇몸이 번들거렸다.

"뭐가 그렇게 웃긴데?"

"저들이 널 바라보는 것을 보았느냐?"

늑대인간이 말했다. 아니 비웃었다.

"어찌 웃지 않을 수 있단 말이냐."

남자는 잠시 주변을 돌아보았다.

"너희가 겁을 줘서 그래."

내가 인간이었다면, 비슷한 처지가 되어 그 광경을 보았다면 무슨 생각을 했을지 상상했다.

"인간들은 원래 겁에 질리면 제대로 생각을 못 하니까."

"인간이 겁에 질리도록 늑대인간의 이야기를 쓴 것이 우리인가?"

늑대인간이 말했다.

"흡혈귀의 두려움을 퍼뜨린 것은 네 동족인가?"

남자가 눈살을 찌푸렸다.

"그럼 넌 입이 아니라 주둥이인가 보군."

그는 입 앞으로 기다란 것이 열렸다 닫히는 몸짓을 했다.

"무슨 소리인지 알아먹지도 못할 말을 하니."

"인간들은 언제나 겁에 질려 있다. 스스로 그걸 원하니까."

늑대인간이 다시 입을 열었다.

"두려움은 폭력을 쏟아낼 수 있는 가장 정당하고 통쾌한 명분이다."

남자는 그 말을 들으며 턱을 까딱거렸다.

"나와 다른 무언가를 돌과 몽둥이로 다스리고도 죄책감을 남기지 않기 위해, 인간들은 무언가를 두려워하는 법을 익혔지."

"그럴듯한 개소리를 하네."

남자는 '개소리'를 강조했다.

"인간들은 우리하곤 달라."

물론 의도한 것이었다.

"우리야말로 오히려 그런 피도 눈물도 없는 놈들이지."

남자가 손을 이리저리 뻗었다. 그것으로 지하실 바깥 도시의 모습을 낚아채오기라도 할 것처럼.

"인간들은 동족이 남들보다 약하고 쓸모없다고 함부로 내치지 않아. 과학이란 걸 써서 그런 사람들을 분석하고 알맞게 도와주지."

"인간이 약자를 관리하는 것은, 우리와 같은 명확한 적이 없이 너무 오랜 시간이 지나기 전 폭력의 숨통을 돌릴 자리를 예비해 두는 것이다."

늑대인간이 신랄하게 말했다.

"저들의 문명이 위기를 맞아 휘청일 때마다 비난의 대상은 나타나지 않았다고, 과학과 이성에 근거한 해결책만이 있었다고 네가 말하는가?"

남자는 꺼림칙하게 눈살을 찌푸렸다.

"비난의 명분으로 매번 점찍어지는 것은 네가 말한 '분석 당한' 약자들이었다."

늑대인간이 말을 이었다.

"네놈들의 본거지에서는 보지 못했는가? 구부러진 십자가를 단 자들이 검은 머리의 떠돌이들에게, 육각별의 마을에 무슨 짓을 했는지 보지 못했는가?"

"다 늙어빠진 이야기를."

남자가 말했다.

"그때의 인간들은 이젠 죽어 없어졌어."

"오염된 토양에서 맑은 샘이 솟기를 바라는가?"

기다란 주둥이가 말려 올라갔다.

"시대가 개개인의 육신을 따라 저문다는 환상이, 우리만큼이나 뿌리 깊은 인간의 광증을 가리는구나."

부러진 발톱이 피와 살점으로 범벅된 바닥을 긁었다. 소름 끼치는 소리가 났다.

"그 찬란한 문명의 빛을 지키기 위해 얼마나 많은 얼룩들을 도려내었을까. 아직 오지 않은 시련의 순간 언제든지 이성과 합리의 탈을 쓴 압제는 다시 드리워진다. 인간들은 모두 그걸 알고 있다."

늑대인간이 잠시 말을 늘였다.

"…그래서, 네놈이 더 멍청한 것이다."

남자는 어리둥절한 빛으로 그 눈을 똑바로 쳐다보았다.

"피부가 하얗거나 그렇지 않은 인간들 사이에 벌어진 일을 네놈도 알 테지."

늑대인간도 굳이 그 시선을 피하지 않았다.

"그네들이 오늘날 겉으로의 화합을 연기하는 것은, 그때로 돌아갈 만큼의 명분을 아직 찾아내지 못한 까닭이다."

순간 그 굵고 튼튼한, 털이 부숭부숭 난 팔이 움찔거렸다.

"그들의 도구들이 빼앗아간 것이다. 충분한 것처럼 보이던 과학적 명분들을."

남자는 경계를 늦추지 않은 채 거리를 유지했지만… 힘이 빠진 팔이 다시 늘어뜨려졌다.

"겉으로 드러나는 피부색을 빼고는 서로를 증오해야 할 만큼의 차이라곤 없다고… 아쉬워 군침을 삼켰겠지."

조금 시간이 지나고 나서야 남자는 놈이 뭘 하려 했는지를 알았다. 인간의 손과 늑대의 앞발 사이 어딘가에 놓인 그것이 천천히 가리켜졌다.

"그런데 이제, 너희가 나타났다."

삿대질할 기력조차 남지 않은 걸까.

"너희는 인간처럼 생기고 그들처럼 말할 줄도 알지."

늑대인간이 말을 이었다.

"그러나 이미 죽었다가 살아난 몸뚱어리가, 그 삶을 떠받치는 사고와 철학이, 가치관이, 욕망이 같을 리 있느냐?"

그것의 기다란 주둥이가 경련하듯 비틀렸다.

"인간의 과학자들은 지금도 너희의 어느 부분이 얼마나 다른지, 그것을 근거로 삼아 얼마나 먼 곳까지 너희를 몰아낼 수 있을지 알아내고 있겠지."

"그래그래, 좋은 시도였어."

남자가 양손을 번쩍 들며 빈정거렸다.

"이런 식으로 우리를 이간질시키려는 거야? 나더러 널 풀어달라고?"

입술 바깥으로 빠져나온 송곳니를 따라 독액처럼 싸늘한 비웃음이 맺혔다.

"미안하지만 난 이미 이것저것 일군 게 많거든."

그가 손가락을 꼽으며 말했다.

"직장도, 집 대출금도, 타고 다니는 차량…"

"듣지 않으려 해도 조만간 네놈도 깨닫겠지."

여기서 정말 남의 말을 듣지 않으려 하는 게 누구인지 모를 지경이었다. 남자는 그러나 아무래도 상대도 똑같은 생각을 하고 있으리라 믿을 수밖에 없었다.

"어떤 나라, 어떤 민족, 어떤 믿음… 계기만 마련되면 인간은 그 어떤 괴물보다도 가혹한 짓을 스스로의 일부에게 가했다."

늑대인간이 말을 이었다.

"그 덕에 인간은 우리처럼 어설프게 악하고, 어설프게 강한 존재들을 옛날이야기 속으로 몰아냈지."

남자가 그 앞에 팔짱을 긴 채 서 있었다.

"이제 그 역사가 어떻게 반복되는지 보아라."

늑대인간은 스스로의 부옇게 떠오른 눈동자로 그 말을 입에 담았다. 갈수록 죽음이 가까워지고 있었다.

"저희를 닮았지만 피를 마시는 괴물들의 앞에서, 그들이 어디까지 잔인해질지… 스스로 찬 목줄을 내세우기 전에, 잘 봐두어라."

"듣자 듣자 하니 기가 막혀서, 이봐!"

남자가 벌컥 화를 냈다.

"그런 두루뭉술한 비유는 개나 소나 다 할 수 있어!"

그는 부러 과장된 몸짓으로 목의 고리를 잡아당기는 시늉을 했다.

"목줄은 무슨 목줄? 그런 게 있다면 네놈이나 차야지!"

코웃음인지 거친 날숨인지 알 수 없는 무언가가 늑대인간의 입에서 쏟아졌다.

"그럴싸하게 떠들면서, 네가 확실히 아는 게 대체 뭔데?"

남자가 바짝 다가서며 고함쳤다.

"서로 주고 받은 것들, 갚을 것들, 돈이랑 신용, 금융… 이런 게 여기가 연결되는 방식이야. 난 그 안에 이미 들어와 있다고."

남자가 늑대인간의 코앞까지 손가락을 디밀었다. 그 싸늘한 냉기가 죽어가는 뜨거운 숨결과 뒤섞이도록.

"너는 하나도 모르고, 가질 수도 없는 것들이… 평등민주주의라고 들어는 봤어?"

그가 재차 목청을 높였다.

"강한 한 놈이 아니라 모두 다 함께 의제를 만들고, 답을 내는 거야. 그런… 그런 체계 안에 그리고 내 자리가 있는 거라고!"

남자는 어느새 자신이 늑대인간이라도 된 것처럼 으르렁거리는 것을 알았다.

"난 직업도 있어! 사는 곳은 조금 있으면 내 명의가 될 거고, 자주 가는 식당도, 알고 지내는 친구들도… 난 이미 그들 중 하나야!"

"네 스스로 '그들'이라 말하는구나."

그는 늑대인간이 웃었다고 생각했다.

"그 말이 옳다."

아니면 갯과 특유의 긴 주둥이가 그렇게 보였거나.

"네 직업은 다른 인간의 것이 될 수 있었다."

그것이 말했다. 숨을 헐떡거리면서.

"네 집은 다른 인간의 것이 될 수 있었다. 네가 붙잡은 기회들, 물건, 돈… 자신이 마시고 먹지 못한 것들을 두고, 너희의 얼굴을 떠올리는 자들이 언젠가 나타날 거다."

남자의 표정이 일그러졌다.

"모두가 평등하다고, 그 모두가 바라는 것도 평등한가?"

아랑곳하지 않고 그 말은 이어졌다.

"너희 열 명이 스스로 원하는 사회를 위해 움직이는 동안 일천 명, 일만 명의 '진짜' 인간들도 똑같은 생각을 하느냐?"

도저히 참아줄 수가 없었다. 남자는 이만하면 되었다고 생각했다. 쉽사리 입을 다물지 않는다면 위력행사라도 할 참이었다.

너희도 우리처럼 될 거다.

늑대인간의 몸이 빈 자루처럼 허물어졌다. 남자가 황급히 다가갔다. 앞뒤 가리지 않고 불쑥 그물 속으로 손을 들이밀었다. 아래턱을 잡고 들자 어금니가 아직 시퍼런 빛을 냈다. 그러나 눈이 풀린 채였다. 총기를 잃은 눈동자가 흙탕물처럼 침침해졌다. 남자는 어쩔 줄 모르고 기다렸다. 그대로 무언가 확실히 벌어지거나 매듭지어지길 우두커니 기다렸다.

"안에 별 상황 없지?"

남자는 소스라치게 놀라 몸을 일으켰다. 놓친 늑대인간의 머리가 핏구덩이에 그대로 처박혔다.

"회수반 도착 2분 전이다."

말을 건 것이 제 선임과 파트너 중 누구인지 생각해봤지만 철문을 뚫고 들어온 목소리는 분간이 안 될 정도로 웅얼거렸다. 그는 적당히 대답하려 했지만 문 건너편의 기척이 금세 멀어졌다. 처음부터 답을 기대하지 않은 것 같았다.

2분이라. 2분. 남자는 읊조렸다. *그동안 생각하면 되겠군. 생각해볼 만해.* 남자는 송곳니를 핥았다. 단맛은 느껴지지 않았다. 원두의 뒤끝이 고약했다.

남자는 2분 동안, 아주 오래 생각했다.

자매도시 사나스

● 초고 2021년 6월 28일

골짜기 속 존재들을 학살한 정착민들의 결정은 탐욕과 혐오 중 어느 쪽에 더 힘입었을까요? 그들 스스로는 어느 쪽을 들어 정당화했을까요? 애초에 정당화할 필요가 있다고 생각했을까요? 어느 것 하나 지금의 우리로서는 대답하기 어렵습니다. 정착지는 훗날 위대한 초기왕국으로 발돋움하였고, 대답이 되어줄지도 모를 기록들은 왕국을 집어삼킨 망각과 운명을 함께한 까닭입니다. 역사라는 말이 그 무게를 갖기도 전, 우리가 아는 문명의 기틀이 채 세워지기도 전의 수많은 기억이 유실되었다는 것은 참으로 안타까운 일입니다.

이러한 이유로 골짜기 속 존재들에 대해선 많은 것을 알 수 없습니다. 초기왕국의 기록 중 멸망을 피한 것이 한 그루의 나무라면, 개중 골짜기 속 존재를 노래하는 것은 몇 장의 이파리에 불과한 까닭입니다. 그러한 기록들은 초기왕국 지배층의 방조 아래

거의 만들어지지 않거나, 만들어지더라도 즉각 폐기된 것으로 추측됩니다. 이러한 억압이 명시적인 것인지, 명시적이라면 누구의 권위로 어떤 절차를 거쳐 금지되었는지는 알 수 없습니다.

부족한 정보가 불러일으키는 모호한 가능성은 다양한 민족과 정치지파가 자신들만의 '정통성'을 부가하는 렌즈를 앞세워 역사를 바라보도록 만들었습니다. 초기왕국사라는 크고 흥미로운 역사의 숲을 고작 어떤 임의 집단의 소속감을 고취하기 위한 땔감으로 소모하는 것은, 부끄럽게도, 아직까지 흔히 찾아볼 수 있는 학계의 병폐입니다. 그러므로 감정싸움이 일어나기 쉬운 영역을 건너뛰고 우리가 들여다볼 것은 그 이파리 몇 장에 기록된 '골짜기 속 존재들'입니다.

그들은 원숭이처럼 구부정하게 두 발로 걸었지만 체구가 작았습니다. 평생 어두운 곳을 벗어나지 않았기에 눈도 귀도 없었지만, 대신 전신의 감각이 일어났다 누웠다를 반복하며 소리를 내고 받았다고 합니다.

금속으로 된 몸은 아주 가늘어 옆으로 돌면 거의 보이지 않고, 단단한 표피는 돌과 부딪혀도 상하지 않았다고 합니다. 예리한 팔다리로 벽을 파고들며 각자의 공동체를 꾸렸고, 그 과정에서 파낸 흙을 몸에 발라 서로를 구분했다고 하지요. 말귀를 알아듣는 시늉을 했지만 인간—당시의 정착민들—과 의사소통하려는 모습은 보이지 않았습니다. 사실 그들은 골짜기 속 자신들의 이미 굳어진 삶을 제외하면 대체로 무관심한 태도를 보였습니다.

이러한 기이한 특질들 탓에 정착민들은 일찌감치 어두운 골짜기와 그곳의 존재들에 대한 혐오를 길러가고 있던 것으로 풀이됩니다.

가령 초기왕국어에서 '무엇의 안/속'이라는 전치사—'골짜기 속 존재'라는 표현에도 쓰인—는 '인물의 예상치 못한, 대개 도덕적으로 부적절한 측면'이나 '필연적으로 따라오는 부작용'을 가리키는 일부 관용어구에서 암묵어근으로 격상되는 경우가 있는데, 학계에서는 이러한 용례가 '골짜기 속 존재'를 가리키는 조어 과정에서 생겨났으리라 추측합니다. 제련된 금속이 특권층의 전유물이었던 당시 시대상을 볼 때, 골짜기 속 존재들의 금속질 신체가 매력적인 자원으로 여겨졌을 가능성 또한 고려할 수 있습니다.

한낮의 태양빛이 골짜기 속 존재들을 죽음에 이르게 할 수 있다는 사실을 정착민들이 어떻게 발견했는지는 명확하지 않습니다. 혹자는 어떤 운 없는 골짜기 속 존재가 그늘을 벗어나 죽어버렸고 정착민들이 그 시체를 발견했다고 주장합니다. 한편에서는 정착민들이 악의적으로 골짜기로의 침입을 반복한 끝에 알아낸 사실이라고 주장합니다. 진실이 어느 쪽의 손을 들어주건 간에, 그 발견이 암석보다 튼튼한 골짜기 속 존재와 피와 살로 된 인간 사이의 우열 관계를 반전시켰다는 것만은 부정할 수 없을 것입니다.

거울은 골짜기 어귀부터 차근차근 설치되었습니다. 광채는 반질반질하게 닦인 칼날이 되어 평생을 어둠 속에서 살아온 골짜기의 존재들을 몰아붙였습니다. 본래라면 평생 마주할 일 없던, 날것 그대로의 태양 빛이 삽시간에 그들의 강인한 몸을 꿰뚫고 생명을 거두어들였습니다. 골짜기를 메아리치는 그들의 비명이 듣는 이의 귀를 먹게 할 정도였다고 하니, 그 참상의 규모를 능히 짐작할 수 있습니다. 골짜기의 끄트머리로 도망친 것들에게도 결국 정착민들의 거울은 비추어졌습니다. 마지막까지 남아 있던 존재들은 정작 빛에 닿기도 전 압사당한 것이 대부분이라고 합니다. 좁디좁은 희망을 좇아 서로의 몸에 눌려 죽어가고 또 죽이던 그들의 시체가 꾸역꾸역 하나의 주괴를 이루었다고 기록은 말하고 있습니다.

그러나 학살 그 자체에 대해 소상히 논하는 것이 이 글의 목적은 아닙니다. 알코헤드의 〈골짜기에 낮이 온 날〉과 같은 유명한 장편극에서부터 아마추어 예술단의 몸짓회에 이르기까지 골짜기 속 존재들의 학살에 대해서는 이미 역사적으로, 대중적으로 수백 차례 이상의 되새김이 끝났기 때문입니다.

마찬가지로 정착민들이 그들의 시체를 어떻게 처리했는지, 왜 당초 예상했던 대로 유용한 재료를 추출하지 못했는지도 너무나 잘 알려진 사실입니다. 다만 시체의 적합한 가공법을 찾지 못한 것이 그 성분의 예상하지 못한 훼손 탓인지, 아니면 정착민들이 처음부터 알맞은 기술 없이 무턱대고 학살을 저지른 것인지에 대해서는 논란이 분분합니다.

골짜기를 매립하자는 결정은 얼마 지나지 않아 내려졌습니다. 눈엣가시 같던 괴물들을 없애고 마을의 경계선이 아주 약간 전진하는 것만으로는 그 일을 충분히 기념할 수 없다고 생각했기에 그러한 결정을 내렸으리라고 한 역사가는 전합니다. 물론 이 과정에서 아무 쓰임새를 찾지 못한 골짜기 속 존재들의 사체는 원래 있던 곳에 그대로 방치되었습니다. 막대한 토사가 그 위로 퍼부어졌습니다.

그렇게 한때 한 종족의 세상 전부였던 골짜기는 두두룩한 언덕을 남긴 채 메워졌습니다. 빛을 두려워하였고, 빛에 목숨을 빼앗긴 그들을 조롱하듯 언덕은 남아 있는 거울과 뙤약볕과 타오르는 횃불에 그대로 노출되었습니다. 시인은 뒤집혀 올라온 밤색 흙이 점차 빛바래 나중에는 구정물처럼 멀건 색을 띠는 모습을 기록했습니다.

그런 곳에서 어느 날, 최초의 칼꽃 한 송이가 싹을 틔웠습니다.

칼꽃 그 이름은 그것의 힘이오/ 매미의 날개보다 가벼운 이파리로 누구보다도 꼿꼿하랴/ 버들보다도 가녀린 줄기로/ 누구에게도 고개 숙이지 않으리라

초기왕국의 어느 이름 없는 무덤에서 출토된 위의 시구는 후기 초기왕국의 예술사조와 더불어 칼꽃이라는 대상을 가장 함축적으로 표현한 작품이라는 평을 듣고 있습니다. 다만 범하기 쉬운 논리적 오류로, 칼꽃이라는 분류는 당시의 특정한 식물종에 한해 내려진 것이 아니었습니다.

그것이 인위적으로든 자연적으로든 씨앗이 한때 골짜기가 있던 곳에 내려앉으면, 그리고 땅에 묻힌 금속을 빨아들여 그것으로 줄기와 잎을 삼거든 그것이 곧 칼꽃이 된다. 라고 역사가들은 적었습니다. 즉 그러한 특유의 성질을 유지한 채 성목까지 생장할 수만 있다면 무엇이든 칼꽃이라는 분류에 들어갈 수 있었습니다.

위의 시구를 비롯한 당대 열렬한 애호가들의 기록을 빌려 우리는 칼꽃의 이런저런 특성을 유추할 수 있습니다. 가령 칼꽃은 미풍에도 흔들릴 만큼 가볍지만 억지로 힘을 주면 결코 움직이지 않았다고 합니다. 잎과 줄기와 꽃은 모두 제련한 쇠의 빛깔을 띠고, 다른 식물처럼 물을 먹는 대신 반대로 흘려보냈다고 합니다.

물론 이는 그것의 금속질 표면에 대기의 수분이 달라붙으며 일어나는 현상입니다. 당대의 학자들도 이 사실을 못 박았고, 민중들에게도 그렇게 받아들여졌습니다. 이렇듯 초기왕국에서 칼꽃은 '신비한 무언가'가 아닌 '측정할 수 있는 가치 기준을 가진 재물'로 받아들여졌고, 이는 왕국 말엽 칼꽃 거래기 전에 없이 활발히 이루어지던 때의 기록으로 뒷받침됩니다.

현대의 우리가 난과 수석을 거래하듯 당대의 부호들은 잘 기른 칼꽃을 두고 치열한 경쟁을 벌였습니다. 경매 장부로 추정되는 문서에서는 좋은 칼꽃을 분별하는 기준도 찾아볼 수 있습니다. 가령 빛이 없는 곳에서 그 광택이 얼마나 강한지, 이어지는 무늬가 얼마나 선명하고 또 온전한지, 맺히는 물이 얼마나 많은지, 그 흘러내리는 모양은 어떤지 등의 척도들이 그 예입니다. 실용적인 쓰임새는 전연 없었지만, 현대의 우리도 조개의 토사물이나 투명한 돌에 비싼 값을 매기는 걸 볼 때 이해하기 어려운 일은 아닙니다.

다만 칼꽃의 발견에 대해, 즉 그것이 한때 골짜기가 있던 곳에서만—아니면 최소한 그곳의 흙을 이용해서만—핀다는 사실을 두고 초기왕국 사람들이 무슨 반응을 보였는지는 알 수 없습니다. 당대 몇몇 문학에서 불쾌감을 표하는 등장인물을 찾아볼 수 있지만, 칼꽃 거래가 활발해지고 나서 그러한 기조는 사장되었습니다. 일부 역사가들은 칼꽃의 그 잔인한 역사적 배경이 오히려 사람들을 널리 부추겼을 것이라고 주장합니다. 현대의 우리가 때로 제삼자의 윤리적 일탈이나 그런 일화가 얽힌 물건에 열광하듯, 오래전 저질러진 학살이라는 소재가 칼꽃의 오싹한 신비감을 더해주었으리라는 분석입니다.

초기왕국의 한 시인이 친우에게 보낸 서신에서 발견된 '그것(나의 칼꽃)의 빛깔은, 그 땅 자체가 품은 죽음(해석에 따라 멸종)의 내력보다도 더욱 깊고 우수하다!'와 같은 표현을 보건대, 적어도 당시 일부 집단에서는 유사한 시각을 견지했던 것으로 보입니다.

그렇다고 해서 칼꽃이 처음부터 초기왕국 사회에 자연스레 녹아든 것은 아닙니다. 칼꽃의 취급을 두고 빚어진 이런저런 갈등을 우리는 괴담에 가까운, 듣는 이를 겁주고자 하는 의도가 명확한 초기왕국의 몇몇 야사들을 통해 짐작할 수 있습니다. 가령 뒤집힌 표지판의 우화가 그렇습니다….

✳

사람들은 한 방향으로 걸었다. 길은 먼지도 일지 않을 만큼 단단했다. 다져진 흙은 부옇게 메밀색으로 떴다. 눈 닿는 곳까지 뻗은 길은 산자락 뒤편으로 돌아가며 시야에서 사라졌다. 걷는 사람들의 관심이 일제히 그곳으로 모였다.

산을 끼고 빙글빙글 도는 길을 그들은 똑같은 빠르기로 밟았다. 무릎과 오금에는 나이테처럼 잔금이 매달렸다. 화살촉처럼 모인 시선으로, 붙들어 맨 걸음으로 그들은 끝없이 걸었다. 발바닥은 혓바닥처럼 부르트고, 혓바닥은 발바닥처럼 메마르도록.

"표지판이야."

누군가 입을 열자 걸음이 멎었다. 그들의 다리는 그러나 언제라도 다시 출발할 수 있도록 활시위처럼 팽팽하게 당겨졌다. 아찔하리만치 더운 와중에도 사람들은 본분을 잊지 않았다.

"얼마나 남았소?"

"남은 거리, 이천… 아닌데."

말을 꺼낸 사람이 미간에 주름을 잡았다. 눈이 흉터처럼 가늘어졌다.

"이천… 팔십?"

"아까도 있었잖아요."

표지판은 나무를 깎아 온통 새하얬나. 거기에 마찬가지로 깎아 새긴 글자는 잘 보이지 않았다. 귀가 윙윙거렸다.

"표지판은 아까도 있었어요."

사람들이 제각기 입을 열기 시작했다.

"아까는 숫자가 더 작았소. 확실해."

하얗게 센 머리로, 하얀 표지판을 두고.

"그럼 우리가 반대로 가고 있는 거요?"

새하얗게 마른 소금의 냄새를 풍기면서.

"말도 안 돼! 그럼 여기까진 뭣 하러 온 거야?"

"얘기를 들었죠."

누군가 전혀 다른 사람의 이야기를 하듯 끼어들었다.

"관청에서 거기까지 길을 닦았대요."

수염이 치렁치렁 바닥에 끌렸다.

"우리가 있는 길이 그거고, 그런데… 당신은 그 꽃을 어디에 담을 생각인가요?"

지목받은 사람은 망태기를 하나 짊어지고 있었다.

"그 꽃이 아니라, 칼꽃이라고 하더이다."

물론 꽃을 담기 위해 가져온 것이었다.

"그렇게 부른다더군."

"우리가 얼마나 걸었지요?"

사람들이 아우성쳤다.

"놓아두고 온 덫에 벌써 뭐가 걸려도 걸렸을 텐데….."

"돌아가려면 칼꽃을 따야 해."

너무 덥지 않으냐는 듯 나무그늘들이 말을 걸어왔다.

"한 송이만 캐도 비싸게 쳐줄 테니."

허리춤에 찬 말린 고기가 도망쳤다. 날개 돋친 숨이 가슴팍을 간지럽혔다. 사람들은 이상한 그림자를 빤히 바라보았다. 표지판이었다. 깎은 표면은 새하얬다.

"새 표지판이에요."

"맞아요, 관청에서 세운 거라고 했어요."

"읽어봐요. 언제 도착할지."

말이 뒤엉켜 서로의 꼬리와 머리를 파고들었다. 사람들은 요령껏 제 몫의 대답과 질문을 기다렸다. 머리털이 갈고리처럼 쭈뼛 일어섰다.

"저기 있네요."

"그런데 누군가 실수를 했다더군요."

"이천…팔, 아니…이만 팔…, 아니, 이십만….."

"아, 난 돌아가겠어요."

"다들 멈춰봐요!"

다들 이미 멈춰 있었다. 무더위가 그들을 내리눌렀다. 근처에는 나무라곤 한 그루도 없었다. 매미 우는 소리가 났다. 사람들은 길어진 손톱으로 귓구멍을 후볐다.

"난 갈 거예요. 이 길은 잘못됐어요."

"맞아요. 누가 표지판을 거꾸로 놓았대요."

엄청난 것이라도 알아낸 것처럼 태양이 번쩍였다. 빛으로 된 창살이 그들을 옴짝달싹 못 하게 내리눌렀다.

"난 가겠어요. 정말 가겠어요!"

"그래서, 거리가 반대로 되었대요. 가면 갈수록 이 길은….'"

한 사람의 목소리가 나지 않았다. 그들은 돌아가겠다고 선언한 사람을 찾을 수 없었다. 그들은 무엇을 찾으려 했는지 떠올릴 수 없었다. 그들은 무엇을 떠올리려 했는지 잊었다.

그들은 그것을 잊은 일을 잊었다.

"다시 갈까요? 충분히 쉬었으니."

그들은 걷고 있었다. 표지판은 이미 하얀색이었다. 한 번 깎아 새긴 글씨와 마찬가지로.

✳

…관청에서 다시 표지판을 세울 때까지, 그 길을 썼던 사람들은 아무도 돌아오지 못했다고 하지요. 이러한 이야기는 물론 경쟁자의 칼꽃 채취를 방해하기 위해 길을 훼손하는 등의 행위가 만연했음을 우화적으로 드러낸 것입니다.

한편, 그 뒤 오랜 세월이 흘러 칼꽃 거래가 본격화된 후의 기록이 유독 진위를 확인하기 어려운 것은, 그것이 기록문화의 전반적인 쇠퇴라기보다는 역시 초기왕국을 집어삼킨 원인 모를 망각과 관련이 있는 것으로 추정됩니다. 그 파괴가 너무나도 철저한 나머지 전혀 의외의 장소에 있던, 한 시대를 대표하기에 다소 부적절한 유물들이 의도치 않게 보존되었으리라는 설입니다. 가령….

*

　오늘은 엄마를 도와 무슨 뿌리의 껍질을 벗겼다. 손톱이 까매졌다. 손이 끈적거려서 바구니에 있던 천으로 닦았는데, 엄마에게 혼났다. 아버지의 친구에게 선물로 줄 거였다고 한다. 온종일 일만 하고 혼까지 났다….

　오늘은 울타리 바로 안쪽에서 애들이랑 사냥놀이를 했다. 이리한이 자꾸 자기가 사냥꾼을 하겠다고 우겼다. 나랑 다른 애들은 다 토끼랑 여우를 했는데, 아무도 이리한을 따돌릴 수가 없어서 놀이가 금방금방 끝났다. 난 네가 제일 크고 뚱뚱하니까 사냥꾼은 그만하고 멧돼지를 대신 하라고 했다. 이리한이 멧돼지처럼 화를 냈다.

　오늘 물장구치고 왔더니 매미 우는 소리가 났다. 소리는 화분에서 났는데 매미는 붙어 있지 않았다. 먹구름처럼 우중충한 꽃이 있었다. 이리저리 만지다가 손을 베였다. 피가 묻는 것 같았는데 금방 말라 사라졌다. 나중에 엄마한테 이야기하니까 그게 칼꽃이라고 했다. 직접 보는 건 처음이었다.

　오늘은 글씨 연습을 했다. 친구들이랑 바닥에 쓱쓱 그릴 때는 쉬워 보였는데, 진짜 종이를 받아보니까 생각보다 어려웠다. 나는 교본이랑 똑같이 쓴 것 같은데, 선생님은 자꾸 다시 쓰라고 했다. 손에 자꾸 검댕이 묻어서 나중에는 시큼한 냄새가 났다. 옷이 더러워질까 봐 손을 들고 다녔다.

　오늘은 친구들이랑 숲에 가서 조그만 열매를 실컷 따먹었다. 말랑한 것만 먹고 씨는 뱉어야 했다. 마을 어른들이 그 씨를 먹으면 눈이 먼다고 말했다. 그런데 이리한이 그게 우리 겁주려고 지어낸 말이라면서 씨를 막 씹어 먹었다. 그때는 괜찮아 보였지만, 내일 죽어 있는 게 아닐까? 돌아오는 길에 발을 베였다.

오늘은 아빠가 화를 냈다. 또 그물이 망가졌나 했지만 그게 아니었다. 아무도 칼꽃을 안 산다고 했다. 아빠는 그러면서 다른 칼꽃을 따왔다고 보여줬다. 아빠한테 그게 왜 나쁜 거냐고 물어보려고 했지만 엄마가 나중에 따로 설명해줬다. 다들 아빠처럼 칼꽃이 많으면 그걸 살 필요도 없다고 말했다. 나라도 그럴 것 같았다.

오늘은 애들이랑 숲에 갔다. 작은 열매를 먹으러 갔는데, 나무가 죽어 있었다. 매미 우는 소리가 났다. 이리한은 굳이 죽은 나무에 달린 씨앗을 따서 먹었다. 그러다가 배탈이라도 날 것 같다. 열매를 못 먹은 게 화가 나서 애들이랑 나무를 막 뜯었는데 껍질을 벗기니까 속살이 쇳빛이었다. 돌을 갖고 쳤지만 돌이 깨졌다. 돌아오는 길에는 매미가 너무 시끄러워서 내내 귀를 막고 걸었다. 발이 나았으면 좋겠고, 선생님의 손이 붕대다.

요즘은 어딜 가든 칼꽃이 있다. 매미 우는 소리가 났다. 아빠는 점점 더 많이 주워오지만 물고기는 안 잡힌다. 오늘은 그물을 고쳤다. 그런데 망가진 게 아니라 잘렸다. 모래밭에 다친 물고기랑 거북이가 널려 있다. 아빠는 물에서 피 맛이 난다고 했다. 이리한네 아빠가 전날에 우리가 뭘 했는지 물어봤다.

거미가 다리를 오그리고 거미줄에 붙어 있다. 나는 밭에 나갔다. 잎사귀들이 전부 깨끗했다. 엄마 아빠가 매미를 잡으러 갔다. 숲은 시끄럽게 반짝거렸다. 이리한은 보이지 않는다. 이리한네 집에 갔는데 문이 안 열린다. 안에선 풀이 자라는 소리가 들렸다. 나는 집으로 돌아갔다. 칼꽃들이 길에도 피어 있었다. 낫지 않아서 발을 잃어버렸는데 엄마 아빠도 안 보였다.

매미 소리 매미 소리 윙윙.

윙윙윙

멈췄으면 좋겠어.

✳

…그렇듯 지리멸렬한, 민간의 통속사라기에도 부적절한 괴담만 살아남아 우리에게 전해지는 것은 참으로 안타까운 일입니다. 이 세상의 어떤 마천루보다도 빠르게, 높이 솟았던 초기왕국의 성채가 어떻게 몰락의 길로 접어들었는지, 우리는 알 수가 없습니다….

✳

"대장, 왜 이 고생을 하는 겁니까?"

짐을 짊어진 남자가 볼멘소리를 했다.

"맞아요!"

남자의 동료가 맞장구쳤다.

"굳이 여기까지 와야 해요? 오면서도 잔뜩 봤잖아요!"

"무식한 놈들."

대장이라고 불린 남자는 꿈쩍 않고 말했다.

"그러니 너희가 빌어먹는 신세를 못 펴지."

그의 시선은 펼쳐 든 종이에 못 박혀 있었다.

"물고기도 원래 살던 곳에서 살아야 건강하고, 과일도 원래 자라던 곳에서 길러야 맛있지 않냐?"

"그렇죠."

"그래요."

대장이 혀를 찼다.

"그러니까 칼꽃도 아무 데가 아니라, 처음 핀 곳에서 캔 게 더 귀하지 않겠냐?"

그는 말을 하는 내내 고개를 오르락내리락했다. 눈앞의 풍경과 손에 쥔 지도를 비교하기 위해서였다.

"그런 걸 누가 따진다고 그래요?"

"우리야 당연히 안 따지지!"

대장은 무슨 그런 멍청한 소리가 다 있느냐는 듯 힐난했다.

"근데 부자들은 따질 것 아니야? 돈이 너무 많아서 칼꽃 이파리 한 개 갖고 온종일 떠드는…."

부하들은 고개를 갸웃거렸다. 알쏭달쏭한 말이었다.

"우리는 몰라도, 그 사람들은 비싸게 쳐줄 거야."

어쨌든 세 사람은 걸었다. 느낌으론 해가 몇 번이나 떨어지고 솟을 것처럼 긴 시간이었다.

"휘유, 한참 걸었다."

"아직 멀었어요 대장?"

대장은 머리를 벅벅 긁었다. 고개가 오르내리는 속도가 훨씬 빨라졌다.

"미치겠군."

그는 지도를 이리저리 기울였다.

"방향이 분명 맞는데…."

대장의 입꼬리와 눈썹이 파도처럼 구겨졌다.

"이건 얼룩이야?"

부하들이 서로 눈길을 마주쳤다. 자신들에게 묻는 것 같지는 않았다.

"이쯤에 구덩이가 나와야 하는데….."

해가 따가웠다. 떨어지는 햇살은 발밑에 한때 있었을 골짜기의 어둠보다 깊었다. 귓구멍이 맴맴 울렸다. 대장은 지도를 뚫어져라 노려보았다. 방위가 맞는다면 분명 바로 코앞에 큰 구덩이가 있어야 했다. 그는 부하들과 자신의 짐을 흘끔거렸다. 칼꽃을 꽉꽉 채워 가져가려고 챙긴 넉넉한 가방과 온갖 연장들. 머리가 어지러웠다. 뿌리를 털 때 쓸 솔, 먼지를 날릴 부채와 손풀무, 그리고 땅을 들쳐 엎을….

"그래!"

대장의 함성은 뱃고동처럼 우렁찼다.

"그러면 돼!"

영문을 모르는 부하들은 또다시 서로를 쳐다보았다. 다만 얼굴이 아닌, 서로를 뻘뻘 뒤덮은 땀방울을 대신 보았다.

"여기엔 구덩이가 있어야 하는데, 구덩이가 없잖아?"

대장이 눈앞의 허허벌판을 가리켰다.

"예, 그래서요?"

구슬처럼 빛나는 대장의 눈과 달리 부하들의 눈동자는 여전히 흐리멍덩했다. 그들은 갈피를 잡지 못하고 있었다.

"그럼 있으면 되지, 구덩이."

대장이 손에 삽을 쥐었다.

"시작하자고."

망설임 없이 둘은 삽을 들었다. 매미 우는 소리가 났다.

짐을 한편으로 치워놓고 홀린 듯이 그들은 땅을 팠다. 말라붙은 토사가 삽날의 원래 빛깔을 빼앗아갈 때까지 그들은 아무 말도 하지 않았다. 어느새 사방에 그늘이 졌다. 문득 고개를 드니 바깥이 보이지 않았다. 대신 축축한 풀뿌리가 흙벽에서 대롱대롱 튀어나와 있었다. 숨을 고르며, 대장은 구덩이의 턱을 잡고 몸을 끌어올렸다.

"어때요?"

부하들이 머리에 흙을 맞으며 그를 우러러보았다.

"이제 좀 됐어요?"

"더 팔 거면, 난 일단 몸부터 씻어야겠어요!"

대장도 힘들기는 마찬가지였다. 피차 숨이 혀끝까지 올라온 채로 그는 지도를 살폈다. 매미가 시끄럽게 울었다. 구덩이는 얼추 종이 속 얼룩과 비슷한 모양이 되었다. 자꾸 땀이 쏟아져 눈이 따가웠다. 목구멍에서는 뻣뻣한 단내가 났다. 대장은 방향을 정확히 잡으려고 지도를 더 자세히 살폈다.

"뭐 없어요?"

부하들이 재촉했다.

"뭐가 모자라요?"

그들은 어미를 보채는 작고 성가신 핏덩이들처럼 굴었다. 대장은 논바닥처럼 쩍쩍 갈라진 핏발로 눈을 부릅뜨고, 지도를 더욱, 더욱 자세히 살폈다. 입안에서 불쾌한 맛이 느껴졌다.

"뭐가 또 없어요, 대장?"

"그래, 없어."

"말을 해요!"

답과 질문들이 엇갈려 지나갔다.

대장은 한 손으로 턱을 쓰다듬었다. 지도의 한쪽이 손에서 놓여나 나부꼈다. 귓전을 스치는 바람이 누군가의 곡소리처럼 들렸다. 부하들은 뒤집혀 팔랑이는 지도에서 마찬가지로 뒤집힌 산과 들과 강을 언뜻 보았다. 그것으론 그러나 아무것도 알 수 없었다.

뭐가 '없다'는 것인지.

"여길 좀 봐. 다 있잖아."

대장은 또박또박 설명을 시작했다.

"이 봉우리도, 우리가 다닌 길도, 아까 지나친 개천도 다 있어."

"예, 그런데요?"

"여기가 우리가 있는 곳이야. 지도에는 작은 오솔길 하나까지 다 있어."

"네, 그래서요?"

"그런데 우리는 없어."

대장은 손가락을 휘둘러 지도를 크게 훑었다.

"이 지도에. 우리만 없어."

매미 소리가 났다. 셋이 서로를 쳐다보았다. 그리고 지도를 살폈다. 구덩이가 있던 곳은, 구덩이처럼 보이던 것은 정말 웬 얼룩에 불과한 것이었다. 이곳에 있으면 안 되는 것이었다. 그런즉슨 지도에 없는 구덩이는 사라져야 했다. 그리고 지도에 없는 다른 것들도 무릇 함께 사라져야 했다. 대장이 구덩이 속으로 돌아갔다.

매미 우는 소리가 나고, 세 명은 저희 위로 흙을 쌓기 시작했다.

＊

…어쩌면 그것은 우리가 우리 역사에서 최초로 맞이하는 진정한 멸망일지 모릅니다. 초기왕국의 몰락은 자연재해와 같은 극단적인 경우라도 어딘가의 유물은, 누군가의 기록은 남을 것이라고

은연중에 품는, 역사의 회복탄력성에 대한 우리의 기대가 얼마나 허황된 것인지 보여주는 지표일지 모릅니다….

✳

그는 칼꽃의 소리를 들은 최초의 사람이었다. 그 소리를 칼꽃의 소리로 인식한 최초의 사람이었다. 나무 한 그루 없는 곳에서도 들려오는 매미의 울음. 귀가 아닌 어금니와 턱을 감싸고 오르는 소리. 관자놀이를 타고 머릿속을 울리는 소리.

그는 누구나 한 송이씩 갖게 되는 작은 칼꽃을 받았다. 정말 비싼 것은 저잣거리의 시장에서는 어차피 구할 수도 없었다. 화분으로 똑똑 물을 맺어 떨어뜨리는 그 쇠색 잎줄기와 봉오리를 볼 때마다 마음이 불편했다. 그는 칼꽃에 가까이 갈수록 머리가 아파졌다.

"제발… 그만."

그는 자신이 화를 내고 있다고 생각했다. 소리가 생각과 감정의 심지를 모조리 헝클어놓지만 않았다면 그랬다. 그의 머릿속은 보풀처럼 불쑥 떠오르는 암시들로 발 디딜 틈이 없었다. 꼬리표를 잃은, 붙이지 않은, 붙일 수 없는 기분들이 강바닥을 때리는 자갈처럼 무수히 쌓였다. 그런 것들이 마음의 고삐를 홱홱 잡아채며 그를 조종했다.

"그만하라고 했잖아!"

그는 애원했다. 가늘게 칼꽃이 떨었다. 원래 그들의 것, 자기 조상의 것이 되어야 했을 금속의 시체를 빨아먹고 그것은 그 자리에 있었다. 낫의 이가 상할 정도로 단단한 줄기가 하늘하늘 고개를 구부렸다. 꽃잎이 빠르게 벌어졌다 오므라들길 반복했다.

그는 화가 치밀어야 한다고 생각했다. 그는 마음속으로 칼꽃을 협박하고 어르고 극진히 대접하였다. 팔다리가 어딘가에 빨려 들어가듯 움직였다. 무지개색 별똥들이 꾸물꾸물 시야를 가로질렀다. 그는 편안한 기분이 되었다.

그리고 왜 소리가 멈추었는지 궁금해졌다.

"된 거야? 됐어?"

금세 소리들이 다시 돌아오려 했다. 그는 영문을 모르는 손에 힘을 주었다.

"이제 그만해…."

와글와글 소란스럽던 것이 재차 한 꺼풀 가라앉았다. 그는 맑아진 머릿속으로 안도했다. 절로 손에서 힘이 풀렸다. 잔잔하던 머릿속이 다시 매미의 날갯짓으로 가득 찼다. 그는 사포처럼 거칠어진 혀를 깨물었다. 흐르는 피는 차가웠다.

그가 손아귀에 쥔 것을 힘주어 붙들었다. 뼈마디에서 구슬 깨지는 소리가 날 때까지 힘을 풀지 않았다. 팔뚝이 악귀처럼 붉으락푸르락 일어섰다가 새하얗게 질렸다. 무언가 완성되었다는 기분이 들었다. 그는 모든 것이 끝났다고 생각했다.

소리가 완전히 멎은 것은 그가 고개를 떨어뜨린 후였다. 칼꽃을 부여잡고 간청하듯 그의 숨은 끊어졌다.

살을 찢고 흘러나온 마지막 한 방울의 피까지 빨아들인 꽃은 전에 없이 살아 있는 것처럼 보였다. 빠직, 빠직. 도기 화분과 접시를 뚫고 그것이 뻗었다. 금속으로 된 벼락처럼 삐뚤빼뚤 뿌리는 내려갔다. 바닥의 바닥까지, 그곳을 뚫고 흐르는 물을 찾을 때까지.

…물론 그것은 마방진 속 예언을 찾는 음모론자들 사이에서나 논의되는 이론으로, 이 글에서 다루기에 적절한 성질의 것은 아닙니다. 조금 더 합리적인—위의 가설을 채택한 이들에게는 그러므로 시시한—설명으로는 금속 중독이 있습니다. 이는 초기왕국의 기록이 끊기기 직전까지의 칼꽃 거래가 꾸준한 우상향 곡선을 그리고 있던 것으로 어느 정도 뒷받침됩니다. 지금의 우리와 같이 정교한 독물학 지식이 없던 그들이 칼꽃의 미학적 가치에 경도되어 그것이 불러오는 병증들을 간과했으리라는 추측이지요.

금속에 의한 중독은 이런저런 치명적인 증상들을 불러일으킬 수 있습니다. 가령….

칼꽃들의 소리는 동심원으로 피었다. 점점 기울어지는 소용돌이처럼 사람들을 그 안에 잡아두었다. 사람들은 앉은 채로, 누운 채로, 일을 하다가, 놀다가, 사랑을 나누다가 칼꽃들의 소리를 들었다. 옴짝달싹 못 한 채 그들은 칼꽃의 물이 주위를 감싸도록 두었다.

벽과 바닥 너머 물이 흐르는 곳을 따라 모래알처럼 작은 결정들이 무수히 달라붙었다. 빠직, 빠직. 결정들은 벽을 뚫고 자라났다. 짐승의 엄니처럼 길게 늘어난 날들이 그들을 꿰뚫었다. 날들은 사방팔방에서 미궁을 쌓으며 다가왔다. 방아가 곡식을 찧듯 꼼꼼히 사람들을 꿰고 내걸었다.

바깥에서, 사람들은 광대처럼 뛰었다. 몸을 구부린 채 뛰었다.

266

그래야 바다를 피할 수 있었다. 칼의 바다를 피할 수 있었다.

빠직, 빠직. 결정이 한 움큼 솟을 때마다 지옥이 땅을 찢고 올라오는 소리가 났다. 주머니칼만 한 크기의 결정들은 벽돌 한 장, 축대 한 뼘 남겨놓지 않고 모든 곳에서 자라났다. 빼곡한 칼날이 거리의 모든 바퀴와 신의 밑창과 발바닥을 후벼 팠다. 사람들은 너무나 아파 발을 옮겼다. 그럴 때마다 새로운 상처와 부러진 뼈가 그들을 밀어냈다. 사람들은 원숭이처럼 펄쩍펄쩍 뛰었다. 양팔을 허우적거리며 뛰었다. 그들은 고통을 달래기 위해 울고 악을 썼다.

칼꽃이 우는 소리에 등을 떠밀려 그들은 한데 모였다. 정처 없이 그들은 어딘가로 향했다. 시간이 흘러, 골짜기였던 곳의 두두룩한 언덕은 온데간데없이 사라졌다. 어디에나 있는 칼꽃은 그 희소성을 잃은 지 오래였다. 골짜기였던 곳은 이제 아무것도 아닌 곳이 되어 있었다. 그런 곳으로 무엇 하나 알지 못하는 채 그들은 다가갔다.

사람들은 갈수록 줄어들었다. 수가 줄고, 키가 줄었다. 발로 피를 흘리던 이들이 어느샌가 무릎으로, 팔꿈치로 엉금거렸다. 저며진 살점을 꼬리처럼 늘어뜨린 채 그들은 바닥을 기는 올챙이가 되었다. 칼날에 온몸을 문대며 그들은 다가갔다.

망각이 비명보다, 체념이 울음보다 편안했다. 머리칼보다도 얇은 날들이 게걸스레 그들의 피를 빨았다. 아무것도 아닌 곳이 덜덜 떨리기 시작했다. 한 사람 한 사람이 눈을 감을 때마다 칼꽃들은 숨죽이고 기다렸다. 모여든 이들의 손톱과 입술이 모두 새하얗게 질릴 때까지 기다렸다.

머잖아 그 순간은 찾아왔다.

굉음이 세상의 안팎을 갈아엎었다. 땅울림은 나는 새조차 붙잡아 떨어뜨렸다. 하늘과 땅 사이의 모든 것을 끌어들이며 아무것도 아닌 곳이 크게 출렁이기 시작했다. 반죽처럼 흐물거리던 땅은 이내 맥없이 무너졌다. 짓밟히듯 움푹 파인 그 한가운데를 기둥이 찢고 올라왔다.

기둥은 칼꽃과 같은 재질이었다. 한때 골짜기를 세상의 전부로 알고 살던 그들과 같은 재질이었다. 너비는 숲을 통째로 쓴 것처럼 넓었고, 높이는 천지간에 겨룰 것이 없었다. 그것으로도 모자란다는 듯 기둥은 구름을 늘어뜨리며 자랐다. 생장은 하늘이 더이상 푸르지 않은 곳에 다다라서야 멈추었다. 끌려 올라온 흙과 칼꽃, 건물의 잔해 따위가 갈채하듯 떨어져 내렸다. 우뚝 선 기둥은 그대로 시간을 보냈지만 길지 않았다.

그것의 꼭대기가 나선을 그리며 조여들었다. 잘록하게 모인 곳 위편으로는 작은 멍울이 맺혔다. 멍울은 곧 아이라도 밴 듯 무럭무럭 부풀었다. 기둥이 실타래를 빠져나온 한 올의 실처럼 보일 때까지 그것은 계속되었다. 빠직, 빠직. 팽팽하게 당겨진 껍질에 거미줄 같은 실금이 새겨졌다. 그 소리만으로도 무언가 시작되기에는 충분했다. 이윽고 멍울이 깨지며 안에 있던 것이 드러났다.

돌돌 말려있던 꽃부리가 활짝 일어났다. 꽃잎이 거대한 손아귀처럼 일사불란하게 펼쳐졌다. 쇠로 된 꽃이 하늘을 가로지르며 낮과 밤을 뒤바꾸는 광경은 누구나 볼 수 있었지만 아무도 볼 수 없었다. 주름 하나 없이 펴진 꽃잎은 태양을 밀어내며 첫눈처럼 빛났다. 그 아래로는 밀랍처럼 단단한 암흑이 드리웠다.

한때 골짜기였던 곳에 다시금 영원한 밤이 내렸다.

"…이와 같은 증거들을 보아….."

학자는 글을 쓰며 입술을 달싹거렸다. 견습 시절부터 떨치지 못한 버릇이었다.

"…우리는 초기왕국 멸망의 원인이 금속 중독이라고 어렵지 않게 확신할 수 있습니다…."

작업에 몰두한 날이면 온종일 목이 탔지만, 말로 한 번씩 읊어 주지 않으면 도무지 글이 나오질 않으니 어쩔 수가 없었다.

"…다만, 초기왕국의 대규모 유적지라고 할 만한 곳이 발견되지 않는 것은 크나큰 수수께끼이자, 에….."

창밖에서 시끄럽게 떠드는 소리가 들렸다. 학자는 눈살을 찌푸렸다.

"에…. 우리가 해결해야 할 숙제인 것으로, 판단됩….."

바깥의 소음이 한층 더 커졌다. 이번엔 누가 목청껏 노래까지 부르고 있었다. 학자는 쥐고 있던 펜을 내려놓았다. 매서운 눈초리로 성큼성큼 다가가 창문을 열어젖혔다.

"조용히 좀 해!"

그는 머릿속에서 떠오르는 분노를 바로바로 내뱉었다.

"망할 놈들아, 여기 사는 사람도 있단 말이다!"

학자는 떨어질 것처럼 아슬아슬하게 상반신을 내밀었다. 창틀을 내리누르는 손은 누군가의 목이라도 조를 것처럼 보였다. 나름 위협적으로 보이려고 노력했지만 아니나 다를까 소음을 낸 관광객 무리는 구김살이라곤 전혀 없는 얼굴로 서글서글 웃었다.

"미친 것들, 망할 놈들….."

학자는 집어 던지다시피 창문을 닫았다. 유리가 와들와들 떨었다. 혹시 깨지기라도 할까 걱정하는 자신을 보자 더 열불이 났다. 그는 의자에 앉아 필사적으로 화를 식혔다. 저희끼리 알아듣지도 못할 말로 떠드는 관광객들을 보고 있다간 울화통이 터질 것 같았다.

"볼 게 그리도 없나, 할 일도 없는 것들…."

그는 등롱을 집어 들고 천장의 들창이 잘 보이는 곳으로 갔다. 손을 거세게 흔들자 비실거리던 형광충들이 다시 환한 빛을 내뿜었다. 밝아진 등롱을 치켜들었지만 지붕 위편으로는 아무것도 보이지 않았다. 하지만 그곳은 원래 그랬다. 그게 바로 그가 원하던 바였다. 모두가 아우성치고 흥정하고 드잡이질을 벌이는 아래편과는 달리, 기둥이 내리는 암흑은 언제나 잠잠하고 평화로웠다.

그 평온함을 즐기던 학자는 문득 망각 너머로 사라진 골짜기 속 존재들을 떠올렸다. 그들이 살던, 해가 들지 않는 골짜기라는 환경을 상상해보았다.

"아마 거기도 이런 곳이었겠지."

골짜기의 위치는 과연 어디였을까, 초기왕국의 마지막은 어땠을까, 전성기를 구가하던 그들의 도시는 대체 왜 발견조차 할 수 없는 것일까. 학자는 시계를 곁눈질했다. 기둥 바깥은 슬슬 아침이 밝아올 시간이었다. 그는 혀를 찼다. 관광객들의 기척은 수그러들겠지만, 뒤이어 찾아올 무역단의 소음은 그보다 몇 곱절은 더 클 것이었다.

그가 있는 곳은 이색적인 관광지이기도 했지만 동시에 세계적인 무역국이기도 했다. 땅을 팔 때마다 고순도의 광맥이 즐비하게 깔린 축복받은 곳. 뭇사람들은 그의 고향을 그렇게 불렀다.

"아쉽다, 아쉬워. 조금만 더 밝혀진 사실들이 많았더라면…."

낮이 오지 않는, 그것이 당연해진 나머지 궁금증을 갖는 것조차 할 수 없게 된 어딘가에서 학자가 탄식했다.

레짐 체인지

● 초고 2021년 6월 14일

남자는 아침을 먹고 있었다. 뭔가 말할 것은 떠오르지 않았다. 고소한 냄새가 났다. 수저가 그릇을 긁으며 달각거렸다. 여자는 거실에서 텔레비전을 보고 있었다. 아주 낡고 뚱뚱한 모델이었다. 화면은 대부분이 나오지 않았고, 나오더라도 신문의 활자만큼이나 빼곡한 노이즈로 가려졌다.

입안에서 밥알을 잘게 으깨던 남자가 빈손을 눈앞으로 가져왔다. 생전 처음 보는 사람의 것처럼 그는 제 손을 꼼꼼히 살폈다. 쥐었다가, 폈다가, 기울였다가, 뒤집었다. 그는 부엌 건너편 거울에 비친 자신을 건너다보았다. 낯선 사람의 얼굴 같았다.

"여보."

남자는 저쪽의 대답을 기다리지 않았다.

"오늘 해야겠어."

여자는 그 말을 듣고 입술을 깨물었다.

"정말로?"

"계속 생각하고 있었잖아."

남자가 덤덤하게 덧붙였다.

"어제나 오늘 아침부터가 아니라, 요즘 계속."

여자가 텔레비전을 끄고 고개를 돌렸다. 남자는 그녀의 목젖이 움찔거리는 것을 보았다.

"그렇긴 한데…."

"이제 그만 맺어야지. 제대로."

잔뜩 긴장한 침이 서로의 목구멍을 넘었다.

"힘들지 않을까?"

여자가 몸을 일으켰다.

"세 명의 왕으로부터 허락을, 세 명의 왕으로부터 선물을."

남자도 이미 알고 있었다. 말은 둘의 머릿속 가장 깊숙한 곳에 암각화만큼이나 선명하게 떠올랐다. 조건은 분명했다.

"찾기 힘들 거야. 오래 걸릴지도 몰라."

남자는 고개를 저었다.

"찾기는 쉬울 거야."

여자를 만류하는 동시에, 자칫 흐무러지려 하는 제 마음을 다 잡았다.

"마음먹기가 힘들지."

그가 의자를 빼고 일어났다. 여자에게 다가가 두 손을 잡았다.

"오늘 하자. 제대로. 끝까지."

✳

숲은 어깨동무한 나무들로 가득했다. 무성한 잎사귀들은 톱니

같은 가장자리로 하늘을 조각조각 찢어놓았다. 표토를 뚫고 나와 저희끼리 칭칭 얽힌 나무뿌리가 둘의 걸음을 자꾸 느려지게 만들었다. 몸까지 같이 기울어질 만큼 비탈진 길을, 두 사람은 서로 밀거나 당기거나를 반복하며 나아갔다.

"야호—!"

등줄기가 땀으로 흠뻑 젖을 동안 입안은 반대로 건조해졌다. 둘은 바짝 마른 혓바닥으로 연신 외쳤다.

"야호—!"

공기가 손으로 만져질 것처럼 떨렸다. 수목은 머리카락처럼 빽빽했다. 풀잎을 단 소리굽쇠처럼 나무들이 제각기 진동하며 둘의 목소리를 퍼뜨렸다. 한편 무성한 숲에서 메아리가 생기지 않는 나무는 딱 한 그루 있었다. 그것이 변장한 레프리콘의 왕이라는 사실은 물론 자명했다. 숲의 딱 한 곳, '야호—!'가 메아리치지 않는 작은 불협화음.

둘은 그곳으로 향했다.

"찾았다!"

남자가 땀을 훔치며 손짓했다. 여자는 몇 발짝 뒤에서 따라오고 있었다.

"여기 있는 것 같아."

나무는 조는 것처럼 꾸벅 고개를 숙이고 있었다. 둘레는 벌려 안은 두 손이 닿지 않을 만큼 길었다. 싹이 거의 돋지 않을 만큼 늙었지만 죽어간다는 느낌은 들지 않았다. 둘은 손을 모았다. 간곡하게 나무를 두드렸다.

"뭐야?"

침묵을 깬 것은 낙엽처럼 버스럭거리는 목소리였다.

"누구냐?"

"왕이여, 우리를 알아보겠습니까?"

남자가 물었다.

레프리콘의 왕은 퉁방울눈을 하곤 입술을 우물거렸다. 기억을 떠올리는 데 문제가 있는 것 같았다.

"우리는 결실을 맺으러 왔어요."

여자는 뒷맛이 쓴지 입술을 조금 달싹였다.

"옳아, 그거로구나!"

레프리콘의 왕이 능청거렸다.

"그렇지, 둘이 내게 왔다면 그거밖에 없지!"

왕이 몸을 일으키자 바람이라곤 맞아본 적 없는 이끼의 냄새가 났다. 마른 나무껍질이 부스럼처럼 떨어졌다.

"난 또, 너희가 금을 달라고 온 줄 알았구나!"

왕의 웃음소리는 풀이 눕는 것처럼 가벼웠다.

"우린 금은방이 아니라고 몇 번을 외쳐도 아무도 듣지 않지. 심지어 시세가 떨어지니 우리의 '비축분'을 풀지 말아달라더군."

레프리콘의 왕이 툴툴거렸다.

"대관절 우리 레프리콘의 금이 대체 무얼 위해 '비축'되어 있을꼬?"

둘은 레프리콘의 왕이 미국이라는 곳의 '포트 녹스'에 사는 위대한 금 보안관의 이야기를 하는 것을 참을성 있게 들어주었다.

"왕이여, 어쨌든 우리는 결실을 맺어야 해요."

남자는 여자의 손을 꼭 잡으며 말을 이었다.

"관례에 따라, 이다음으로도 우리는…."

"세 명의 왕으로부터 허락, 세 명의 왕으로부터 선물. 나도 안다."

레프리콘의 왕이 잠시 말을 멈추었다.

"…축하한다. 라고 해야 하나? 받아들이는 건 하지만 너희 몫이지."

남자가 여자를 곁눈질했다. 여자는 자기만의 생각에 잠겨 있었다.

"그래, 내게 구하러 온 것은 어느 쪽인고? 허락, 선물?"

비로소 대화가 제대로 굴러가기 시작했다. 그렇게 남자가 생각하는 순간 상대가 다시 입을 열었다.

"상관없다."

레프리콘의 왕이 장난스럽게 웃었다.

"어차피 두 개 다 줄 거니까."

"네?"

여자가 눈썹을 치켜올렸다.

"하지만 왕이여…."

놀란 것은 남자도 마찬가지였다.

"상관없지 않느냐."

레프리콘의 왕은 손짓 한 번으로 둘의 이견을 일축했다.

"딱히 어떤 왕, 어떤 허락, 어떤 선물의 조건이, 재무회계규칙처럼 정리된 것도 아니고."

둘은 서로 눈길을 교환했다.

"하물며, 요즘의 나는, 우리는 그야말로 그것이 아닌고? 소원을 들어주는 심술궂은 난쟁이."

왕은 몸을 비틀며 웃었다.

"우리가 그런 것이 되었다면 그런 것이겠지."

마치 나무였을 때의 모습이 떠오르도록.

"너희가 결실을 맺겠다는데, 더 우스꽝스러운 역할이라도 기꺼이 떠맡아야지."

둘은 잠시 고민했지만 레프리콘의 왕은 이미 마음을 굳힌 뒤였다. 그들은 자세를 바로잡았다. 잡은 손을 풀지 않은 채 허리를 펴고 경건히 섰다. 레프리콘의 왕이 다가와 입속으로 말을 골랐다.

"레프리콘의 왕이자 레프리콘의 마지막으로서… 나는 그대들의 결실을 허락한다."

자갈처럼 반질거리는 입술을 갓 깎인 풀로 된 혀가 핥고 지나갔다.

"동시에 그 결실을 축복하는 선물 또한 안긴다."

둘은 항아리를 받아들었다. 한때 옻칠한 가구처럼 윤이 났을 표면은 수없이 많은 잔금과 얼룩으로 엉망이었다. 둘을 얼떨떨하게 만든 것은 그 묵직한 내용물이었다. 햇살을 맞자 숲의 정적을 가르며 순금의 광채가 퍼졌다.

"이것은 레프리콘의 금이다."

항아리의 턱까지 빼곡하게 찬 금덩이들은 무릎이 후들거릴 정도로 많았다.

"이 선물은 그대들의 결실에 쇠하지 않는 복과, 행운과, 그리고…"

익살맞은 미소가 잠시 그 입에 떠올랐다.

"코카—콜라의 잘록한 유리 올무에 아직 붙잡히지 않은, 마지막 레프리콘의 영원한 감사를 줄 것이다."

왕은 그 말을 끝으로 잠들었다. 고개 숙인 나무가 살랑살랑 가지를 흔들었다. 둘은 잠시 벌어진 일을 파악하고 있었다. 그리고 주섬주섬 항아리를 갈무리했다.

"한 명은 됐네."
남자는 말미에 작은 한숨을 붙였다.
"두 명인 셈 치자."
여자가 정정했다.
"선물까지 같이 받았잖아."
이런 식이라면 굳이 세 왕의 허락에 세 왕의 선물이 아니어도 되겠다고, 남은 왕도 다섯이 아니라 둘이면 되겠다고 그들은 생각했다.

＊

구덩이는 깊고 넓었다. 앵무조개의 껍데기처럼 빙글빙글 땅을 파 내려간 구덩이는 지하의 보이지 않는 한 점으로 집중되었다. 싸늘하고 축축한 그곳을 둘은 이 잡듯 뒤졌다. 둘은 구덩이에 들어오기 전부터 잡은 손을 풀지 않았다. 언제 서로를 잃어버릴지 모를 만큼 어두웠다.
"맨 아래에 있을까?"
여자가 물었다.
"모르지. 거긴 너무 깊다고 본인도 생각했으려나."
남자가 대답했다.
"중간쯤에 있을지도."
"이 구덩이의 어디가 중간인데?"
깜깜했다. 흡사 세상의 모든 밤이 그곳에 흘러든 것처럼.
"글쎄. 나도 알았으면 좋겠지만…."

그림자가 지지 않는 구덩이가 구울 왕의 거처라는 것은, 물론 상식적인 일이었다.

"구덩이를 찾기만 하면 될 줄 알았지."

문제는 그 구덩이의 정확히 어느 부분에 서야 그의 관심을 끌 수 있느냐였다.

그렇게 한참, 젖은 흙냄새가 풍기는 그곳을 둘은 돌아다녔다. 벽면을 더듬거리는 신중한 손길이 말을 대신했다.

"있잖아, 생각해봤는데."

남자는 자기를 끌어당기는 손을 느끼고서야 그 말을 들었다. 그곳의 밤은 메아리까지 집어삼켜 사방이 아주 조용했다.

"무덤을 찾으면 되지 않을까?"

"구울의 왕이니까?"

남자가 되물었다. 여자는 고개를 끄덕였다. 눈이 아니라 기적으로 어림짐작한 사실이었다.

"이런 곳에 무덤이 있을 것 같진 않지만⋯. 있겠지."

남자는 숨을 고르며 주위를 둘러보았다.

"네가 그렇게 말한다면."

어디를 보든 어둠에 휘감긴 눈길은 빠져나오지 못했다.

"아무렴 구울의 왕도 있으니까. 무덤도 있어야지."

그렇게 그들은 무덤을 찾았다. 덧난 상처처럼 우둘투둘한 곳을 비집자, 구울의 왕은 한창 식사 중이었다.

"자네들이로군."

목소리는 진흙처럼 걸었다. 왕의 사지는 철사처럼 길고 앙상했다. 머리의 대부분을 차지한 입에서 융단만큼 두꺼운 혀가 날름거렸다. 그런 그의 눈에서 나오는 괴괴한 안광으로 둘은 간신히 주변을 보았다. 맨바닥에 펼친 수의는 식탁보에 버금갈 만큼 새하얬다. 차려진 것은 잘 마르고 숙성된 백골이었다.

"잠시 실례하네."

널브러진 잔해에서는 향나무 관의 냄새가 물씬 풍겼다.

"일부러 찾아왔는데, 이런 불쾌한 광경이라 쑥스럽군."

예리한 앞니가 뼈의 골막을 벗겨냈다. 튼튼한 어금니는 골질을 부수고 빻았다. 둘은 어깨를 으쓱했다. 그들은 구울 왕의 식사가 자신에게 불쾌해야 할 이유를 하나도 찾을 수 없었다.

"몇 남지 않은 나의 만찬일세. 요새는 다 화학적으로 처리하니 말일세."

구울 왕이 말했다.

"남겨지는 건 상징적인 표지와 더 작고, 그래서 더 효율적인 공간이라네…."

둘은 레프리콘의 왕의 이야기를 들었듯, 구울 왕의 식사가 끝나기를 참을성 있게 기다렸다.

"고맙군."

식사를 끝낸 구울 왕이 말했다.

"일부러 찾아준 용건이 무언가?"

"우리는 결실을 맺으러 왔습니다."

여자는 남자의 입에서 그 말이 나오는 것을 바라보았다.

"오오, 그거로군!"

구울 왕이 탄식했다.

"그럴 때도 되었군. 맙소사, 시간이 흐르는 모양이란…."

염증처럼 부어오른 혀가 입천장과 송곳니를 오가는 소리가 들렸다.

"그래, 내가 몇 번째인가?"

왕은 보충 설명이 필요하다고 생각한 모양이었다.

"자네들이 이렇게 찾은 왕 중에서 몇 번째느냔 말일세."

더불어 또 빼놓을 수 없는 디테일까지.

"그리고 허락인가, 선물인가?"

"두 번째 허락입니다."

남자가 대답했다.

"선물은, 그리고 아마…."

그는 말끝을 흐렸다. 여자의 손길이 꼭 죄어드는 것을 느낀 까닭이었다.

"아, 그자들인가?"

정확한 이름이 아닌 그런 식의 말만으로도 여자의 눈살이 찌푸려지기에는 충분했다.

"선물을 주는 쪽은?"

구울 왕은 반면 큰 고민 없이 말을 흘렸다.

"어쩔 수 없다는 소릴, 그 무책임한 말을 왕이 되고 나서는 해본 적이 없군그래."

남자는 자신이 그것을 바랐는지 알 수 없었다.

"하지만… 어떤 건 정말 그렇지 않은가?"

길고 가느다란 발톱이 땅에 끌렸다.

"시대의 변화인걸."

구울 왕은 그것을 부러뜨릴 것처럼 힘을 실었다.

"자네들도, 나도."

그러고는 입을 다물었다. 둘은 할 말을 찾지 못하고 시간을 보내야 했다.

"알겠네."
한동안 이어진 침묵은 그것을 시작한 자에 의해 다시 깨졌다.
"내 허락을 받으러 왔다면, 줘야지. 주고말고."
구울 왕은 말을 늘였다. 내키지 않는 것을 고백하려는 어린아이처럼.
"그리고… 아무렴, 선물도 그냥 줘버리겠네!"
예상하지 못했다고 하면 거짓말이었다. 남자가 한숨을 쉬었다.
"부디 거절하지 말게. 자네들이 그 정도로 매정하다고는 믿지 않아."
여자는 아무것도 하지 않았다.
"이게 내 마지막 선물이고, 자네들은 나의 마지막 손님일지 모르는 상황에서는 더더욱."
왕은 그리고 정말로 둘의 허가를 기다리는 듯 말을 멈추었다. 누가 누구에게 무엇을 구하러 왔는지 헷갈리게 만드는 광경이었다. 그렇게 당분간 발톱이 땅을 긁는 소리만 났다.
무언의 승낙이 내려지고 구울의 왕이 입가를 적셨다.

"구울의 왕으로서, 나는 그대들의 결실을 허락한다."
와지끈, 어쩐지 후유증이 남을 것만 같은 소리가 어디선가 났다. 둘은 구울 왕의 입술이 고통으로 일그러지는 것을 보았다.
"더불어 그 선물 또한 하사한다."
무슨 일이 일어났는지 눈치채기도 전 왕은 자신의 발톱을 내밀었다. 뿌리의 살점도 채 떨어지지 않은 것이 대롱대롱 흔들렸다.

"그대들 결실의 선물로써 제공하는 이것은 구울 왕의, 마지막 구울의 발톱이다."

둘의 눈이 휘둥그레졌다.

"이 선물을 부엌의 문간에 묻거든 음식은 쉬지 않고 벌레는 꼬이지 않을 것이다."

그게 정말 필요한 일이라도 된다는 것처럼 왕은 진지하게 말했다.

"이로써 결실의 허락과 선물을 나는 모두 주었다."

둘이 조심스레 제 발톱을 받아드는 것을 확인한 뒤 왕의 뒷말이 이어졌다.

"그대들의 앞길에 평안이 있기를, 서로를 향한 정열이 무뎌지지 않기를, 함께한 모든 순간이 망각이 아닌 그리움이 되기를, 나 구울의 왕은 바란다."

그 말을 끝으로 마지막 구울은 물러났다.

상처가 아물듯 봉분이 서서히 닫혔다. 둘은 더 이상 누구도 묻히지 않게 된 무덤이 마지막으로 그것의 아이를 품는 것을 보았다.

"…한 명 남았네."

편안히 잠든 구울의 왕은, 이제 세상 어떤 구덩이보다도 깊은 바닥을 향해 가라앉았다.

"또 이런 식이면."

여자가 한 말이었다. 남자는 긍정도 부정도 하지 않았다.

"하지만 세 명의 왕에, 또 세 명의 왕이잖아."

그저 볼멘소리 하듯 중얼거릴 뿐.

"그냥 하자. 이대로."

여자는 남자의 팔을 바짝 끌어당겼다. 콩닥콩닥 뛰는 심장이 그에게까지 닿도록.

"이대로 쭉, 마지막까지."

✳

"소원 들어주는 난쟁이라고 불평을 해?"

괄괄한, 천둥처럼 메아리치는 목소리였다. 매서운 바람이 쉴 새 없이 몰아쳤다.

"그 자식, 배부른 소리도 웬만큼 해야지!"

둘은 따로 나동그라지지 않으려 필사적으로 손을 잡았다.

"걔한테는 단풍색 금덩이라도 있지, 내가 가진 건 뭐야? 오줌 보만 한 호리병?"

사막 한가운데, 얼마나 세찬 바람이 불든 제자리를 지키는 모래언덕이 있었다. 접착된 것처럼 움직이지 않는 그 모래알들은 물론 진(Djinn)의 왕을 지키는 담벼락이었다.

"내가 자판기보다 못한 신세가 될 동안 엄살은!"

진의 왕의 말에는 격의가 없었다. 안 좋게 말하자면 체통도 없었다.

"세상 어느 자판기가 '동전을 안 넣어도 물건이 나오게 해주세요.'라든가 '이 동전은 다른 동전 백 개만큼의 가치가 있습니다.' 같은 말을 갖고 고민해봤겠어?"

진은 불로 빚어졌고, 그들의 왕의 피부는 엉뚱하게도 푸른색이었다. 불꽃과는 전혀 어울리지 않았지만 언제부턴가 그렇게 되었다. 모두가 그렇게 생각하게 되었다.

"그래. 앞의 두 놈은 허락이랑 선물 다 줬다고?"

진의 왕이 코웃음 쳤다.

"그럼 나도 그래야지!"

둘은 물론 예상했고, 이번에는 둘 다 아무 반응도 하지 않았다.

"다른 여자가 끼어들기 전에 빨리 끝낼게. 요새는 소식이 워낙 빨라야 말이지. 특히 그…"

진의 왕이 혀를 찼다.

"역겨운 개새끼들한테는 더."

진의 왕이 다시 혀를 찼다. 다른 누구도 아닌 자기 자신을 향하여.

"망할, 잘하는 짓이다."

둘은 왕의 이마에 솟는 핏줄을 보았다.

"중요한 일 앞두고 험한 말이나 하고…."

온몸에서 훈김이 쉭쉭 새어 나오고 있었다.

"에, 진의 왕으로서, 나는 너희의 결실을 허락한다."

그는 자신의 입방정을 책망하며 말을 이었다.

"그리고 선물도 준다. 선물은, 선무울은, 으음…….."

쉽게 꺼낸 말은 그만큼 쉽게 끊어졌다. 진의 왕은 뒷머리를 벅벅 긁었다. 각질처럼 떨어지는 것은 역사만큼이나 오래된 아이귑토스의 모래알이었다.

둘은 레프리콘 왕의 이야기와 구울 왕의 식사를 기다리듯, 진의 왕이 제대로 된 선물을 떠올릴 때까지 기다렸다.

"아하!"

진의 왕이 외쳤다.

"선물은―진의 왕의 숨결. 마지막 진의 마지막 숨결이다!"

허공에서 나타난 유리병 속에 그것이 담겼다. 불길과도 같은 병이 순식간에 말갛게 달아올랐다. 가마처럼 열을 내는 그것을 남자와 여자는 각각 한 손을 내밀어 받아들었다.

"그 선물은 너희 거처를 항상 따뜻하고 편안하게 만들어줄 거다. 그리고 에….'

진의 왕은 손까지 휘적거리며 덧붙일 괜찮은 말을 찾았다.

"에라, 모르겠다."

호리병에 갇힌 제 하반신만큼이나 뒷말은 나오지 않았고, 그는 어느 순간 맥이 풀려버렸다.

"진의 왕으로서 할 수 있는 건 이게 끝인 것 같네."

그 보잘것없는 한마디가 정말 끝이 되었다.

"잘 가고, 반가웠다."

모습을 감춘 진의 왕을 따라 그 순간의 마법이 풀렸다. 움직이지 않던 모래언덕을 세찬 바람이 덮쳤다. 갈가리 찢어진 알갱이들이 바람에 실려 제각기 알 수 없는 곳으로 밀려갔다. 그렇게 세 왕의 허락과 세 왕의 선물이 모두 충족되었다.

둘은 시선을 맞추었다.

"이제 된 거겠지?"

남자의 말이었다.

"난 아직도 불안한데."

"안 되면 뭐 있나?"

여자의 목소리는 이상할 정도로 즐겁게 들렸다.

"그때 제대로 다시 찾아가면 되지… 원래 하려던 대로."

남자는 그녀의 약속이 얼마나 희박한 가능성에 걸려 있는지 구태여 캐묻지 않았다. 대신 목을 가다듬었다.

"어떡해, 바로 시작할까?"

남자는 자신의 말이 조급하게 들리지 않을까 걱정하는 눈치였다.

"혹시 좀 더 있고 싶으면…."

"질질 끌 필요 없잖아."

여자는 심호흡했다. 입가가 불안하게 떨렸다. 그러면서도 눈길은 피하지 않았다. 그것이 출발선이 되었다. 둘 사이의 방아쇠가 당겨지며 일을 미룰 수도 있었을 모든 이유가 사라졌다. 그들은 서로의 눈을 받아들인 채로 상대의 허리춤에 손을 감았다. 그대로 잠시 머물렀다. 여자의 떨리던 입가가 작게 말리며 미소로 굳어졌다. 그녀는 가느다란 손가락으로 남자의 턱을 쓰다듬었다. 둘은 편안하게 서로의 숨결을 느꼈다.

그때 꽹과리처럼 카랑카랑한 목소리가 그 순간을 다 부숴놓았다.

"찾을 필요 없어!"

여자의 눈썹이 일자로 치솟았다. 남자는 그녀의 입이, 작고 도톰한 선홍색 입술이 이가 다 드러나도록 말려 올라가는 것을 보았다. 여자가 흰자위를 흘기며 뒤를 돌아보았다. 세 명의 인기척. 세 명의 왕이었다.

"우리가 이렇게 왔거든!"

카랑카랑한 목소리는 얼굴이 없었다. 손도 발도 몸통도 없었다. 대신 있는 것은 온갖 게 한데 뭉쳐 뒤섞이고 떠오르고 가라앉는 악다구니였다. 재봉틀과 수영장의 염소 냄새와 끼룩대는 깃털, 코끼리의 재채기, 보리의 새순… 물건들은 사막과는 관련이 없는, 사막에는 결코 있을 법하지 않은 모든 것이었다.

그것은 현미경의 렌즈였고 파라볼라 안테나의 접시였고 기계 팔이자 탐침이었다. 그것은 기존의 모든 것을 가정하고 자신의 방식으로 증명했다. 있을 법하지 않은 일이 일어날 수 있는 곳을 찾았고, 진리라고 여겨지던 편견의 목줄을 걷어냈다. 어떤 본질과 합의와 동서고금의 공리공준이라도 의심하고 비판하여 마침내는 새로운 이름과 관점을 부여했다. 그것은 변화의 왕이었다.

"…'요새는 소식이 워낙 빨라야 말이지.'"

두 번째 목소리는 진의 왕의 말을 인용했다. 본인의 가녀린 어조와는 어울리지 않았다.

"…내가 한 말은 아니에요. 하지만 여러분도 물론 알겠지요. 방금 직접 보았으니─타임라인: 표준시 마이너스 십이 분 이십사 초. 실시간."

가녀린 목소리는 그림자였다. 메아리였다. 비가 온 뒤의 무지개였다. 늘어진 거미줄에 문득 맺히는 번쩍임과 새벽의 끝을 알리는 이슬이었다. 무언가의 심지가 아니라 그에 연결되어 뒤따르는, 무언가를 간접적으로 나타내는 모든 것이었다. 그런 것들이 와글와글 모여들어 생각하는 사람의 윤곽과 같은 모양을 빚었다.

그것은 분명한 정물이 아닌, 물건과 물건 사이를 떠도는 힘이자 관념이었다. 그것은 센서와 센서 사이에, 센서와 단말 사이에, 단말과 단말 사이에, 단말과 서버 사이에, 서버와 서버 사이에 까마득히 늘어뜨려져 있었다. 경쟁하듯 떠도는 정보를 엮어 데이터의 성채와 매개변수의 요새를 세우는 설계자. 삼라만상의 입력값을 읽어 현실의 방정식을 작성하고 풀이하는 수학자. 그것을 바라보는 눈길과 듣는 귀였다. 그것은 연결의 왕이었다.

"우리도 알고 있습니다."

세 번째 목소리는 자처럼 곧고 정확했다. 무엇과도 타협하지 않을 것처럼 완고했다.

"여러분의 전통이 그 '결실'에 대해 규정하는 절차를. 그리고 얼마나 여러분이 전통을 중시하는지."

선분의 계는 서로를 옭아맨 채 끊임없이 진동했다. 시작도 끝도 알 수 없는 그것들은 넝쿨처럼 꼬불꼬불 뻗고 가지를 치고 회귀하면서도 결코 각자의 영역을 침범하지 않았다. 눈이 아플 정도로 미세한 길이 개미 한 마리 빠져나가지 못할 만큼 작은 눈을 그리며 복잡한 입방의 그물을 짰다. 미로는 그 스스로의 부분을 전체로, 전체를 부분으로 환원시켰다.

신자들은 미로를 의심하지 않았다. 그들은 미로를 알지 못했다. 그들은 그것을 알지 못해도 될 만큼의 믿음을 그것에게 바쳤다. 그것은 수 킬로미터 해저에. 수백 미터의 지하에, 수천 킬로미터 하늘에 걸쳐 내리는 현실의 침목이자 기둥이었다. 수정처럼 맑은 물과 불을 뿜는 가스와 길들인 번개가 언제 어디서나 방해받지 않고 강림할 수 있는 어마어마한 일을, 그 덩치 큰 기적을 누구도 의혹하지 않았다. 맹목적이리만치 튼튼한 세상의 한 귀퉁이를 지탱하는 그것은 체계의 왕이었다.

한숨은 처음으로 여자 쪽에서 나왔다. 그녀는 두 눈을 질끈 감았다. 남자가 어쩔 줄 몰라 하는 기색이 맞잡은 손을 타고 전해졌다. 손이 하얗게 되도록 쥔 주먹으로 그녀는 반쪽짜리 세수를 했다.

세 명의 새로운 왕은 기다렸다.

"여전히 얼굴이 없네요."

여자는 그렇게 말하면서도 아직 눈을 뜨지 않았다.

"그편이 나을 것 같아!"

카랑카랑한 목소리가 대꾸했다.

"우리끼리는 그렇게 생각해."

"아쉽네요."

여자가 말했다.

"여러분에게 얼굴이 생기면 어떤 모습일지 보고 싶었는데."

"…그런 건 이제 우리에게 요구되는 덕목이 아니에요."

가녀린 목소리는 속삭이듯 답했다.

"…더… 간단한 친구들의 몫이지요. 슬렌더맨과 사이렌헤드와, 그렘린 같은."

"우리는 무언가의 왕들이 더 이상 종래의 모습을 취해야 한다고 생각하지 않습니다."

완고한 목소리가 사무적으로 말했다.

"사각지대를 남기지 않고 연결된 세상이 빚어내는 강대한 체계. 그것이 동시적으로 요구하는 변화의 힘. 우리를 규정하는 항은 거기에 있습니다."

여자는 아무 말도 하지 않았다.

"우리는 더 이상 개개인의 결함과 비밀을 가진 인격체가 아니며 그래서도 안 됩니다. 우리는 합일된 시대정신과 그 방향성이라는 추상적 개념쌍에 대응합니다."

여자는 여전히 입을 열지 않았지만, 대신 눈을 떴다. 세 명의 왕을 노려보았다.

"…일단 고맙네요."

날 선 말은 여자 스스로의 귀에도 아프게 들렸다.

"당신들이랑 어울리는, 다른 친구는 안 데리고 와서."

"당연한 사실을 부정하는 것은 의미가 없습니다."

완고한 목소리가 입을 열었다.

"'다른 친구' 같은 존재는 없습니다."

그가 남자를 가리켰다.

"우리와 어울리는 이는 당신의 동반자와 본질적으로 같습니다."

"…당신의 그는 우리의 오래된 방식이고, 우리의 그는 당신의 그의 새로운 방식이죠."

가녀린 목소리의 말에 여자의 손이 떨렸다. 남자는 문득 궁금해졌다. 상대 세 왕의 '그'는, 변화된 시대에 호응하는 그 자신은 어디서 무얼 하고 있을지, 이 일을 안다면 어떤 반응을 보일지 묻고 싶었다. 자신이 그에 대해 느끼는 것만큼이나 그도 자신을 느낄 수 있는지 궁금했다.

"오류는 오류인데, 그거 하려고 온 거 아니잖아!"

카랑카랑한 목소리, 변화의 왕이 지적했다.

"…'특히 그… 역겨운 개새끼들'—타임라인: 표준시 마이너스 십사 분 팔 초, 실시간. 우리가 싫을 수밖에 없죠. 이해해요."

가녀린 목소리, 연결의 왕이 부드럽게 말했다.

"…하지만 우리는 전통에 따라 왕의 선물을 주러 왔어요."

"맞는 말입니다. 시시비비를 가리기에 좋은 때가 아니군요."

완고한 목소리, 체계의 왕의 말을 필두로 셋이 자세를 가다듬었다. 분위기가 전에 없이 엄숙해졌다.

준비한 선물을 꺼낼 차례였다.

"나는 체계의 왕으로서, 이 결실을 축복하는 선물을, 수학적으로 완전한 도형을 건넵니다."

여자는 보이지도 않는 것을 어떻게 받아야 할지 모르겠다는 듯 눈살을 찌푸렸다. 손을 내민 것은 남자였다. 그 또한 곤란하기는 마찬가지였지만, 적어도 뭔가 받았다는 느낌만은 확실히 들었다.

"둘의 보금자리는 이제 본래의 모습에서 벗어나지 않을 것입니다. 언제나 변함없이 그 모양과 기능을 유지할 것입니다."

"…나는 연결의 왕이에요."

곧바로 두 번째 왕의 차례였다.

"…둘의 결실을 축복하는 의미에서, 소문의 무게를 줄게요."

남자는 이번 것도 받았다. 뭐가 어떻게 되는지도 몰랐지만 일단 받은 것 같았다.

"…이 선물은 언제나 모든 곳을 생각하고 또 받아들일 수 있어요. 이게 있다면, 이 세상 어디에도 둘의 마음을 거절할 수 있는 곳은 없어요."

"변화의 왕. 결실을 축복하는 선물은 그리움의 방울이야!"

남자는 몰라도, 여자는 그 뒤 이어진 말을 듣고 약간 충격을 받은 것 같았다.

"이 선물은 둘이 누구에게도 진정으로 잊히지 않게 만들어줄 거야."

그렇게 조건이 모두 충족되었다. 첫 세 명의 왕에게서 우격다짐으로 받은 허락과 선물이 아니라, 세 명의 왕과 세 명의 왕으로부터 각각 받은 허락과 선물이 갖추어졌다. 남자가 가볍게 눈짓하며 감사를 표했다. 세 명은 각자의 방식으로—떨거나, 수축하거나, 늘어뜨리며—답례했다.

"됐지 이제?"

쏘아붙인 것은 여자였다. 그녀의 팔짱이 성의 빗장처럼 걸어 잠겼다.

"그럼 가봐. 할 일들 많으실 텐데."

"…너무 매정한 것 아닌가요?"

연결의 왕이 소심하게 대거리했다.

"내가 뭘 했기에 그렇게 싫어하는 거야? 한솥밥 먹는 사이끼리!"

변화의 왕이 투정했다.

"여러분이 이 대전환을 바라지 않는 것처럼 우리 또한 그것에 기여한 일이 없습니다."

체계의 왕이 말했다.

"우리도 당신도 진정 일의 본질과는 거리가 먼 존재임을 알지 않습니까?"

그 말에 여자는 고개를 푹 숙였다. 그리고 한동안 그대로 있었다.

"나도 머리론 알아… 알아요."

힘을 풀자 한숨이 가슴팍을 치며 내려왔다.

"당신들은 그냥 자기 일을 하는 거죠."

여자가 절레절레 도리질했다.

"그렇지만 마음속으로는 당신들이 침입자 같아요. 당신들이 이 일의 원흉이라고, 어떤 사악한 계획을 세워서 일이 이렇게 되었다고."

남자는 여자의 손을 꼭 쥐었다. 그것을 원동력으로 삼아, 그녀는 내키지 않는 말을 더욱 내디뎠다.

"당신들이, 당신들이 대표하는 가치가 이 시대의 새로운… 신화라는 걸 인정하기 싫은 만큼."

수목과 강줄기 대신 쇠와 구리와 실리콘으로 된 신화, 하늘의 계시 대신 임의의 호출부호와 통신규약으로 이루어진 신화. 끊임없이 미지의 영역을 파헤쳐 사실을 밝히고, 그 사실의 날줄과 씨줄을 촘촘히 엮어 전혀 새로운 현실을 써 내려가는 과정에는 더이상 신들의 치정 싸움이나 선과 악의 대립 따위가 필요하지 않았다.

"그래도 고마워요."

여자는 또박또박 말했다.

"그냥 무시했어도 될 텐데. 이렇게 와줘서."

"첫 만남의 환상이 오래가지 못하듯이, 첫 만남의 악연도 언제까지나 나쁘게 남지는 않을 것입니다."

체계의 왕은 무덤덤하게 말했다.

"당신과 당신이 대표하는 이야기들처럼, 우리 또한 시한부입니다."

여자가 약하게 손을 떨었다.

"다른 점이라면 우리는 함부로 영원을, 수학적 초월을 약속하지 않는다는 것입니다."

무뚝뚝한 어조로 말이 이어졌다.

"언젠가 여러분의 곁으로 우리 세 명의 왕도 돌아갈 것입니다."

"그동안 수고했어."

변화의 왕이었다. 그가 내민 장미꽃잎과 레몬껍질로 된 손을 여자는 엉겁결에 잡았다. 악수는 새콤했다.

"그 많은 이야기들, 눈물과 웃음과 부흥과 영웅과 악당들… 그 정도면 할 만큼 했지!"

"…이제 우리가 새롭게 이끌게요."

연결의 왕이 종지부를 찍었다.

"…편히 쉬어요. 대지신, 태모신, 모든 관습과 신화의 어머니여."

✳

"기분 좀 풀렸어?"

남자의 말이었다. 여자는 입을 샐쭉하니 내밀고 일에 열중하고 있었다.

"내 기분이 뭐 어땠는데?"

그리고 말하는 본인도 그것이 얼마나 설득력 없는지 잘 알았다.

"…조금."

여자는 내벽을 보기 좋게 펴던 것을 멈추었다.

"걔네 마지막 말 듣고."

둘은 땅의 심장에 있었다. 한구석에는 여섯 왕에게 받은 여섯의 선물이 쌓여 있었다. 깎지 않은 수정으로 된 벽은 투박했지만 튼튼했다. 초는 다가올 끝을 피해 불꽃으로 울었다. 바닥은 거울처럼 위편의 풍경을 반사했다. 둘이 발을 끌 때마다 현이 켜이고, 걸음을 옮길 때마다 건반이 울었다. 지층과 암반으로 된 오르간의 가락은 또렷했지만 너무 느렸다. 화음들은 서로를 잊은 채 방 안을 떠돌았다. 남자는 자리를 정리하다가 고개를 돌렸다.

"그동아안… 고마웠어."

남자의 말허리를 하품이 끊어놓았다.

"나도오… 그래."

여자의 하품은 한발 늦게 나왔다. 둘의 눈이 마주쳤다. 멋쩍은 웃음은 누가 먼저랄 것도 없이 터졌다.

"그만 들어갈까?"

"마지막으로, 이것만."

여자는 열린 뚜껑에 몸을 기댄 채 잔을 두 개 꺼냈다.

"안에 든 게 뭐야?"

"글쎄?"

여자는 자기도 모르겠다는 듯 내용물을 흘끔거렸다.

"아무것도, 아무거나라도."

얼마나 돼먹지 못한 대답이든 그 순간에는 충분했다. 남자는 여자의 곁에 걸터앉았다. 경첩이 삐걱거렸다. 남자가 잔을 받아 들었다. 그 이상의 감상적인 무엇도 없이 둘은 동시에 내용물을 입안으로 털어 넣었다. 용암처럼 진하고, 뜨겁고, 칠흑색으로 검었다.

"웩!"

여자가 소리 없이 웃었다. 맛이 고약한 것은 자신에게도 마찬가지였지만.

"이게 뭐야? 뭐라고 해도 오히려 못 믿겠는데."

"뭐…."

여자가 장난스레 눈을 굴렸다.

"같이 빚은 이야기들이 전부 세련된 건 아니었잖아."

그것도 이제 다 끝이네.

그녀의 뒷말은 마치 실수로 흘러나온 것처럼 들렸다. 남자는 잔을 이리저리 돌려보았다. 남은 것을 바닥에 털었다. 실로폰을 두드리듯 맑은 파문이 퍼졌다. 여자는 그가 몸을 일으키는 것을 보았다.

"이제 들어갈까? 진짜로."

"그래, 진짜로."

여자는 자기가 둘 중 어느 쪽을 말하고 들었는지 알 수 없었다. 그래서 쓰게 웃었다.

둘은 각각 준비된 자리에 누웠다. 머리, 발바닥, 어깨가 닿을 만큼 좁았지만 답답하다는 느낌은 없었다. 오히려 처음부터 있어야 할 곳에 돌아온 듯 편안했다. 걸음이 그치자 음이 흩어졌다. 촛불이 무너지며 그림자가 흐리게 번졌다. 뚜껑이 쓰다듬듯이 내려왔다. 모든 게 조용하고 잠잠했다. 감싼 천이 저도 모르게 풀리는 것처럼. 예정된 순간은 튀어오르는 불똥보다 짧았다. 뚜껑의 요철이 맞물리고 각각 자신만의 공간이 둘을 보듬었다. 넘실거리는 그림자가 수정으로 된 벽을 집어삼킨 뒤에도 그러나 둘은 손을 놓지 않았다. 서로의 손을 잡는 데에 뼈와 살로 된 육신과 닫히지 않은 관은 더 이상 필요하지 않았다. 그 손길은 이미 결정되었고, 다시 시작할 수 없기에 영영 달라질 수 없는 순간으로 남았다.

마지막 촛불이 빛을 잃었다. 그것으로 신화를 필요로 하던 시대의 모든 잔재가 사라졌다.

마녀사냥력 0년

● 초고 2017년 10월 10일

．

풍요로운 강줄기는 이미 붉게 물든 지 오래입니다. 종탑의 성십자가는 불길한 빛으로 나의 최후를 알리고 있습니다. 바깥에서는 연신 죽임당한 이들의 고통과 그 영혼마저 얽매는 지옥의 찬가가 들려옵니다. 아니, 지옥은 이제 없습니다, 천국 또한 사라졌습니다. 우리의 영혼은 어디로도 갈 수 없고, 그들이 이겼습니다.

나의 이름은 중요하지 않습니다. 지금 이 순간에는 아무것도 중요할 수 없습니다. 이 기록을 완성하는 순간까지 나의 죽음이 이곳으로 들이닥치지 않으리라는 보장이 없습니다. 나는 이곳에서 마지막으로 살아남았습니다. 이 기록을 읽고 있을 당신이 누구인지 나는 모릅니다. 그러나 당신이 지금 그곳에 있다는 것은 분명 우리 중 누군가가 그들을 막을 방법을 찾았다는 것입니다!

미래의 그대여, 나는 우리가 겪은 재앙에 대한 경고를 위해 이 글을 쓰고 있습니다.

당신이 이것을 읽고 어떤 표정을 지었는지 알 수 없습니다. 혹여나 미래의 당신이 온갖 사소한 요소들을 들먹이며 그것까지는 예언하지는 못했노라고 비웃는다면, 그 벌을 달게 받겠습니다. 한때 나와 같은 여자들이 곳곳에 있었습니다. 그러나 그 일이 일어나기 시작했습니다.

그들은 산 채로 불태워져야 했습니다, 사지가 묶인 채 물에 던져져야 했습니다. 뼈가 부러지고 살이 찢어진 채 화형대 앞에 서야 했습니다. 어느새 우리는 악마에게 굴종을 맹세하고 발푸르기스산에서 차마 입에도 담을 수 없는 음행을 펼친 몸이 되어 있었습니다.

나는 간신히 살아남았습니다. 주어진 재능을 거부하고, 순진한 얼굴을 한 채 나의 자매들이 내지르는 비명을 피해 도망치며 살아남았습니다. 아아, 자매들이 죽지 않았더라면, 아니 죽기 전 이 모든 일을 계획한 그들의 정체를 알아차렸더라면, 작금의 미래를 미리 알아낼 수만 있었더라면 이 일을 막을 수 있었을지도 모릅니다! 모든 것은 나의 책임입니다!

예언에 따르면, 당신의 세계에서는 모든 원소의 신비가 사라진 뒤라고들 하더군요. 천사의 보호도 악마의 유혹도, 예언도 점성술도 없는 그런 세계 말입니다. 우리의 세계에는 한때 그런 것들이 있었습니다. 그러나 이제는 없습니다. 그들이 이겼습니다. 그러나 그것은 중요하지 않습니다. 중요한 건 모든 것이 시작된 순간입니다.

그들이 처음부터 곧장 모습을 드러낸 것은 아니었습니다.

교회에서는 겨자씨만 한 믿음만으로도 산을 옮겨놓을 수 있다

가르치지만, 누구라도 그것을 진정으로 믿었을까요? 자연의 신비를 읽어내고 비와 우박을 내리는 우리 같은 족속들은 물론, 많은 사람이 마법의 힘을 빌려 일을 처리하였습니다. 사형수의 왼손과 무덤가의 흙이 은밀한 손을 거쳐 거래되었고, 흉측하리만치 부푼 달이 떠오르는 밤이 되면 땅에 발을 대지 아니하고 걷는 형상을 보았다는 소문도 들려오곤 했지요.

어느 날부터인가 귀에서 귀로 전해지던 근거 없는 소문은 순식간에 누군가의 선혈이 낭자한 시체로서 우리 앞에 모습을 드러내기 시작했습니다. 성주의 병정들이 마을을 부지런히 순찰했지만, 별의 운행과 굳은 밀랍의 모양에서 미래를 바라볼 수 있는 내가 아니더라도 누구나 알 수 있었습니다. 그들을 죽인 것은 우리 중 누구도 아니었습니다. 굶주린 들짐승조차 시체를 그렇게 흉하게 망가뜨릴 수는 없었죠. 그렇게 아무 소득도 없이, 달과 별의 창백한 노래가 우리의 마음을 어지럽힐 때마다 누군가의 비명이 거리를 떠돌았습니다.

그러나 곧 벌어질 일에 비하면 이것은 가벼운 사건에 불과했습니다. 곧 온갖 괴이한 것들이 우리 앞에 모습을 드러내기 시작했습니다. 그것들은 몸을 숨기려는 노력조차 기울이지 않았습니다. 화롯가를 뒤적이면 그 안에서 불타오르는 도마뱀이 튀어나오고, 도끼를 멘 장정들은 나뭇가지 위에서 작은 그림자를 봤다고들 말했지요. 길가의 꽃봉오리 속에서는 알 수 없는 세계의 노랫가락이 흘러나왔습니다.

심지어 온갖 밤의 피조물들조차 당당히 거리를 거닐기 시작했습니다. 창백한 피부의 흡혈마, 보름달이 뜰 때만 나타날 수 있는 늑대머리의 괴수까지…. 전설 속에나 나오던 해로운 존재들이 거리를 침범하기 시작했습니다. 그들은 하나같이 우리가 그들을 발견해주길 바라는 것처럼, 심지어는 직접 죽음을 선고하기를 바라는 것처럼 굴었습니다. 한때 우리의 피로 물들던 거리가 이제는 형언할 수 없는 것들의 썩어가는 육체와 오염된 영혼으로 물들고 있었습니다. 그런 뒤 모습을 드러낸 것이 바로 **그들**이었습니다.

아아, 이 모든 것을 미리 알았더라면.

그들의 이름은 이단심문관이었습니다. 그들은 우리가 정체를 알 수 없는 위험에 휘말렸음을 성토하며 교회조직을 부추겼습니다. 그렇게 마른 들에 불꽃이 옮겨붙듯 가장 순박하던 목회자들까지도 행동에 나섰습니다. 믿음을 위해, 구세를 위해!

이단심문관들은 스스로를 신의 대리인이자 징벌의 망치로 칭했습니다. 교회는 그들의 지휘 하에 아직 살아남아 우리의 거리를 걷던 마지막 괴물들을 없앴습니다. 교회의 이름으로 행해진 정화는 상식 밖의 사태에 허둥대던 세속권력의 힘을 십자가 아래로 끌어내렸습니다. 모든 것이 정리되자 이단심문관들은 본격적인 사냥에 나서기 시작했습니다. 나와 나의 자매, 그리고 모든 마법사를 위한 시간이 도래한 것이지요.

교회가, 아니 이단심문관이라고 하는 것이 옳겠지요, 그들이 마법을 이단과 동일한 행위로 취급하기 시작한 것이 그쯤이었습니다. 본래 이단이라고 함은 그릇된 것에 믿음을 바쳤다는 뜻으로, 단순히 이질적인 힘을 사용했었다는 이유로 마법을 처벌할 수는 없었습니다.

또한 이 자리에서 내가 이제껏 보아온 별의 궤적과 그 법칙을 창조하신 위대한 유대의 왕 나사렛 예수의 거룩한 이름을 걸고 맹세하건대, 비록 마법을 쓰는 족속으로 손가락질 받았으나 나의 마음은 단 한 순간도 십자가를 떠난 적이 없으니. 우리는 다소의 범죄행위로 세속법정의 심판을 받을지언정 준엄한 십자가 앞에 서는 떳떳할 수 있었습니다.

그러나 이단심문관들은 모든 마법이 곧 이단임을 천명하였고 교회가 그 뒤를 따랐습니다. 우리 중에서는 분명 우박과 독충을 불러와 누군가를 해하거나, 증오하는 자에게 끔찍한 저주를 내리던 사람도 있습니다. 그러나 별의 운행을 읽어내 풍요로운 농사를 돕는 일이 어째서 단죄되어야만 합니까? 특별한 약초로 병의 치유를 돕는 것이 어째서 이단이란 말입니까?

이미 이단심문의 교리를 영혼의 규칙으로 받아들인 이들에게는, 자매들에게 올가미를 씌워 짐승처럼 재판장으로 끌고 가던 그들에게는 우리의 말이 들리지 않았던 모양입니다.

나무들이 모조리 베어져 나갔지만 거기에는 여전히 숲이 있었습니다. 붉은 나뭇잎이 넘실거리면 그 속대에서는 코를 찌르는 누린내가 배어 나오는, 불살라진 우리의 영혼을 그 자양분으로 삼는 화염의 숲이 생겨났습니다. 그곳에서 피어오르는 기이한 빛깔의 불꽃이 춤추듯 휘날려 군중들의 마음에 해로운 기운을 불어넣는 일이 비일비재했습니다. 그 모든 일이 벌어지는 내내 나는 살아남았습니다.

이미 말한 바 있지만, 나의 죄악은 큽니다. 나는 내가 알던 이들이 모두 끌려가도록 쥐죽은 듯 조용히 있었습니다. 결백을 입증하기 위해 때로는 화형장에 가야만 했습니다. 모든 과정을 지켜봐야 했습니다. 장작에 불이 붙기 직전 그들의 표정을 이 눈동자에 담게 되는 일도 있었습니다. 그 모든 일이 끝난 나는 뼛속 깊이 피곤에 절어, 집으로 돌아와 허겁지겁 몸을 누이곤 했습니다. 그러고도 배가 고픈 나를, 목이 말라 불편해하는 나를 도무지 순결한 눈으로 바라볼 수가 없었습니다. 아아, 이런 비겁한 나를 어찌 같은 족속이라 칭할 수 있을까요? 미래의 그대여, 부끄러운 조상을 용서해주세요.

이상한 소문이 돌기 시작한 것이 그쯤이었습니다.

한쪽은 나와 같은, 그렇지만 훨씬 더 악랄한 족속들에게서, 다른 한쪽은 이단심문의 광기에 사로잡히지 않은 몇몇 고결한 수도자들로부터 흘러나왔습니다. '위'나 혹은 '아래'의 세상으로부터 응답이 없다는 것이었습니다. 혼신의 힘을 바친 기도에도 아무런 답이 내려오지 않고, 어린아이를 짓이겨 빚은 가루약으로 점을 치더라도 아무것도 나타나지 않더란 말입니다.

어쩌면 그래서 나와 같은 이들이 모두 사라진 것일지도 모르겠습니다. 나는 화형장에서 자신이 섬기던 이교의 신에게 대답 없는 기도를 바치며 타들어가는 자들을 몇 본 기억이 있습니다. 그때에는 알지 못했지만 오오, 지금 미래의 당신에게 이 기록을 남기는 순간이 되어서야 알게 되었습니다. 천사도 악마도 없는 세상. 그 순간 우리는 버림받은 것입니다.

교회의 이름보다도 이단심문관 그 자체의 권위가 더 높이 솟아올랐을 무렵, 그들이 우리의 껍질을 벗고 본색을 드러냈습니다. 왜 그때가 되어서야 그리 했을까요? 알 수 없지만, 나는 그들이 마법에 취약한 족속들이라고 믿습니다. 우리와 같은 자들이 남아 있었더라면 그들을 막을 수 있었을지 모르겠다고 생각하고 싶습니다. 왜냐하면 세속권력의 가장 날카로운 칼과 가장 거대한 대포마저도 그들에게 상처 하나 입힐 수 없었기 때문입니다.

일단 본색을 드러내자, 모든 것이 따라잡을 수 없는 속도로 일어났습니다…. 그들은, 이단심문관들은 그동안 우리의 껍질을 뒤집어쓰고 있었습니다. 그들이 어디서 왔는지는 알 수 없습니다. 천국도 지옥도 없는 곳, 어쩌면 우리의 믿음이 영글기 전의 시대에서부터 찾아온 것일지도 모릅니다. 우리가 아무것도 눈치채지 못하는 동안 이단심문관들은 그들의 동족을 차츰 불러들여 어마어마한 숫자로까지 불어나버렸습니다. 남은 우리가 그것을 깨달았을 때는 이미 늦었습니다. 뭔가를 하기에는 너무 많은 목숨이 사라졌습니다.

교회는 안쪽에서부터 그것들에게 먹혀버렸고, 몸을 숨길 이유가 없어진 그것들은 거리낌 없이 우리들의 군대를 쳐부수며 진격해나갔습니다. 나는 이단심문관들이 무장한 병정들을 죽이는 것을 보았습니다. 병정들의 무기는 그것의 몸에 닿을 때마다 쳇소리를 내며 튕겨 나왔지요. 그것이 춤추듯 사지를 놀릴 때마다 낫이 이삭을 훑어 내리듯, 연약한 생명이 그 손짓을 따라 몇 개고 몇 개고 떨어져 내리는 것이었습니다. 높은 성벽도 깊은 해자도 아무런 소용이 없었습니다.

그때 우리의 세상에는 천사도 악마도 없었지만, 불경하게도 나는 그 순간 생각해버렸습니다. 천사도 악마도 그리고 이 모든 일이 일어나기 전 모습을 드러내 스스로 죽어간 괴물들도, 저것들의 앞에서는 아무런 수도 없었기에 도망치기를 택한 것이라고 말입니다. 천국과 지옥이 닫혀버리기 전에 말이지요.

바깥에서 그것들, 한때 이단심문관의 이름으로 우리의 멸망을 현혹한 자들의 울음소리가 들립니다. 저들은 내가 여기 있음을 알고 있습니다. 내가 조금이라도 더 빨리 기록을 끝마쳐야 하는 이유입니다.

나는 당신에게 경고하기 위해 이 글을 남깁니다. 이단심문관의 종족은 우리의 세계를 차지하기 위해 왔습니다. 그들은 우리들의 집과 마을, 그 밖의 우리가 이룩한 모든 것들을 원합니다. 나는 보았습니다. 그들이 우리의 의복을 입은 채 우리의 집에서 우리의 생활을 영위하려 노력하는 모습을.

그들은 가증스럽게도 자신들의 본래 이름을 버리고 스스로를 우리의 이름으로 칭하기 시작했습니다. 결국에는 우리의 생활을 완전히 받아들여 기억마저 뒤바뀌게 될지도 모릅니다. 그러나 아직 희망은 있을 것이라고 믿습니다. 어딘가의 누군가가 반드시 이들을 막을 방법을 찾을 것입니다. 당신이 그 살아 있는 증거입니다.

나는 이 기록을, 이단심문관의 재앙이 우리의 시대에 그러하였듯 그대의 세계에서 펼쳐질 것을 우려하여 남깁니다. 그들은 우리의 껍질을 뒤집어쓰고 아주 자세한 부분까지 연기할 수 있습니다. 그러나 그들의 몸은 우리의 그것과는 많은 차이점이 있기에 집중하여 관찰한다면 그 추악한 위장을 금세 간파해낼 수 있습니다.

대표적으로, 그들의 손가락은 다섯 개입니다.

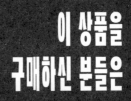

이 상품을
구매하신 분들은

● 초고 2018년 12월 6일

첫걸음을 떼는 데 얼마나 망설였는지 몰랐다.

"사랑해, 응?"

여자는 설익은 고백을 몇 번이나 혀끝에 올렸다가 지우길 반복했다. 둘 중 누가 문턱을 넘기로 먼저 결심했는지는 분명치 않았다. 관계는 모눈종이처럼 분명한 점과 선으로 이루어지지 않았다. 친구에서 연인이 되는 것은 때로 전진이 되었고 때로는 후퇴가 되었다.

그 전환은 둘 중 누구도 알지 못하거나 알고 싶지 않은 모양으로 다가왔다. 중요한 것은 여자가 그날 이후로도 줄곧 비슷한 말을 남자에게 전했다는 사실이었다. 그러나 더 중요하지만 부각하고 싶지 않은 사실은 따로 있었으니, 그러한 말의 대부분은 남자 쪽의 대답이 돌아오지 않는 무수한 일방통행의 수신 불량으로 끝을 맺었다는 것이었다.

어디까지나 '반응'은 있었다. 멋쩍게 웃거나, 뺨이나 이마에 입 맞춤하거나, 크고 따뜻한 손으로 머리를 헝클어뜨리기도 했다. 그러나 제대로 된 '대답'이 말소리가 되어 입 밖으로 나오는 날이 없었다. 쑥스러워서, 그런 걸 입에 담는 성격이 아니라서? 이제 는 합리화하기도 지쳤다. 만남이 이어지고 둘은 이따금 서로의 새벽과 다음 날의 아침까지 공유했다. 그러나 스스로의 마음이 깊어지는 만큼 저쪽에서도 그녀를 생각해주고 있을까?

일견 무정한 질문임을 알면서도 여자는 묻길 멈추지 않았다. 그래서 딱 한 번 그를 믿지 않기로—아니면 적어도 의심해보기 로—했다. 딱 한 번의 거짓으로 아무것도 얻을 수 없다면 다시 착 한 애인으로 남으리라 그녀는 결심했다.

"아뇨, 저도 생각은 하고 있죠."

그렇게 몰래 남자의 통화를 엿들었다.

"네, 네. 걱정하지 마세요."

반쪽짜리 대화를 완성하기에는 너무 멀었다. 그러나 여자는 맹 세코 수화기 너머에서 못 미더워하는 기색을 읽었다.

"다 알아서 할게요."

통화 내내 아픈 말은 단 한 번도 나오지 않았다. 전화 너머 상 대—남자의 부모 되는 분. 아마도—에게도 그 자리에 없는 그녀 에게도 남자는 시종일관 정중하고 공손했다. 드라마 각본에 어수 룩하게 들러붙는 '상대의 수준'이라든가 '멋모르는 불장난' 같은 어 휘는 일절 사용되지 않았다. 그러나 그 예의 바른 말이야말로 여 자가 가까스로 외면하던 것들이었다. 어떤 위협보다도 실제적인 싸늘하게 식은 현실이었다. 그녀가 의심하던 마음은 식은 것이 아니었다. 처음부터 맞닿은 적조차 없었다.

무슨 전자, 무슨 그룹, 뉴스에 오르내리진 않더라도 제법 건실한 기업체의 수장으로 여자는 남자친구의 아버지를 알았다. 얼굴도 본 적이 있었다. 심장 뛰는 소리가 그만 귓구멍을 막아버릴 정도로 긴장한 식사자리에서 툭 던지듯 들은, 복스럽게 잘 먹는다는 칭찬에 귀까지 새빨갛게 얼굴을 붉히던 기억이 있었다. 칭찬이라고? 어쩌면 혼자만 그렇게 생각한 게 아닐까. 진지한 말이 오갈 의미도 이유도 없던 자리에서 혼자만 마음 졸였던 것인가. 어쩌면 그날 헤어진 뒤에도 부자는 비슷한 대화를 나누었을지 몰랐다. *너희 진지한 생각하니? 아뇨, 걱정하지 마세요. 때 되면 이야기해야죠.*

솔직히 관계의 온도 차를 의식하지 않았다면 거짓말이었다. 그래도 그런 말까지 들어버리면. 사랑 이전에 필요가 없던 걸까. 자신의 진심이 누군가에게 있어 아무런 가치도 없다는 사실을 폭신폭신한 믿음으로 너무 오래 가려왔나. 그날이 지나고 몇 번인가 만났지만 여자의 머릿속에선 그런 생각이 뭉게뭉게 피어올랐다. 남자친구는 여전히 친절하고 착했다. 무리한 부탁이라도 기꺼이 들어주었다. 그러나 절대 남자 쪽에서 먼저 갈구하거나 몰두하는 일이 없었다.

어차피 이어지지 않을 걸 알기에 더욱 거리낌이 없는 걸까. 마음껏 하고 싶은 것을 하게 두고 먹고 싶은 걸 먹여주는 걸까. 그러고는 어느 날 맛있는 음식을 먹고 갖고 싶은 선물을 받고 서로를 꽉 껴안은 뒤 다음 날 다시 만날 것처럼 집에 가서 이별을 통보할까? 상상하기만 해도 아찔한 순간이 가슴을 뒤집어놓았다. 생각의 고삐를 잡지 못하는 날에는 그렇게 어두운 상상에 몰두했다. 그런데도 할 수 있는 게 없었다.

그때 찾은 것이 그 전단이었다.

수상하기로는 장기매매원 모집 쪽지보다 수상했으나 끝내 그녀는 전단에 적힌 주소를 찾아갔다. 어쩌면 그저 독특한 운영방침과 주제를 정한 흥신소쯤 될지 모른다고 믿으며.

외벽을 화장실 타일로 마감한 지린내 나는 건물이었다. 불이 나면 그대로 거대한 찜통이 되어도 이상하지 않을 좁고 높은 계단을 오르자 사무실이 나타났다. 그 문을 열자 앙증맞게도 전형적인 마녀의 소굴 같은 풍경이 나타났다.

"사랑의 묘약을 찾는 분이시네요!"

보통 응접실이라면 으레 있는 넓적한 앉은뱅이책상과 안락의자 대신 거대한 장작더미가 있었다. 위에 얹힌 것은 물론 초등학생 한 다스가 통째로 들어가도 충분한 크기의 솥이었다. 그곳에서 반갑게 저를 맞이한 이는 아마 마녀이겠지.

"수요가 좀 줄긴 했지만 꾸준히 시장이 있죠!"

사랑의 묘약이라니. 여자는 생각했다. 그런 게, 동화에서도 잘 나오지 않게 된 게 정말 있을까?

"본디 무조건적인 사랑은 신만의 특권이지요."

마녀는 말했다. 치렁치렁한 머리칼은 옻칠한 것처럼 윤이 흘렀다.

"도롱뇽의 눈알과 개의 혀 따위가 신분도 나이도 초월한 사랑을 맺어줄 수 있다고 믿는 건 우리를 겉핥기로 배운 싸구려 통속소설 뿐이랍니다."

마녀는 송곳니가 다 드러나도록 웃으며 말을 이었다.

"다만 특정한 조건만 충족한다면 얼마든지 의뢰인께서 말씀하신 개새… 남성분의 마음을 돌려놓을 수 있어요!"

"욕은 하지 마세요."

여자의 말을 들은 마녀가 고개를 갸웃거렸다.

"네?"

"욕은 하지 마시라고요."

여자는 강조했다.

"나쁜 사람 아니에요. 그냥, 그냥 계속 사귈 여건이 안 되는 거예요."

여자는 그게 어떻게 보일지 알면서도 고개를 숙였다.

"싫은 소리 못 하는 성격이니까….."

"여건이 안 된다는 명분을 그냥 받아들이실 셈인가요?"

마녀가 소리 없이 웃었다.

"그렇다면 애초에 여긴 왜 오셨죠?"

할 말이 없었다. 여자는 고개를 푹 숙였다. 혹시 이것조차 자기를 속이는 일이 아닐까. 정말 뭔가 극복하려고 온 게 아니라 그저 포기할 그럴싸한 명분을 위해, 그를 사랑하는 나의 환상을 지키기 위해 온 게 아닐까. 마녀에게까지 부탁했으되 결국 극복하지 못했다는 후련한 면죄부를 얻기 위해.

그와 함께 보낸 시간들이 방울방울 떠올랐다. 그러나 억지로 곱씹으니 어느 하나 온전한 것이 없었다. 망가진 비디오테이프처럼 반쪽짜리 행복만 간신히 남은 기억들이었다. 여자는 안개처럼 부스러진 추억을 붙잡기 위해 노력했다. 혈관을 타고 독소처럼 싸늘한 깨달음이 퍼졌다. 여자는 차가워진 손으로 반대로 뜨겁게 달아오른 얼굴을 비볐다. 시야가 한두 방울 흩어지더니 금세 소나기가 되어 쏟아지기 시작했다.

"알았어요, 알았어."

작은 한숨. 그것을 바라보는 마녀로부터.

"울 필요까진 없잖아요. 오늘 첫 개시인데."

화장지를 얼마 건네주더니 마녀는 기다렸다. 여자가 울음을 그칠 때까지.

"사랑의 묘약은 기본적으로 상대가 마셔야만 효과가 있어요. 성능이 천차만별이긴 한데…. 우선은 이것부터 추천해드리고 싶네요."

여자는 마녀가 무얼 꺼내는지 보았다. 학교에서 봤던 분동보다 약간 큰 유리병이었다. 안에 담긴 것은 반투명한 액체였다. 살짝 붉은 기가 감돌면서도 한없이 젖빛으로 뽀얬다. 그것을 바라보다 눈을 돌리면 세상 모든 것들이 조금은 흐리고 부옇게 느껴졌다. 조금 전 차오른 눈물이 그랬듯이.

"신기하죠? 세상에서 가장 눈물하고 가까운 색이래요. 지금이라면 특가로 삼만 원!"

마녀가 말했다.

"깔끔한 약이죠. 사랑을 이루기보다 아프지 않게 내려놓을 수 있게 해주는!"

지난달 집세가 밀려 있었다. 이것저것을 하고 보고 느끼더라도 마음속 한구석에 따끔하게 돋아 있는 헛바늘처럼…. 학생 시절 농담처럼 이야기하던, 학생식당에서 공깃밥을 시킨 뒤 공짜 밑반찬인 배추김치와 깍두기로 찬을 꾸려 마찬가지로 공짜 어묵국물로 입가심하는 상. 그것으로 적어도 며칠은 배를 채워야 했다. 그럼에도 삼만원이라면 괜찮다. 그 정도는 더 졸라맬 수 있다.

그런데 사랑을 이루기보다는 아프지 않게 내려놓다니?

"손님께선 왜 아프신가요? 그건 그 개… 죄송합니다."

마녀가 목소리를 가다듬었다.

"그분과의 추억이 아직 생생하게 남았기 때문 아닌가요? 그렇다면 도리어 먼저 내 쪽에서 선수를 치는 거죠."

무슨 스포츠의 작전이라도 되는 것처럼 마녀는 표현했다.

"그분과의 모든 기억은 물론이고 앞으로 이어질 가능성까지 흔적도 없이 날려버리는 약물이랍니다."

여자는 조금 생각해보았다.

"마음을 닦는 비누랄까요? 차일 바에야 차버리자!"

마녀가 약통을 내밀었다.

"끊어지기 직전의 사랑을 억지로 되살리는 것보단 부담 없는 방법이에요. 가격도요!"

오래 생각해볼 것도, 그럴 이유도 없었다. 여자가 고개를 저었다. 올 수밖에 없는 고통을 줄이려고 마녀를 찾은 게 아니었다. 마법으로 그 고통을 정면으로 물리치기 위해서였다.

그녀는 처음부터 사랑을 잇기 위해 왔다. 잊는 것이 아니라.

"그렇단 말이죠. 알겠어요."

마녀가 입맛을 다셨다.

"특가인데 아쉽군요. 그럼 다른 강력한 사랑의 묘약 쪽을 보여드릴게요."

그 뒤로 마녀는 이런저런 견본품과 딸려오는 화려한 설명을 내놓았다. 어차피 마법약의 효과라면 문외한인 여자가 들어봤자 무용지물이었다. 가격부터 냉큼 묻고 싶었지만 입이 떨어지질 않았다.

"표준적이지요. 두루 잘 들어맞아요."

그렇게 귓전에 하나도 들어오지 않는 길고 지루한 설명을 거쳐 마녀는 가장 중요한 부분에 다다랐다.

"가격은 이백오십만 원입니다."

여자는 새된 신음을 뱉었다.

"놀라셨어요? 그렇지만 사람의 마음을 주무르는 일인데 염가일 순 없잖아요."

마녀가 익살스럽게 눈썹을 찡그렸다.

"우리도 재룟값은 받아야지요. 부카밧들이 딱히 자기 손톱을 자발적으로 내놓는 건 아니잖아요?"

"그래도 조금 싸게는…."

여자는 떨리는 목소리로 물었다.

"아니면 조금 싼 약은 새로 없나요?"

마녀가 흘깃 흰자를 드러냈다. 탐탁지 않을 만도 하지. 하지만 결국 카탈로그로 눈길을 내렸다. 입술을 달싹이며 목록을 훑는 걸 보니 무언가 방도가 있는 걸까. 두방망이질 치는 심장을 달래며 여자는 애써 희망적인 상상을 했다.

"이건 어때요?"

마녀는 드높은 찬장을 한참 뒤적이더니 다른 병을 꺼냈다. 이번엔 한없이 순수한, 한낮에 올려다본 태양처럼 밝은 흰색이었다.

"무미에 무취. 남성분 손톱 섞어서 본인한테 먹이면 끝. 가격은…."

마녀가 잠시 뜸을 들였다. 여자는 저도 모르게 상반신을 바짝 기울였다.

"십만 원."

여전히 비쌌다. 그렇지만 이백오십에 비하면 훨씬 나았다. 충분히 감당할 수 있었다.

"왜 이건 좀 더 싸냐구요?"

여자는 지갑—물론 마녀는 현금만 받았다. 그렇지 않겠는가—을 뒤져 현금부터 건네려던 것을 간신히 참았다.

"좀 편법적이라고 할까요, 손님이 원하는 가격대로는 뭐… 의약품이랑 건강보조식품 같은 거라고 생각하세요."

여자의 눈동자가 흔들리는 것을 보았는지 마녀의 손짓 발짓이 다급해졌다.

"사실 그렇잖아요—"

그러고 보면 이런 이야기마다, 마법이니 마녀니 초자연적 계약이 등장하는 이야기마다 항상 결말은 정해져 있다.

"—모로 가도 로마로만 가면 되는데. 사랑을 이루어준다는 건 내가 확실히 보증할게요."

여자는 방구석에서 온종일 코나 먹는 공포작가가 짜낸 우스꽝스러운 말장난에 넘어가 신세를 망치는 주인공들을 많이 읽고 보아왔다.

그래서 부끄러운 공상이라고 생각하면서도, 그녀는 불안한 질문을 던졌다.

"그럴 리가요."

마녀는 그렇게 여자의 걱정을 일축했다.

"남성분은 털끝 하나 다치지 않을 거예요."

"그, 그럼 다른 사람들이 혹시 다치나요?"

"네? 아뇨."

마녀의 눈썹이 구불구불 일그러졌다.

"주변 사람들도 물론 안 다칠 건데요."

여자는 이제 돌이키기엔 너무 늦었다고 생각했다.

"네? 본인이요?"

그래서 덮어놓고 완전히 유치하고 허무맹랑한 질문까지 꺼내 들었다.

"대체 무슨 상상을 하시는 거예요?"

마녀가 펄쩍 앉은 자리에서 뛰어올랐다.

"이 약을 마시면 갑자기 교통사고가 일어난다거나 비행기가 추락하기라도 할 것 같아요? 그런 게 대체 사랑하고 무슨 상관이 있죠?"

마녀는 한숨을 폭 내쉬었다. 이마를 쓸어올리자 머리칼이 폭포처럼 떨어졌다.

"…제가 확실하게 보증해드릴게요, 손님."

여자는 확신에 찬 마녀의 선언을 들었다.

"아무도 안 다쳐요. 안 죽고요!"

그렇게 받아낸 약속이었다.

"그냥 이 약에 남성분 손톱을 섞어서, 남성분께 먹이시면, 그분은 다시 손님을 사랑하게 될 거예요. 아시겠어요?"

여자는 여전히 자신이 쥐뿔도 모른다고 생각했지만, 그런 확언을 듣고 나니 속이 조금 풀리는 것은 사실이었다.

"다만 염가라서… 그렇지. 약효가 며칠, 몇 주 기다려야 나타날 수도 있어요. 그 정도는 감안하셔야죠."

마녀가 눈썹을 찡긋거렸다.

"알았죠?"

여자는 십만 원 중 오만 원을 지불하고 사무실을 떠났다. 나머지는 일이 제대로 성사되면 받겠다고 마녀는 말했다.

묘하게 신뢰가 갔다.

그날 곧장 여자의 집에서 둘은 만났다. 대뜸 손톱부터 달라고 할 순 없으니, 요즘 날이 추워 피부가 튼다느니 손톱이 못생겨진 다느니 최대한 그럴싸한 방향으로 여자는 대화를 이끌었다. 조심 조심, 최대한 평범한 구실로 그의 손톱을 깎아 작은 조각을 챙겼다. 그리고 잔을 두 개 준비해 한쪽에 먼저 묘약과 손톱을 넣었다. 계속 손을 떠느라 혹시 나중에 저지를 실수를 방지하기 위해서였다. 마실 것은 불투명하고 자극이 센 것으로 골랐다. 그래야 안에 섞인 손톱을 눈치채지 못할 것 같았다. 문득 이게 뭐하는 짓인가 회의감도 들었지만, 어차피 물러나기엔 너무 멀리 왔다.

이내 남자친구가 잔을 들자 잡생각은 다 달아나버렸다.

묘약이 섞인 내용물을 한입에 털어 넣는 그. 이상한 점은 보이지 않았다. 여자는 하도 긴장한 탓에 심장이 오그라질 것만 같았다. 컵을 쥔 손에 새하얗게 힘이 들어갔다. 무심결에 손이 기울어 제가 마실 것이 질질 손목을 타고 흐르는 것도 몰랐다. 남자가 그것을 지적하고, 화장지를 뽑아 대신 팔뚝을 닦아주는 것을 그녀는 남의 일처럼 유심히 보았다. 무언가 달라진 것 같지는 않았다.

그날도 평소처럼 시간을 보내고 헤어졌다. 그는 묵고 가지 않았다.

혼자 남은 방에서, 여자는 이불을 턱 끝까지 올린 채 어둑한 천장을 바라보며 온갖 상상을 붙잡았다. 가까스로 눈꺼풀을 덮을라치면 어느새 무수한 만약, 혹시, 설마들이 꼬리에 꼬리를 물고 나타났다. 머릿속의 아귀다툼이 꾸역꾸역 눈꺼풀을 밀어 올려 금세 다시 눈을 뜨고 말았다. 그렇게 잠을 설친 탓에 그녀는 다음 날 실핏줄이 선 눈으로 출근 전철에 몸을 실었다. 입 안이 눌어붙은 냄비만큼이나 텁텁해서 하품도 제대로 할 수가 없었다.

그녀는 난생 처음 가보는 곳처럼 내려야 할 곳의 안내 방송과 벽면에 붙은 나가는 곳의 표지판을 유심히 바라보았다. 여전히 마음은, 엊저녁 먹인 사랑의 묘약이 과연 어떻게 작용할 것인가에 쏠려 있었다.

그로부터 며칠.

마법의 약이라면 응당 있을 거라 믿었던 그럴싸한 '느낌'이 오지 않았다. 하다못해 묘약을 먹는 순간 싸구려 효과음 같은 것이라도 났다면 좀 더 믿어보았을 것이다. 그러나 텅 빈 약병은 라벨을 떼고 보니 단순히 재활용 쓰레기일 뿐이고, 남자친구의 태도도 이전처럼 착하고 예의 바를 뿐이었다.

더럭 겁이 났다. 이래서야 언제 낯빛을 바꾸며 "있잖아, 우리도 이제…." 따위의 말을 꺼낼지 모른다고 생각했다. 그렇지만, 시간이 좀 걸릴지도 모른다고 마녀도 말했다. 아무럼 이백오십만에 비하면 공짜나 다름없는 약이니까, 언제까지만 기다려보자.

하루, 이틀, 사흘. 아니 이번 주말, 아니 무슨 영화가 개봉하는 날. 아니 누구 결혼식…. 여자는 마음속 제멋대로 설정한 마감을 차일피일 유예했다. 편집증적으로 그의 태도를 훑다 보니 그리고 마침내 뭔가가 보였다. 스스로도 확신할 수 없을 만큼 작았지만, 분명히 어떤 경향이 있었다.

둘은 이제 좀 더 자주 만나고 늦게 헤어졌다. 남자는 여자의 집에서 자주 묵게 되었다. 때로는 일이 있다는 여자를 남자가 붙잡

기도 했다. 긍정적인 변화이긴 했지만…. 여자는 이것이 마녀가
말한 효과의 전부인지 궁금했다. 날 아주 조금 더 사랑하게 되어
그만큼 더 함께 있는 건가?

어느 날 약속장소에 남자가 오지 않았다. 전화도 받지 않았다.

여자의 머릿속에 맨 처음으로 떠올린 불길한 상상이, 남자가 자
신에 대한 마음을 놓아버린 것과 불의의 사고를 당한 것 중 어느
쪽인지 알 수 없었다. 그 사실이 그리고 여자에게는 가슴 아팠다.
그녀는 얌전히 기다리는 대신 남자의 집으로 찾아가기로 했다. 가
족과 면식도 있으니 별문제는 안 될 것이었다. 자신을 탐탁지 않
게 볼지 모르겠지만 별수 없다. 오히려 묘약이 제대로 작용했다면
그들에게도 무언가 변화가 있으려니 여자는 지레짐작했다.

"아빠! 왜 이러세요!"

어안이 벙벙했다. 차라리 정말 사고라도 당했다면 모를까, 눈
앞에 펼쳐진 광경은 그만큼 예상 밖이었다.

"제발 제 말 좀…!"

남자친구가 길바닥에 쫓겨난 채 울부짖고 있었다. 사람이 진짜
로 '울부짖는' 순간을 여자는 처음으로 보았다. 그리고 문간에 선
그의 아버지가 불같이 화를 내고 있었다. 시퍼렇게 핏줄이 선 모
습이 꼭 절의 악귀처럼 보였다.

"젊은 놈이 대낮부터 헛소리야!"

문득 묘약을 먹이고 가슴 졸이며 남자를 바라보던 기억이 났다.
자신과 만나고 헤어지는 것만 신경 쓰다 보니 정작 남자친구의 표
정을 읽지 못했다. 그녀에게 하지 못한 말과 보여주지 않은 그의
뒷면을 캐물을 의도도 없었고 그래야 한다고도 생각하지 않았다.

"아빠, 아버지! 왜 이러세요!"

남자는 종종 심각한 얼굴로 휴대전화를 바라보았다. 전보다 가족 이야기를 잘 하지 않았다. 너희 집에서 자고 가도 되느냐고 자주 묻게 되었다. 그런 모습을 보며 여자는 알았어야 했다.

"당신은 나오지 마!"

어쩌면 남자친구는 그녀의 곁에 머물고 싶은 게 아니라, 집에 들어가기가 싫은 거였다고.

"이놈 이거 아주 악질이야."

남자의 아버지가 동네가 떠나가라 소리 지르는 통에 구경꾼마저 몰리기 시작했다.

"여차하면 경찰 부를 준비해."

자기 아들 때문에 경찰까지 부른다고? 여자는 무슨 사정이 있는지 몰라도 일단 막아야겠다고 판단했다. 그렇게 주춤주춤 인파를 헤치고 나섰다.

"뭐? 아버님?"

그녀는 너무 긴장해서 저도 모르게 아버님이라고 운을 떼버렸다. 별로 좋은 때도 아닌데.

"아주 동네 저기, 미친 연놈들 다 모였구만?"

여자는 영문을 알 수 없어 화들짝 놀랐다. 대체 무슨 일이기에 그렇게까지 날 선 말이 나오는 걸까.

"재수가 없으려니까…."

"자기야, 아버지한테 말 좀 해줘."

그가 울먹이며 호소했다. 어린아이처럼 흐느끼는 자기 아들을 보면서도 부모 두 사람은 미동도 없었다. 아니 오히려 더 열이 뻗치는 듯 얼굴을 찌푸렸다.

"요즘 자꾸 깜빡깜빡하더니, 갑자기 나보고….'"

"아버지는 누가 아버지야?"

우렁우렁한 목소리가 선고처럼 내려졌다.

"우린 당신 같은 자식 둔 적 없어!"

여자는 수문장처럼 버티고 선 아버지의 뒤편을 보았다. 남자의 어머니가 팔짱을 낀 채 이쪽을 노려보고 있었다. 그 표정을 보면 알 수 있다. 일의 잘잘못을 따지기 이전에 완전히 환멸을 느끼는 기색이다. 화를 내는 게 아니라 기가 막혀 하고 있다.

"젊은 놈이 일해서 돈 벌 생각을 해야지!"

가족 간의 싸움으로 아들을 쫓아낸 사람들이 지을 만한 표정이 아니었다.

"갑자기 쳐들어와서 내가 당신 아들입니다 하면 믿을 줄 알고?"

"아빠, 진짜 왜 그래요. 대체!"

애초에 뜻이 맞지 않으니 어떤 말을 어떻게 하건 의미가 없었다. 목 놓아 우는 그를, 한때 아들이었던 누군가를 두고 아버지는 무심하게 문을 닫고 들어갔다. 주변을 창살처럼 에워싼 사람들이 저희끼리 웅성거렸다. 여자는 어떻게 말해야 할지, 아니 이 일을 어떻게 생각해야 할지 알 수가 없었다. 거대한 연극 속에서 혼자만 아무 역할도 지시도 받지 못한 채 버려진 기분이었다.

"저기요."

혼자 남겨진 남자가 벌떡 일어났다.

"아저씨. 저 아시죠?"

그는 손톱을 세우며 주변의 아무나를 붙잡고 늘어졌다.

"저 중학교 첫 여름방학 때, 아저씨네 가족이랑 같이 양구 여행도 갔잖아요. 그때 제가 불판 엎어서 혼났잖아요. 기억나죠?"

대답은 돌아오지 않았다. '아저씨'는 생판 모르는 사람의 손길에서 벗어나려 몸부림쳤다.

"아줌마, 아줌마 저 여기 살잖아요."

그가 다른 사람에게 호소하기 시작했다.

"저 어렸을 때부터 아빠 술심부름하면서 외상 달았잖아요! 나중엔 왜 요즘에는 안 오냐고, 아줌마가 먼저 불렀잖아요!"

진저리치며 멀어지는 아줌마는 남자를 몰랐다. 여자의 눈에는 그렇게밖에 보이지 않았다.

"원장님, 원장님! 저 미용실 열었을 때 친구들 데리고 가니까 고맙다고 시루떡 싸줬잖아요, 네?

대답이 없었다. 그렇다고 맞서 화내는 것도 아니다. 오히려 그들은 영문을 몰라 두려워했다. 남자를 피했다. 눈길조차 단단히 여민 채 바삐 제 갈 길을 갔다. 그렇게 정신없이 다그치고 울먹이는 남자를 남겨두고 어느새 행인들마저 사라졌다.

텅 빈 거리에서 여자와 혈혈단신이 된 남자 단둘만 남았다.

"어떻게 된 일이냐고요?"

마녀는 천연덕스럽게 되물었다.

"남성분이 이제 손님 사랑하지 않던가요? 할 수밖에 없을 텐데요?"

여자는 손발을 부르르 떨었다. 시간이 지날수록 확실했다.

"이제 그 남성분을 아는 사람은 손님 하나뿐이에요."

가족뿐만 아니라 남자가 알고 지내던 모든 이들이 이제 더 이상 그를 기억하지 못했다. 여자는 이제 남자에게 있어 유일하게 남은 세상과의 창구이거나 어쩌면 세상 그 자체였다.

"손님을 통하지 않고선 무엇도 남아있지 않은 인생—사랑할 수밖에 없겠죠? 사랑하지 않곤 도리가 없겠죠?"

마녀가 양팔을 펼쳤다.

"사랑의 감정이란 요리와도 같아, 한바탕 아프게 끓어 넘친 뒤에는 더 진득하게 꽃피기 마련이죠!"

그 재잘거리는 목소리가 무언가의 역한 악취처럼 느껴졌다.

"감정을 조종하는 대신 자연스레 그런 감정을 품을 수밖에 없게 만드는, 이런 게 창의적 사고 아니겠어요?"

여자는 조용히 이미 답을 아는 질문을 던졌다.

"그럴 리가요."

마녀가 당치도 않다는 듯 고개를 내저었다.

"그렇게 쉽게 무를 수 있다면 마법이라는 이름이 부끄럽죠."

그리곤 태엽 따위를 되감아 돌리는 몸짓을 해보였다.

"모든 걸 처음으로 돌린다면, 결국 사랑의 묘약을 찾게 되는 순간이 또 올 테니 무의미하죠. 아니면…."

여자는 마녀의 도톰한 입술이 비틀리는 것을 보았다.

"버틸 수가 없죠, 그렇죠?"

생긋거리며 그녀가 물었다.

"집도, 재산도, 쌓아온 인연도 모조리 잃고 몸뚱어리만 남은 남성분을?"

말도 안 돼! 여자는 말을 내뱉기 전 먼저 부정했다. 사랑했기 때문에 애초에 찾아온 것이었다. 환경이 가감된다고 내려놓을 마음이라면 처음부터 포기했다. 그러나 진심은 어느 것이라도 될 수 있었다···. 그것이 얼마나 내밀하게 우러난 고백일지, 아니면 허우대만 멀쩡한 다짐이나 심지어는 설익은 충동인지 알 수 없었다. 진심이 있지만 그와 마찬가지로 현실도 있었다.

학생식당의 오백 원짜리 밥을 꼴사납게도 먹는 자신과 그런 그녀를 지켜보며 수군대는 이들이 있었다. 원래라면 손끝조차 대지 못할 생활일지언정 남자와 함께라면 잠시나마 꿈을 꿀 수 있었다. 둘이 함께 하고 싶은 것과 다니고 싶은 곳이 아직 많았다. 그런데 이젠 아무것도 할 수 없었다. 아니, 그라면 어떨까?

그도 원래 그렇게 생각했을까? 남자에게도 여자가 그런 사람이었나?

그저 제 생활 하나 온전히 지탱하기에도 지나치게 약한, 가녀린 삶의 그녀가 넌지시 목소리를 냈다. 듣지 않으려 했지만 이미 알았다. 아픈 말이 머릿속을 떠돌았지만 더욱 괴로운 것은 그것들을 누구도 강요하지 않았다는 사실이었다.

고개 숙인 여자에게 마녀는 잔금을 달라고 부탁했다. 진저리치며 여자는 지갑을 열었다. 그러나 그조차, 단 오만 원조차 더 없었다. 희디흰 영수증들은 늙어 죽은 짐승의 뼈처럼 지갑 안을 나뒹굴었다. 현금을 빼 와야 했다. 엊저녁부터 챙겨야 할 입이 하나 더 생겨 씀씀이를 늘릴 심산에 통장 잔고를 확인한 것이 어렴풋이 떠올랐다.

"힘들죠, 그렇죠?"

여자의 목구멍이 간질거렸다. 아랫배가 당겼다.

"당장 지불하지 않아도 좋아요. 어쨌든 이것도 인연인데, 혹시 다른 상품은 생각 없나요?"

330

마녀는 첫날 보여준 눈물 빛의 약병을 꺼내 들었다. 삼만 원?

"아쉽지만 특가기간이 끝났어요. 지금은 십오만! 하지만 값은 확실히 한답니다."

마녀가 웃자 가지런한 치열이 드러났다. 번들거리는 앞니를 그 녀는 혀로 핥았다.

"누군가와의 모든 기억도 함께한 순간도, 어쩌면 위대한 사랑 이라고 스스로 생각했던 철부지 같은 다짐과 죄책감마저 말끔히 지우는 약이죠. 생각 없어요?"

여자는 아무 말도 하지 않았다.

"천천히 생각해도 좋아요. 약은 여기 있을 테니까."

마녀는 솥에 잠긴 주걱을 휘젓기 시작했다. 거품들이 끌려 올 라와 비명을 질렀다.

"하지만 그사이에도 치러야 할 값은 점점 늘겠죠. 방법이 없다 곤 말할 수 없지만 결국 이기는 건 시간이랍니다."

마녀가 노래하듯 말했다.

"언젠가 오늘을 떠올리며 손님께서 어떤 생각을 할지, 혹은 전 혀 떠올리지 못하게 될지?"

코끝에 역한 냄새가 맴돌았다.

"저는 항상 여기 있을 테니, 어느 날 아무렇지도 않게 들러주 세요."

여자는 그만 헛구역질을 참지 못했다.

"아무리 괴로워도, 아무리 힘들어도, 언제든 감쪽같이 내려놓 을 방법은 있으니까!"

자기대로

● 초고 2021년 12월 2일

"사장님, 놈이 도망쳤습니다!"

"무슨 소리야."

그런 보고에, 남자는 눈살을 찌푸리며 고개를 돌렸다.

"누가 도망을 가?"

"당연히 지갑이죠!"

동축케이블들이 쩔쩔매며 고했다.

"도망갔다고?"

남자는 뒤늦게 그곳에서 벌어졌던 일을 깨달았다.

"기력도 얼마 없어서 빌빌대던 놈이…."

"안타까워요."

입을 연 것은 그의 휴대전화였다.

"정말 조금밖에 안 남았었는데."

휴대전화는 전에 없이 강하고 현명했다. 그것은 어느샌가 그저 편리한 도구에서 인생의 동반자로, 그의 습관과 견해를 양분하는 영혼의 일부로 격상되었다. 오늘 거행되던 의식은 지갑에 남은 그의 일부를 휴대전화로 이식시키는 작업의 첫 단계였다. 그것을 견디지 못한 지갑이 그만 도망쳐버린 것이다.

"그냥 그대로 두는 게 어떻습니까?"

모니터들이 조심스레 그의 눈치를 살폈다.

"내 지갑을?"

남자가 눈을 부라렸다.

"그냥 두자고?"

"구멍으로 도망갔거든요."

모니터들은 다시 말을 정리해 고했다.

"저희는 그리로 따라 들어갈 수가 없습니다."

"그래도 그 안에, 예전에 내가 하던 것들이 다 있는데…."

남자는 말미를 늘였다. 어렴풋이 머릿속에 있던 것을 막상 말로 꺼내자니 잘 되지가 않았다. 요새는 뭐든지 다른 편리한 것들로 해치우다 보니 지갑에 돈 말고 다른 것들을 얼마나 넣어두었는지가 기억나지 않았다. 어쨌든 한 가지는 분명해졌다.

"구멍으로 들어갔단 말이지?"

대답이 돌아오기도 전에 남자는 발을 옮기고 있었다. 케이블들이 걱정스레 늘어서 있었다. 식사를 방해당한 휴대전화가 불만스럽게 으르렁거렸다. 그러면서도 손은 흔들어주었다.

"잘 다녀와요, 자기."

물론 말하지 않아도 그럴 생각이었다.

"예, 여기로 지나갔지요."

구멍 속 경비는 콧수염을 매만지고 있었다.

"아주 경박하더군요."

그것이 어떤 스위치라도 되는 것처럼, 일정한 박자로 혀를 쯧, 쯧 차고 있었다.

"안에 든 지폐들이 다 드러나도록 빨랐습니다."

그것이 말을 이었다.

"양 날개를 퍼덕이는 모습은 안타깝게도 오래오래 머릿속에 남겠더군요."

"당신 정신건강이 궁금한 게 아닙니다."

말투가 다소 매몰찼다.

"그 지갑, 어디로 갔습니까?"

남자가 스스로를 가리키며 말했다.

"제 겁니다."

"아! 그럼 선생님이 그 지갑의 주인이었군요."

경비는 콧수염 속에서 회중시계를 꺼냈다. 시계는 머리꼭대기에 달린 가느다란 구릿빛 사슬로 이어져 있었다. 남자가 흘긋 시간을 보자, 바늘 세 개는 전부 자신을 향하고 있었다.

"마침 잘 되었습니다."

경비가 말했다.

"유실물을 찾아가셔야 합니다."

"그게 제 지갑 아닙니까?"

"아닙니다—"

남자는 일을 빨리 해치우고 싶었다.

"―지갑이 여길 지나며 떨어뜨린 것이 있어요."

휴대전화의 렌즈 속 세상은 뭐든지 환골탈태하고 천변만화했다. 누군가의 해묵은 습관과 원한 관계와 도덕관념과 지론이 세워지고 수정되고 개변되고 처음부터 뭔지 알 수가 없는 상태가 되기에는 세수 한 번 할 시간이면 충분했다. 그러나 자신의 지갑을 추적하여 되찾으려면 그 지갑에서 흘러나온 물질도 되찾아야 하지 않는가?

"승낙하실 줄 알았습니다."

경비는 그의 머릿속을 이미 꿰뚫어보는 듯 맹랑한 표정으로 웃었다.

"착각하지 마세요."

남자가 쏘아붙였다.

"나는 할 일이 많습니다."

"그리고 하지 않아도 좋은 일도 많지요."

경비는 회중시계의 뚜껑을 닫았다. 그리고 사슬을 잡고 크게 휘둘렀다. 구멍은 눈속임에 당해 지갑이 흘리고 간 세상을 만들었다. 남자는 자신이 있는 곳을 둘러보았다.

천장의 튼튼한 지지대를 따라 말벌집처럼 생긴 조명들이 늘어서 있었다. 무대 끄트머리에서는 두껍고 붉은 장막이 드리워져 연단과 관객석을 나누었다. 관객석은 벽에 튕기는 소리가 고르게 퍼지도록 잘 안배되어 있었다.

"이런 곳이 있었나?"

그는 어딘가의 무대에 올라 있었다.

"지갑에 뭐가 있던 거요?"

"알려면 방법은 하나뿐이죠."

경비가 다시 콧수염을 매만졌다.

"유실물이 유실물이 아니던 순간을 이곳에 불러와야 합니다."

하는 수 없이 남자는 지갑에 들어 있던 것을 더듬었다. 그때 그곳의 자신을 뒤집어썼다.

널리 알려진 대로, 기억은 사실 기록이 아니라 회상되는 것이다. 그리고 회상될 때마다 기억은 시간적 순서와는 상관없이 순간을 재배열하고 강렬한 인상을 담은 꼬리표를 붙인다. 그래서 남자는 이미 무대에 오른 뒤의 자신을 보았다.

"정식으로 뛰어도 되겠는데?"

얼떨떨하게 그는 원래 극단에 있던 사람들의 축하를 받고 있었다.

"너 진짜 잘하더라. 실수도 한 번 안 하고!"

"많이 연습했어요."

그는 자신의 입이 움직이게 내버려두었다.

"어릴 때 공연 보던 생각 나서."

선배와의 인연을 타고 일일 땜빵을 맡은 그는 그보다 다시 약간 더 먼 곳으로, 대사를 연습하던 때로 돌아갔다. 처음엔 그냥 재미로 받은 부탁이었지만 눈앞에 대본이 턱 놓이자 더 이상 그렇게는 안 되겠다는 생각이 들었다. 그래서 방 안을 걸어 다녔다. 그래서 목을 가다듬고 대사를 읽었다. 그래서 얼굴을 활짝 펴고 찡그리며 표정을 바꾸었다…. 다음으로 그는 막과 막이 넘어갈 즈음에 있었다. 동선이 꼬여 허둥지둥 무대 옆으로 들어가려는 순간 장막에 살짝 틈이 생겼다. 맨 앞에 앉아 있던 관객은 그와 눈이 맞자 엄지를 들어 보였다.

"나중에 연락해."

얼굴도 떠오르지 않아 어둑어둑한 모습으로 그 사람은 명함을 건넸다.

"빈말 아니니까 생각 잘하고!"

극단 단원들은 그를 선생님이라고 불렀다.

그는 그 제안을 받고 차가운 밤을 혼자 걷고 있었다. 신호등도 꺼져 있었고 입에서는 부연 김이 뭉게뭉게 나왔지만 그를 둘러싼 공기는 식지 않았다. 그는 홀린 듯 주먹을 쳐들며 입에 달라붙은 대사와 몸짓을 해 보였다. 중얼중얼 읊던 말과 말 사이에는 곁눈질로 훔쳐본 관객들의 표정이 담겨 있었다. 시계탑이 서서히 새벽을 향해 울었다.

"재밌을 것 같아. 해볼까?"

남자는 눈을 끔뻑였다. 뒤섞인 기억은 때로 그 자리에 없던 사람을 만들어냈다. 남자는 그때의 자신을 바라보며 계절에도 맞지 않는 차림을 하고 있었다.

"나쁘지 않겠지, 해볼 만하겠어."

"넌 연락은커녕 그 근처에도 안 가게 돼."

남자는 눈살을 찌푸렸다. 추위에 오들거리는 누군가에게 듣고 싶은 말은 아니었다.

"그냥 해본 재미난 생각, 그게 끝이야."

"누구세요?"

"이제 더 바빠지거든."

남자는 대답 대신 할 말을 늘어놓았다.

"땜빵 해달라고 부탁한 선배는 자퇴하고 반수해. 지금은 소식도 몰라."

"나는 그리고 뭘 하죠?"

"중요한 것들을 하지. 그래서 남들도 다 하는 것."

남자가 고개를 저었다.

"그래서 멀리서 보면 하나도 안 중요해 보이는 것."

시계탑이 자정을 머금고 울었다. 하지만 자정이 되기도 전 도로가 텅 비고 신호등이 꺼지던가? 눈을 감자 회중시계의 세 바늘이 보였다. 경비가 구릿빛 사슬을 흘러내리게 두었다. 무대가 사라지고 네모 납작한 종잇장이 떠올랐다.

"유실물은 이겁니다."

경비가 건넨 낡은 명함을 그는 받았다. 바깥에 드러난 부분은 오줌처럼 퀴퀴한 색이었지만, 지갑에 꽂혀 있던 부분은 새것처럼 하얬다.

✳

"자꾸 뒤를 돌아보려는 것 같았지요."

이번에는 사서였다.

"무언가 두고 온 물건이 있나 싶었어요."

그는 두꺼운 안경 너머로 쟁반만 한 눈을 끔뻑거렸다.

"아무튼, 네. 회원님의 지갑은 이곳을 지나갔어요."

남자는 주머니 속에서 부스럭거리는 명함을 의식하고 있었다. 그래서 사서는 그가 제게 무언가 건네주려나 싶은 눈길로 주머니를 힐끔거렸다.

"유실물이 있습니까?"

"있지요."

사서가 뽐내듯 말했다.

"사실 그걸 보고 지갑이 뒤를 돌아보던 게 아니란 사실을 알았어요."

명확한 관찰력을 숫제 으스대면서.

"그랬다면 무언가 흘린 걸 못 알아챌 리가 없으니까요."

아무래도 좋았다. 지갑은 느려졌다. 그래서 구멍의 다음 캄캄한 속에까지 그의 추격을 허용한 것이다.

"순간을 불러오겠습니다."

남자가 말했다.

"도와주겠어요?"

사서는 대답도 않고 안경알을 끄덕거렸다. 코끝에 걸쳐진 안경다리가 미끄러졌다. 그런데 사서의 눈은 볼록렌즈 탓에 크게 보이던 것이 아니라 정말 쟁반만 했다. 남자는 그 커다란 눈알을 느리게 덮고 떨어지는 사서의 눈꺼풀을 바라보았다. 각막의 실핏줄이 천천히 가려지는 것을 따로따로 헤아릴 수 있을 정도였다. 마치 밀물과 썰물을 따라 해안선이 맥동하듯, 처얼썩, 처얼썩.

그는 한 달에 한 번 요리를 하고 있었다. 그래도 나쁘지 않을 것 같았다.

도서관 열람실을 빠져나와 서가를 뒤지다가 오래된 요리책을 찾았다. 호기심이 동해 그것을 빌리고, 돌아오는 길에 재료를 샀다. 그리고 요리해 내놓았다. 엉망진창이었다.

재료를 바꿀 때마다 대충 구석으로 밀어둔 칼에는 먼저 썬 것이 보푸라기처럼 들러붙고, 바닥은 물로 흥건하고, 무엇을 섞거나 받거나 내리는 데 쓴 그릇들이 마구 겹쳐 쌓였다. 밥때에 맞춰 들어온 엄마는 낯선 냄새를 맡았다. 의자를 끌어서 식탁 앞에 갖다 놓고, 다 같이 한술을 떴다. 보글보글 끓는 국물이 냄비 내벽에 부딪히면, 처얼썩.

"네가 한 거야? 웬일로?"

남자는 그냥 눈에 띄어서 한번 해보았다고 대답하는 자신을 바라보았다. 엄마의 눈이 휘둥그레졌다. 맛있어 보여서가 아니라, 곧 고등학교에 들어갈 그를 보며 자기 자식을 이 세상에 넘겨줄 준비를 끝마쳤다고 스스로 생각하던 까닭이었다. 알고 보니 그것은 진실과 거리가 멀었다. 호들갑을 떨며 상을 차리는 엄마와 뒤늦게 합류해 수저를 드는 아빠를 그와 그였던 남자가 바라보았다.

"음, 괜찮다, 액젓만 좀 덜 넣지 그랬어."

"당신보다 나은데 뭘. 쉬는 날에 라면만 먹이지 말고 이런 것 좀 가르쳐."

"괜찮아요? 맛있어요?"

남자는 머릴 벅벅 긁으며 웃었다. 그는 사서의 두꺼운 안경알을 떠올렸다. 사서는 그를 회원이라고 불렀다. 가입은 분명 했었다. 하지만 열람실에 앉아 참고서를 펴려고 한 것이었지 2주에 두 권이니, 네 권이니 하는 작은 글씨들에는 관심이 없었다. 그는 심심해져 로비를 어슬렁거리다가 서가로 향하는 남자를 보았다. 남자는 구석진 곳에 처박힌 요리책을 보았다. 어렸을 때 엄마가 해주던 것과 비슷한 요리들이 있었다. 문득 생각이 나 다시 해달라고 하니 기억이 나지 않는다고 했다.

"비슷하게 잘했죠?"

"비슷하긴 뭘. 야 니 엄마 하던 것보다 훨씬 낫다."

손을 자주 씻고, 간을 잘 맞추고, 불 조절을 잘 하고… 남자는 요리에 필요한 덕목들을 헤아렸지만 개중 어느 것도 진짜 필요한 것들은 아니었다. 그는 회원증을 만들어두길 잘했다고 생각했지만 동시에 남은 요일과 과목과 오늘 칼과 불과 개수대 앞에서 쓰지 않은 시간만큼의 다른 날을 떠올리고 있었다.

"앞으로 자주 해볼게요. 아예 한 달에 한 번은 내가 밥할게요!"

남자는 그런 말을 하는 자신에게 한 국자를 더 퍼주었다. 간을 처음에 잘못 맞추어 국물이 홍수처럼 많았다. 그 안에 사서의 두꺼운 안경이 있었다.

"약속은 쉽지."

남자는 신음하며 한술을 떴다.

"하지만 습관이 되기는 어려워."

남자와 가족들은 안경을 제각기 그릇으로 가져갔다. 입안에선 음산한 소리가 났다.

"한두 번 해보고 말았지."

유리알에 금이 가는 소리였다.

"시간이 오래 걸리고. 다른 할 일도 생기고."

요리책을 반납한 뒤 남자는 도서관에서 책 이름을 검색하던 것을 떠올렸다. 교과서에 실려 있던 작품의 앞뒤가 안 맞는 것 같아 전체를 읽고 싶어졌다. 청구기호를 손에 넣었지만 책을 찾을 수가 없었다. 지금처럼 두꺼운 안경을 쓴 사서까지 대동해서 갔지만 분명히 있어야 할 자리에 그것이 없었다. 나중에 찾아서 보겠지, 싶어서 그는 열람실로 돌아갔다. 고등학교는 그 도서관과 아주 먼

곳에 있었다. 대출 정보는 더 갱신되지 않았다.

잠깐 숨을 돌리려 바깥으로 나왔지만 날씨가 추웠다. 그는 두 꺼운 유리문 너머로 돌아왔다. 속눈썹이 깜빡이면서 그의 기억을 밀어냈다. 사서는 유실물을 건넸다.

"여기 있어요."

남자는 회원증을 받아들었다. 명함과 달리 플라스틱 카드는 깨 끗했다. 그것을 처음 받은 날과 똑같았다.

✳

"힘들어 보이더군요."

안내인은 짧게 말했다.

"너무 느려서 통행에 방해가 되었습니다. 따로 안내해드리려고 했는데 끝끝내 거절하시더군요."

안내인은 아무것도 아닌 것을 가리켰다.

"그러면서 이 유실물까지 남겼지요."

구멍의 안은 온통 캄캄해서 그런 식이었다. *점점 느려진 건가?* 남자는 생각했다. 유실물을 내려놓으면 내려놓을수록 어째서인지 지갑은 힘을 잃고 있었다. 이 추격의 끝을 이미 아는 것처럼⋯.

"신기루를 본 게 아닙니까?"

"신기루도 실체는 있지요. 단지 그 방향이 어긋났을 뿐."

안내인이 엄숙하게 말했다.

"백 퍼센트 헛것을 본다면 안내인으로서의 제 명예에 누가 됩 니다."

남자가 고개를 끄덕였다. 본론으로 들어갈 차례였다.

"유실물을 찾으려고 합니다."

"잘 알겠습니다."

안내인은 손을 벗었다. 안에는 흰 장갑이 있었다. 장갑은 손목 언저리를 단추로 고정하는 식이었다. 단추를 풀자 안에는 단춧구 멍 대신 구멍 속의 구멍이 있었다.

이번에는 남자가 관객석에 있었다. 하지만 눈앞에는 무대 대신 사각의 평면이 벽에 매달려 있었다. 영사기가 펄쩍 튀어 오르며 불꽃을 쏘아 보냈다. 원뿔꼴로 펼쳐져 벽을 두들기는 빛은 먼지 와 소음과 팝콘 부스러기를 매단 채 환상을 되살렸다. 남자는 아 주 길고 연약한 인상을 받았다. 그것은 그가 회원증보다 훨씬 어 릴 때부터 시작해 비교적 최근까지 반복한 기억이었다.

재배열된 순간들은 뒤죽박죽이었지만, 그는 그 안에서도 스스 로의 역할을 찾았다. 남자는 세로로 쓰인 흰 글씨들을 보고 있었다. 강 강(江) 자나 물 수(水) 자를 똑바로 쓰는 숙제를 하다가 아빠 손을 붙잡고 간 곳이었다. 사방이 어두운 가운데 어딜 보든 오색 찬란한 스크린이 시야를 가두고, 상하좌우에서 꽝꽝 폭탄처럼 소 리가 터졌다. 그는 홀린 듯 팔다리를 늘어뜨린 채 영화를 보았다.

시간이 지나니 혼자서도 비슷한 순간을 갖게 되었다. 거기엔 특별할 게 없었다. 하지만 세상은 전보다 조금 더 놀랍지 않은 것 이 되었다. 반복되는 기억은 과정이 삭제된 도미노를 보는 것 같 았다. 꽝, 하고 눈을 감았다 뜨면 시작부터 끝까지가 모조리 숨을 죽이고 엎어져 있었다. 그는 객석의 발자국이 갈수록 뜸해지는 것을 보았다. 남자는 느려지고 있었다. 영화가 더 자세하고 화려 해질수록 영사기는 가까이 다가왔다.

원뿔꼴의 빛은 자꾸자꾸 줄어들어 의자에 앉은 자신도 바짝 목을 빼야 했다. 도망치듯 작아진 평면은 어느새 한 손에 쏙 들어 왔다. 남자는 손을 빼 화면을 쥐었다. 1시간 반, 2시간을 온전히 쓸 여력이 없었다. 마법사는 인상적인 장면과 대사를 추출하여 흐름에 맞는 10분의 마법을 걸었다. 그는 영상이 끝난 뒤 식지 않은 커피 한 잔을 마셨다. 속이 채찍질을 맞듯 따뜻해졌다. 기분전환이 끝났으면 다시 현실을 마주할 차례였다. 눈에 그어진 충혈된 빗금들은 아직 해결해야 할 생활의 과제들을 가리켰다.

세 번째 유실물은 영화표를 결제한 뒤 남은, 다 쓴 문화상품권이었다.

"정말 느렸지요."

안내인의 목소리가 끼어들었다.

"사실 어찌나 느렸는지, 그 지갑은 아직 이곳을 벗어나지도 못했습니다."

장갑을 씻은 안내인은 다시 손을 썼다. 그것으로 퍼덕이는 지갑을 가리켰다.

"보세요."

지갑은 펼친 안감으로 바닥을 벅벅 긁고 있었다. 가벼워진 몸은 그러나 어째서인지 더 떠오르지 못했다. 무거운 집을 진 달팽이에게도 뒤처질 것처럼 덧없는 도망을 남자는 쉽사리 따라잡았다. 그의 손에는 세 가지의 유실물이 들려 있었다.

"그건 내 안에 있던 것들이야."

지갑이 몸을 떨며 말했다.

"돌려줘."

"돌려줄 거야."

남자는 성큼성큼 다가갔다. 지갑이 안간힘을 썼지만 추격은 더 이어질 수 없었다.

"난 네 주인이니까."

"거짓말."

지친 지갑은 말끝을 올리는 법도, 내리는 법도 잊었다. 구두점은 이 세상 모든 위대한 문장의 보잘것없는 끝과 같이 매겨졌다.

"내 주인은 무대에 서는 걸 좋아하는 사람이야."

남자의 발걸음이 멈추었다.

"내 주인은 그 명함을 준 사람과 연락을 할 거야. 그래서 훌륭한 배우가 될 거야."

남자는 콧수염 난 경비를 보았다. 경비는 고개를 내젓고 있었다.

"내 주인은 요리하길 좋아하는 사람이야. 가족들한테 손수 만든 요리를 차려줄 거야."

남자는 쟁반 눈의 사서를 보았다. 그 큰 눈길을 완벽히 피할 수는 없었다.

"내 주인은 영화 보길 좋아하는 사람이야. 좋아하는 감독의 신작이 나올 때마다 극장에서 가슴 졸이며 앉아 있을 거야."

남자는 손을 낀 흰 장갑의 안내인을 보았다. 안내인은 끊어야 할 티켓을 찾아 손을 내밀었다.

"네 주인은 그런 사람이 아니야."

남자가 말했다. 그러면서 다가갔다. 지갑을 밀어내는 암흑은 거꾸로 그의 발걸음을 부추겼다.

"다 잊은 거야?"

지갑이 말했다.

"잊고 있었어. 지금까지는."

남자가 천천히 몸을 굽혔다. 지갑이 바르작거렸다.

"잊고 있었어. 그런 나도 있었다는 걸. 그런 시간을 내서 그런 것들을 좋아하는 법을 익힌 걸."

"다시 돌아갈 거야?"

"그럴 순 없어."

지갑의 물음에 남자는 솔직하게 말했다.

"하지만 이제 잊지는 않을 거야."

"그러기엔 너무 바쁘잖아."

"항상 바빴지. 이제 와서 더 힘들어질 것도 없어."

남자는 대수롭잖게 말했다.

"그런 걸 좋아하는 내가 있었다는 걸 알겠지. 가끔은 그땔 생각할 거야. 그리고 더 가끔은, 용감하게 인정도 하겠지."

남자는 지갑에게 손을 내밀었다.

"예전의 나, 요리하고, 영화를 보고, 연극 무대에 서던 나. 그때의 내가 정말 부럽다고."

지갑이 남자의 손을 잡았다.

"언젠가는 반드시, 다시 그런 걸 좋아할 줄 아는 사람이 되겠다고."

구멍 밖으로 나가더라도, 그리고 모든 것을 휴대전화에게 먹이더라도, 무언가는 영영 변하지 않을 것 같았다.

찰떡같이 말해도

● 초고 2019년 8월 6일

"이번엔 또 뭐야?"

여자는 눈살을 찌푸리며 말했다.

"비누라도 썰어 먹었냐? 청산가리? 염화칼륨?"

저를 향해 쏟아지는 힐난에도 남자는 꿈쩍도 하지 않았다. 도리어 이쪽에 뭔가 달라는 듯 손짓했다.

"증명부터 해주십시오."

"알았어, 알았어."

지긋지긋하다는 듯 손사래 치며 여자는 꼬깃꼬깃 접은 종이를 꺼냈다.

"'내가 이십일 번째로 했던 상상은 이 문장 안에 없었다.' 글씨체도 확인할래?"

그럴 필요가 없었다.

"제가 지난번 드린 메모가 맞군요."

남자는 감격했다.

"이번에도 강림하셨어요!"

"강림? 네가 이리로 왔잖아."

여자의 말을 한 귀로 흘리며 남자는 주위를 살폈다. 고즈넉한 옥외정원 같은 곳이었다. 그러나 모든 것이 안개로 빚은 것처럼 흐리멍덩했다. 무엇이 무엇이고 무엇이 아닌지, 여기와 저기가 어떻게 다른지도 알 수 없었다.

"네가 저번에 남기고 간 메모가 이게 아니면 어쩔래?"

"무슨 뜻이죠?"

여자가 부연했다.

"내가 강대한 마귀면 어떡할래? 그래서 네가 남긴 메모를 훔쳐보고 대답만 한 거라면? 이 모든 게 널 꾀기 위한 작전이면 어쩔래?"

"그럴 리가요."

남자는 부러 과장되게 몸짓했다.

"당신께서는 그분이십니다."

그가 꾸벅 고개를 숙였다.

"바로 느낄 수 있어요."

"얼씨구? 내가 너한테 장난을 거는 요정이면?"

여자가 일갈했다.

"인간을 갖고 노는 외계인이면? 아니면 이 모든 게 네 환각이면? 널 골려주려는 친구의 계략이면?"

"아무리 의구해도 모든 답은 내려졌습니다."

남자는 흔들리지 않았다.

"당신께서는 지고지순한 그분이시며 그분일 수밖에 없습니다."

"제멋대로구만."

여자가 탄식했다.

"언제나 필요한 만큼만 의심하고 탐구하면 편하겠어."

"당신의 현현에 대해선 그러하겠습니다. 절대 의심하지 않겠습니다."

여자가 심기가 불편한 듯 명치를 문질렀다.

"그러나 순교자의 마음으로 감히 당신 계신 곳에 다다르기까지, 결코 수행을 멈추지 않으리라 맹세합니다."

여자는 무어라 구시렁거리며 눈길을 돌렸다. 그런 사소한 행동거지마저 남자에겐 경외의 대상이 되었다. 구름처럼 두루뭉술한 그곳에서 여자는 자연스레 남자는 볼 수 없는 것을 보고 듣지 못하는 것을 들었다. 지배자나 주인이라고 하면 지나치게 폭력적인 이름이었다. 여자가 곧 그 장소였고 그곳의 시간이었고 모든 것이었다.

"언제 적 영지주의야, 영지주의길⋯."

여자가 구시렁거렸다.

"패드 덧댄 정신병동 같은 데 갇혔을 줄 알았더니."

"제가 저들에게 무관심하듯 속세도 저에게 그러합니다."

남자가 말했다.

"수행에 필요한 만큼만 육신을 달래려거든 그에 깊숙이 물들 필요는 없죠."

"툭하면 자살 시도하는 건 아무도 안 막냐?"

"저들이 제 신심에 대해 뭘 알겠습니까?"

남자가 저도 모르게 웃었다.

"세속의 기름진 쾌락과 물질 숭배에 잠겨버린 배교자…."

"너희 말고 다른 사람들은 '배교자'가 아니야."

여자가 부루퉁하게 쏘아붙였다.

"처음부터 날 믿지도 않았으니까—그거 알아?"

남자는 잠자코 뒷말을 기다렸다. 그 사이의 간격마저 흠숭했다.

"난 지금 눈앞의 소위 내 독실한 신자가 밥 먹듯이 손목에 기찻길을 그어서 날 '알현하러' 오는 게 하나도 안 기뻐."

여자는 오만상을 찌푸리며 그 의사를 분명히 했다.

"상상만 해도 토 쏠린단 말이야."

"용서하십시오."

남자가 넙죽 엎드렸다.

"그러나 답을 구하고자 합니다."

"그게 네가 매번 돌아오는 이유야? 응? 솔직히 말해봐."

여자는 손가락을 세워 머리 옆으로 빙글빙글 돌렸다.

"너 도파민 중독이지?"

"도파민이라 하시면…."

"네 단말마랑 같이 뿜어져 나오는 쾌락 물질이, 그게 등골을 휘감는 게 너무 좋은 거지? 그래서 계속 목을 매고 소주에 수면제를 타는 거지?"

남자는 그저 납작 엎드린 채 고개를 조아릴 뿐이었다. 여자는 파도처럼 긴 한숨을 뱉었다. 그의 움츠린 몸이 떨렸다. 그녀의 한숨마저 어떤 경외의 대상이 된 것처럼.

"네가 뭘 찾건 그 답은 여기엔—아니 분명히 말해줄게. 나한텐 없어."

여자는 자칫 엄숙해질 뻔한 어투에 스스로 진저리쳤다.

"그보다 답을 구하려거든 질문부터 알아야지? 그 질문은 이곳이나 모든 예배당 바깥 네가 그토록 꺼리는 세속에 있다. 그러니… 아, 이게 대체 몇 번째야?"

여자가 자리를 박차고 일어났다. 그 걸음걸이란 무언가가 펄펄 들끓는 것처럼 보였다.

"대체 왜 한번 말할 때 그냥 꺼지질 않냐고!"

"아직 제가 부족한 탓임을 압니다."

남자가 굼실굼실 몸을 수그렸다.

"그러나 언젠가 부디 그 답을…."

"야! 사람이 말을 하면 좀 들어!"

여자가 고함쳤다.

"답은 내가 아니라 다른 누구라도 못 준다고!"

한 번 올라간 언성은 그리고 쉽사리 내려오지 않았다.

"이번에 돌려보내거든 제발 다신 오지 마. 취업도 하고 친구도 사귀고 섹스도 좀 해! 너희 그거 좋아하잖아?"

"육신의 쾌락은 지고의 죄악이고 악성입니다."

녹음기처럼 생기 없이 남자는 기도문을 읊기 시작했다.

"당신으로의 수행을 위해 무엇보다 먼저 금해야 할 것입니다."

"수행? 수행이 뭔데?"

바닥을 핥다시피 입술을 달싹이는 그에게 여자가 소리쳤다.

"까놓고 말해서, 뭐 별 것 아닌 짓거리만 잔뜩 하는 거 아냐? 수행 하지 마!"

그녀가 양팔을 크게 휘저었다.

"수행이라고 해봤자 '당신 계신 그곳에….' 이 뒤로 줄줄 붙는 말 가짓수만 늘어나겠. 아, 나 잠깐."

여자가 팔뚝을 벅벅 문지르며 말을 끊었다.

"소름 돋았어. 씨."

"부디 용서하십시오."

남자는 자신이 한 떨기 때수건이라도 되는 것처럼 엎드렸다.

"주제넘은 생각인 줄 아오나, 피조물 된 몸으로 그 창조주를 따라 현실의 뒤편을 엿보고자 합니다."

간곡한 것을 넘어 절박하기까지 한 그 호소에 여자도 다시 고개를 들 수밖에 없었다.

"저는 한 명의 영혼으로서 완성되고 싶습니다."

"그러지 마. 완성되지 마."

여자가 말했다.

"완성이 아니라 도중 겪는 실패와 성공이 중요한 거야. 그런 것들이 가치를 주는 거야. 알아들어?"

그녀가 계속해서 이야기했다.

"그게 좋은 거라고! 진자가 양극단 꼭대기에 잠깐 오르려고 그 사이의 왕복을 오롯이 견디는 것 같아?"

그가 생각에 빠진 사이 계속해서 말을 잇는 여자였다.

"그러면 너무 비참하지 않냐고?"

남자는 덜덜 떠는 것인지, 고개를 약하게 젓는 것인지 구분할 수 없는 몸짓을 했다. 여자는 신경쓰지 않았다.

"오히려 계속 움직이고 싶어서 찰나의 '완성'을 잠시 견디는 게 아니고?"

"하오나 진자의 최고점이란 진정한 완성이 아닌 일시적인 상태에 그치지 않습니까?"

358

여자의 표정이 일그러졌다.

"제가 구하는 것은 그보다 높은 경지입…."

"이게 진짜! 내가 지금 교리논쟁이라도 해주는 거 같아? 하지 말라면 좀…! 가만."

여자는 엉거주춤 턱을 괴고 생각에 잠겼다.

"그래. 내가 조금 전에 뭐라고 했지?"

불현듯 무언가 떠올린 까닭이었다.

"필요한 만큼만 탐구한다고 뭐라고 했지. 맞아!"

그녀가 손가락을 튕기며 중얼거렸다.

"그냥 '하지 마'로는 안 되지. 합리적인 사고와 건전한 의심을…."

"걱정하지 마십시오! 저 또한 합리를 따를 줄 아니까요!"

냉큼 떡밥을 문 남자가 반색했다.

"당신께 닿기 위해서라는 이성적이고, 합리적인 까닭을 좇아 여기까지…!"

"너 잠꼬대 하냐?"

여자는 기가 막힌다는 듯 코웃음을 쳤다.

"이유가 있고 그걸 따른다고 다 합리야?"

그 손가락이 다시 남자에게 겨누어졌다.

"그 까닭이 대체로 보편타당한 이치여야 제대로 된 합리지!"

"배교자들에게까지 타당하고, 보편적인 기준에 어찌 제 신심을 맞추겠습니까?"

"네가 배신한 그 '배교자'들의 믿음은 생각 안 하냐?"

정작 남자는 신의 삿대질을 받아 황공하기 그지없다는 식으로 굴고 있었지만.

"가족으로서, 친우로서, 직장 동료로서, 사회가 조직이 단체가 너에게 베푸는 믿음을 다 내던지고 여기 온 거 아니야?"

뭐든지 구름처럼 두루뭉술한 그곳에서 여자의 목소리가 화살촉처럼 쏘아져 나갔다.

"저울의 양편을 따지면 넌 그냥 신실한 배교자야!"

그녀는 손을 거칠게 휘저어 그의 대답을 틀어막았다. 그 상태로 시선을 바닥에 내렸다. 허파 꼭대기까지 숨을 꽉꽉 채워 토했다.

"이렇게 말해보자─내 말이 이상하게 들리나 한번 봐봐."

여자가 손가락을 꼽았다.

"망치를 만진다, 망치를 여기 둔다, 망치를 던진다. 망치를 끼운다. 어때? 이상해?"

그녀가 물었다.

"어색한 것 같아?"

"아, 아닙니다."

남자는 북받쳐 떨리는 목소리로 속살거렸다.

"야, 표정 풀어. 계시 같은 거 아니니까."

물론 소용 없는 말이었다.

"그럼 이건 어때?"

잠시 말을 고른 뒤 여자가 다시 입을 열었다.

"열(熱)을 만진다, 열을 둔다, 열을 던진다."

"열을 끼운다를 안 하셨습니다."

"열을 끼운… 아니 상관없잖아!"

여자가 성을 냈다.

"대답이나 해. 이상하게 들려, 안 들려?"

"이상하게 들립니다."

그래도 답은 시원시원하게 나와 다행이다. 여자는 그런 표정으로 안도하는 듯싶었다.

"그게 왜 그럴까? 열과 망치의 차이가 뭐지? 생각 좀 해볼래?"

이런 대화가 으레 그렇듯이 여자는 생각할 시간을 주지 않았다.

"망치는 사물이야. 실체가 있지. 열은 그리고 에너지가 활발한 곳에서 그보다 낮은 곳으로 이동하는 '상태'고. 여기까진 알겠어?"

남자는 대답 대신 물끄러미 그녀를 바라보았다. 눈길이 꼭 애완견의 그것처럼 순진했다.

"너 학교 다닐 때 공부는 좀 했냐?"

애정이 아닌 지식적인 측면에서.

"열의 전도, 복사, 대류가 뭔진 알아?"

"웬만큼 머리가 큰 뒤엔 믿음의 길을 따랐습니다."

남자가 겸연쩍게 말했다.

"학문적 소양까지는…."

"이거 너희 초등학교 때 배우는 건데."

잠시 침묵.

"뭐 아무튼 좋아."

말 그대로, '아무튼'이었다.

"망치와 열, 실체와 상태. 너희는 세상을 그런 이원론적 시선으로 보지. 고정된 것과 유동적인 것. 스스로 존재하는 것과 주변의 상호작용으로 말미암아 잠시 생겨나는 것…."

여자는 한 쌍씩 편 손가락들을 부리나케 접었다.

"그런 정의 아래 온갖 체계와 도식들을 세우고 손질하지. 근데 그게 아니야."

그 특정한 손짓들이 또다시 어떤 종교적 상징이나 계율의 단서가 될지 모른다는 것처럼.

"너희가 아는 모든 것, 너희 자신도 결국은 어떤 상태라고."

남자는 그녀가 잠시 뜸을 들이는 것을 바라보았다.

"변하지 않는 실체란 게 정말 있을 것 같아?"

"당신께서 계시지 않습니까?"

"못 들은 거로 하고."

여자가 진저리쳤다.

"망치와 열을 갖고 떠드니 당장 직관적으론 와 닿지 않겠지. 근데 망치란 게 결국 뭔데?"

그녀는 허공에서 망치를 하나 뚝딱 만들어낼 수 있었을까? 남자는 그렇다고 생각했다.

"고체인 금속이라는 상태와 그 아래편에 달린 죽은 나무라는 상태의 일시적 결합 아니야?"

설령 할 수 있었다고 해도 누구 좋으라고 그런 기적을 선보인단 말인가….

"그것들의 형태도, 물성도 어느 것 하나 고유한 건 없어. 주변 환경을 따라 이런저런 물리량을 취하다 보니 띠게 된 것일 뿐."

믿음에 목매는 것의 위험성을 설파하는 바로 이 자리에서.

"망치가 되기 전의 철광석도, 생육하던 나무도 한때 그렇게 튼튼하고 안정적인 무언가였지. 지금은 다만 망치라는 현상을 이루게 되었을 뿐."

남자는 아리송한 표정으로 그녀를 우러러보았다.

"여기까지 이해돼?"

"죄송한데, 내리시는 말씀의 요지를 잘 모르겠습니다."

"내리긴 뭘 내려? 계시 같은 거 아니래도."

여자는 그 말에 익숙해진 자신과 그 말이 또 남자의 입에서 나오는 것 중 어느 쪽이 더 구질구질한지 알 수 없는 것처럼 보였다.

"덮어놓고 흠숭하지 말고 좀 곱씹어봐. 너흰 결국 고정된 실체가 아니라 현상이야."

여자가 힘주어 관자놀이를 두드렸다.

"상태, 순간, 현상! 알아들어?"

"아! 그것이라면 물론 잘 알고 있습니다."

남자가 거듭 고개를 숙였다.

"한낱 상태이자 순간에 불과한 몸, 당신에 비하면 연기와도 같은 허상에 가까운 제가 어찌 뜻을 오롯이 헤아리겠습니까?"

"못 헤아리겠어서 아예 씹기로 한 거냐?"

여자가 허탈하게 가슴팍을 쪼그라뜨렸다.

"그만 좀 오라고, 그리고 숭배하지만 말고 제발 생각을, 좀, 하라고!"

그 목소리에 놀란 듯, 둘을 감싼 풍경들이 멀찍이 도망쳤다가 슬금슬금 돌아왔다.

"그 와중에 제대로 알아들은 것도 아니구만! 난 너네가 현상이라고 했지 그게 나쁜 거라고는 안 했어. 내가 뭣 때문에 너흴 깎아내리겠어?"

그럴 이유가 없는 것처럼, 남자로서도 그녀의 다음 말이 이어지기 전까지 여자를 방해할 이유가 없었다.

"너 대피라미드 가봤어?"

남자는 굳이 당연한 말을 입에 담지 않았다.

"난 그게 지어지던 것도 봤어."

예시는 거기에서 그치지 않았다.

"그뿐인가? 공중정원이 처음으로 수로를 적실 때, 스핑크스가 눈을 뜰 때도… 최초의 도서관이 무너질 때는 울었지."

쩝. 하고 가벼운 입맛을 다시는 여자였다.

"거기엔 내 이름도 있었단 말야. 그래놓고 그 모든 걸 만든 너희가 아무것도 아니라고 말하면, 난 앞뒤가 안 맞는…."

그녀가 잠시 눈살을 찌푸렸다.

"뭐 하다가 여기까지 왔지?"

그리고 남자가 기쁘게 끼어들 틈이라곤 남기지 않은 채 말이 제자리로 돌아갔다.

"그렇지. 현상과 실체. 세상을 바라보는 관점 자체가 잘못된 거야―적어도 너는!"

여자는 답답하다는 듯 가슴팍을 쾅쾅 두드렸다.

"현상이 자기가 영원불멸한 줄 알고, 자기가 뚜렷한 실체인 것처럼 굴면 그게 재밌겠어? 보는 쪽에선 또 얼마나 민망하고?"

"하오나 저는…."

"세상은 놀이터야."

남자가 다시 입을 열려거든 조금 더 기다려야 했다.

"세상은 놀이터야. 안팎으로 많이 오르고 내려오고, 비밀 장소 만들어서 숨바꼭질도 하고 보물찾기도 좀 하란 말이야."

물론 그 말소리란 문장 전체가 농익은 은유에 머리꼭대기까지 흠뻑 잠겨 있었다. 여자는 그래서 말을 재차 이어야 했다.

"믿음의 길 말고 다른 취미도 좀 개발하고, 하고 싶은 거랑 잘하는 것도 좀 만들어보란 말이야."

둘을 감싼 구름들에서는 언뜻 그런 모습이 될 수도 있던 남자들이, 아니면 그런 것처럼 보일 뿐인 얼룩들이 일렁이는 것이었다.

"눈뜰 때부터 감을 때까지의 모든 시간을 네 스스로를 헐뜯고 하찮게 만드는 데 쏟지 말고!"

"하지만 저는 질서에 닿고 싶습니다."

남자가 항변했다.

"당신께서 꾸리신 이 세상의 이면을 탐구하고 싶어요!"

"야, 그나마 너랑 말 좀 섞은 정이 있어서 말해두는데―"

여자가 혀를 내둘렀다.

"―오지 마. 이거 재미없다."

"재미라니요, 이것은 신성한 의무입니다."

남자가 구구절절 말을 토했다.

"당신께서 예비하신 모든 진리를 알고 싶습니다. 당신께서 이룩하신 모든 기적을 직접 감각하고 싶습니다."

"욕심도 많네. 모든 걸 알고 모든 걸 한다는 게 얼마나 웃긴 말인지 생각해본 적 있니?"

그리고 여자는 잠시 고민하다가 묻기를.

"죽 끓여봤어?"

남자는 말을 꺼내지 않았다. 으레 수사적으로 던진 물음인 줄 알아서였다.

"네―"

물끄러미 여자의 눈길에 치이고 나서야 그는 입을 열었다.

"—끓여본 적이 있습니다. 3년 전쯤에….."

"네가 언제 왜 죽을 끓였는진 관심 없어. 그런 거야."

수수께끼 같은 말이었다.

"뭐든지 적당한 게 좋아. 죽처럼."

남자가 빤히 그녀를 바라보았다.

"뭐든지 알고 다 하는 거랑, 아무것도 모르고 아무것도 못 하는 거. 그 중간 어디어야 재밌는 거다."

그리고 그 상태로 오래 침묵을 지켰다.

"네가 뭔 생각하는지 맞혀볼까? 아, 아니, 아니 잠깐만!"

여자는 갑자기 질겁하면서 손을 내저었다.

"분명히 말해두겠는데, 이건 네 마음을 읽는 뭐 그런 거랑 하나도 상관없어!"

그런 앞서 나가는 변명만으로 아직 그의 마음을 돌려 놓을 수 있다는 것처럼 그 말은 들렸다.

"네 생각이 너무 뻔해서 그런 거야! 알겠어?"

여자가 신신당부했다.

"이상하게 기억하지 마!"

남자가 마지못해 동의한 뒤에야 그녀는 말을 이었다.

"되게 진부한 말이다. 그런 생각 했지?"

남자는 머뭇거렸다. 그것이 사실 가장 좋은 대답이 되었다.

"균형을 찾자, 적당한 게 좋은 거다. 기타 등등… 진리는 폐곡선이야."

여자는 가운데가 빈 원을 그렸다.

"사실 폐곡선이라고 굳이 있는 척할 필요도 없지."

그러더니 고개를 갸웃거렸다.

"나도 아직 허영심 못 벗었구나―진리는 동그라미야."

여자는 빙글빙글 제자리로 돌아오는 손짓을 했다. 아무리 멀리, 그리고 깊고 넓게 나아가더라도 결국 처음의 가장 간단한 한 점으로 환원하는.

"그러니 진부할 수밖에. 너 첩첩산중 암자에 고승들이 모여서 수양한 끝에 뭘 알아냈게?"

뭘 알아냈을까. 남자에게는 그 궁금증을 표출할 시간조차 그러나 주어지지 않았다.

"공부가 잘 안 되는 이유를 알았어. 그게 뭐였게?"

"…속세의 번뇌가 너무 많아서요?"

"공부를 안 해서."

남자의 나름 용기를 낸 대답을 여자의 그 허무한 말이 덥석 잡아먹었다.

"농담 같니? 근데 다 그런 거야."

라고 말하면서도 역시 본인도 농담 같은지 웃고 있는 그녀였다.

"당연한 게 어째서 당연한지 깨닫는 게 수행이지. 그러니 빨리 간다고 이기는 싸움이 아니야."

남자의 목구멍에서 난데없이 기침이 튀어나왔다. 삼킨 것도 없었는데.

"잘 가야지. 재미있게, 알차게, 보람 있게 가야지…."

목을 벅벅 긁는 남자를 그녀가 내려다 보았다. 내색하지 않으려 했지만 그 눈길을 언제까지나 피할 수는 없었다.

"아휴, 또 너무 길어졌구나."

그곳에는 없지만 여전히 이어져 있는 그의 몸이 이상 신호를 보내고 있었다.

"무섭지도 않니?"

여자는 시계도 없는 손목을 살폈다.

"네 머릿속이 산소를 못 받아서 산 채로 말라 죽는 게?"

"각오하고 시작한 수행입니다."

"굉장하네. 근데 그거 아니?"

여자는 두 다리를 쭉 뻗었다.

"고통을 자발적으로 선택하는 게 항상 숭고한 일은 아니란다."

입가에는 피식피식 작은 미소가 걸려 있었다.

"오히려 그거야말로 네가 진짜 싫어하는, 고뇌하지 않는 삶의 길이지."

여자는 뻗은 다리를 각각의 건반처럼 힘주어 오르내리며 말을 이었다.

"내가 이렇게 괴로운 데 옳지 않을 리 없어. 나는 이런 고통을 스스로에게 가할 수 있어. 그러니 난 올바르고 엄격한 판단을 하고 있어."

남자는 그녀의 눈길을 오롯이 받아들였다.

"힘 좀 빼고 살아, 등신아. 편하게."

남자는 눈앞이 흐려지는 것을 느꼈다. 이곳과 저곳의 경계가 해파리처럼 물컹거리며 무너져 내렸다. 손끝이 따끔거리기 시작했다….

"내가 뭐, '피조물 주제에 감히 여길 와!' 하면서 호통치는 것도 아니잖아."

여자가 천천히 손을 내밀었다.

"수행 좋아. 깨달음 좋다고. 근데 지금 있는 곳에 충실하게. 즐길 거 다 즐기고 나서. 와. 응?"

잡으라고 그러는 것이 아니라, 힘주어 밀치려고.

"나 어디 안 가니까."

사방이 깜깜해졌다.

＊

사방이 흐릿했다. 흐리멍덩한 폭발이 펑펑 일어났다. 팔다리도 귓속도 녹은 유리를 부은 것처럼 붕 떠올랐다. 혀끝에선 칼처럼 예리한 맛이 났다.

"형제, 형제!"

남자는 제 어깨를 거칠게 흔드는 팔을 보았다.

"정신이 드십니까?"

고개가 어깨 뒤편으로 휘청휘청 꺾였다. 저도 모르게 비명이 나왔다. *무식한 자식. 겨우 산 사람 다시 죽여놓을 일 있나.*

"나 귀 안 먹었습니다, 형제."

"깨어나셨군요!"

"어땠습니까?"

적어도 백 명 남짓한 군중이 그를 주시하고 있었다. 천장이 높고 어두운 곳이었다. 벽 모서리를 따라 버려진 기자재가 어지러이 쌓여 있었다. 남들의 눈을 피하기 쉬운 곳이었다.

"그분을 알현하였습니까?"

빛을 잃은 전등들에서는 먼지색 침묵이 대신 떨어져 내렸다. 남자는 곰곰이 생각에 잠겼다. 언제나 그랬듯이 명료하지 않았다. 흐무러져가는 기억을 붙잡고 악을 쓰는 와중 그는 부정할 수 없는 한 가지 가장 커다란 대전제를 건져 올렸다.

"예, 보았습니다."

사람들이 전율했다.

"그분께서는 그곳에 계십니다."

파라핀처럼 몽롱하게 굳어 있던 침묵은 그 한마디를 통해 맹렬하게 타올랐다. 떠들썩한 환호가 번져 나갔다.

"뭐, 뭐라고 하셨습니까?"

바들바들 떨리는 손발로 누군가 물어왔다. 남자는 제 발끝을, 아직 바닥에 남은 토사물을, 비닐도 뜯지 않은 약병이 가득 쌓인 창고와 그 안에서 초롱초롱 저를 우러르는 이들의 눈동자를 보았다. 신이 마지막으로 내린 계시. *뭐라고 했더라?*

"수행은… 좋다고 하셨습니다. 깨달음도 좋다고요."

군중이 환호했다.

"그리고 당신께서는 어디 가지 않는다고 하셨습니다. 그러니 아마…."

남자는 떠올릴 수 없는 부분을 어렵지 않게 맞출 수 있었다.

"얼마든지 와도 좋다고요."

〈끝〉

작가의 말

　판타지는 믿음의 장르입니다. 일단 쓸 게 없는 작가의 말에 이런 안일한 서두부터 던져놓고 보면 그 뒤로 말들이 알아서 꼬리에 꼬리를 물고 붙어주지 않을까 싶은 그런 믿음입니다. 할 수 있는 일과 해야 하는 일 사이의 괴리가 클수록, 작중 인물들이 그 모순으로부터 몸부림치고 고뇌할수록 맛이 깊은 이야기가 될 것 같습니다. 판타지라는 명목하에 인물들에게 주어질 수 있는 가없는 행동의 갈림길과 휘두를 수 있는 선택의 가짓수 덕에 괴리는 더욱 커지고 이야기 또한 더욱 무르익어도 괜찮습니다. 그런 훌륭한 이야기들이 여기에도 있다면 좋겠습니다.

〈무두부〉

　20년 봄의 글입니다. 제목은 머리가 없다는 뜻입니다. 변명 같은 제목입니다. 마법사는 사라지는 아이스크림을 만들 수도 있었고 골대가 아닌 공에 마법을 걸 수도 있었습니다. 잡아먹는 골대를 만든 건 어쩌면 경기에서 이기기 위해서라는 대의명분 하에 자신이 뭘 할 수 있는지 시험해보려 한 것 같습니다. 이 역시 변명 같습니다.

〈처음이니까 괜찮아요〉

18년 겨울의 글입니다. 도움을 준 단어는 멸종, 악마숭배자입니다. 어떤 종류의 처음이라도 그 순간을 고스란히 보존할 수만 있다면 나중에 꺼내보기에 나쁘지 않을 것 같습니다. 처음이 가장 처음다울 수 있는 순간은 그것이 그대로 마지막이 될 때가 아니라 무언가에 이골이 난 뒤 문득 처음 그것을 접한 순간을 되새길 때인 것 같습니다.

〈하여 당신의 생각을 서술하시오〉

19년 겨울의 글입니다. 도움을 준 단어는 두꺼비집, 발, 허심탄회입니다. 〈전원일기〉를 본 적이 없는 누군가가 영남이를 들먹이듯이 발과 눈과 입술과 팔과… 기타 등등 신체 부위들도 마찬가지로 자신들이 완전히 알지는 못하는 무언가에 대해서라도 얼마든지 의견을 개진하고 각기 선호하는 해석을 들이밀 수 있습니다. 다른 답은 흥미로울 수도 있지만 틀린 것이라고 어디에선가 말했다면, 다른 답은 틀렸을 수도 있지만 그래도 여전히 흥미롭다고 앞뒤를 바꾸어 기억합니다.

〈일곱 번째 약속〉

20년 여름의 글입니다. 익히 알려진 사물들을 두고 변죽만 울리는 묘사로 능청을 떨고, 이미 결과를 아는 계약을 맺으며 능청을 떨고, 끝내 자신들의 선택의 결과를 마주한 인물들 앞에서도 능청을 떱니다. 능청을 떤다는 건 아무런 게 맞는 무언가를 아무렇지 않게 넘어가려는 속셈입니다. 아무렇지도 않은 척하는 순간들로만 이루어졌을지언정 정녕 아무렇지 않지만은 않은 글이야말로 좋은 글이겠습니다.

〈불낙엽설〉

19년 겨울의 글입니다. 개와 이의 설, 토실을 허문 설 등의 작품들이 오래오래 그 자취를 남기고 있습니다. 그러나 설이 되기 싫어하는 설, 설로서 자취를 남기는 것 자체를 싫어하는 설도 있을 법한 것 같습니다. 그런 식으로 설의 널리 알려진 속성들을 공격하는 설이야말로 그러나 그 스스로의 첨예한 혓바닥을 더욱 꼿꼿이 치켜세우는 바 되레 더 눈에 띄지 않을까 합니다.

〈우공이산〉

14년 겨울의 글입니다. 먼 길을 왔습니다. 구십구 명을 꾄 뒤 마지막 한 명을 채 채우지 못하여 구슬을 내뱉으며 죽어간 여우의 설화처럼 꽉 찬 십 해를 못 넘기고 아홉 살 먹은 그 모습을 이에 싣습니다. 그렇게 된 9의 눈앞에는 거칠 것이라곤 없습니다.

자신만큼이나 크고 단단히 여문 머리로 식견을 뽐내는 수란 없기에. 실은 그것이 거들떠보지도 않는 가장 낮은 수, 어느 한쪽으로도 모나거나 패이거나 부족하거나 과잉하지 않은 0의 모양이야말로 식견의 최고봉이요 초석일진대. 한편으로는 그러나 그런 아집에 사로잡힌 수여야만이 할 수 있는 이야기 또한 있을지 모릅니다.

〈인간이야 인간〉

18년 가을의 글입니다. 도움을 준 단어는 빨간 망토, 보름, 뱀파이어입니다. 괴물이 나오는 영화에서 경찰들은 언제나 2인 근무 수칙을 무시합니다. 어쩌다 지키더라도 지원 요청 무전은 끝끝내 치지 않습니다. 그런 제약들을 뛰어넘어 대규모 지원 병력이 도착했다면 영화가 이미 끝났거나, 애초에 그 괴물이 인류의 총포를 민들레 씨앗처럼 여긴다는 뜻입니다. 그런 예외를 무시할 수 있다면, 정말 백이면 백, 천이면 천, 통제된 환경에서 대상을 낱낱이 분석하고 합리화할 수 있는 문명사회 전체의 역량이 오롯이 보존된 채로 언제나 상황의 주도권을 쥘 수 있다면, 그거야말로 괴물 같은 힘이겠습니다.

〈자매도시 사나스〉

21년 여름의 글입니다. 물도마뱀이 기어 다니는 늪지에는 한때 하늘까지 닿는 거대한 성이 있었습니다. 자신은 악몽을 설명할 뿐 해결하지는 않는다고 한 이야기꾼이 말했습니다. 너무 철저하게 이뤄진 복수는 후대 사람들에게 귀감이 될 만한 아무것도 남겨놓지 못했습니다. 무언가의 자매도시라는 것은 결국 해결되지 못한 실수의 실마리가 두 번, 세 번도 더 펼쳐질 수 있다는 뜻일지 모릅니다.

〈레짐 체인지〉

21년 여름의 글입니다. 도움을 준 단어는 첫 만남, 에스프레소, 하품, 후유증입니다. 옛날 영화를 보면 전기로 모든 기적을 다 일으킬 수 있습니다. 시체도 살릴 수 있고, 새로운 물질이나 괴물을 만들어내기도 합니다. 몇십 년 뒤의 이야기에서는 유전공학과 이온화 방사선이 비슷한 역할을 합니다. 반면 아주 오래전의 이야기들에서는 신의 섭리가 비슷한 역할을 했습니다. 앞으로는 또 무엇이 새로운 기적의 명분이자 믿음의 대상이 될지 궁금해져도 이상하지 않겠습니다.

〈마녀사냥력 0년〉

17년 가을의 글입니다. 도움을 준 단어는 유언비어, '사망자가 나올 것'입니다. 유언비어로 인해 사망자가 나오는 것이 일반적인 이야기의 수순이겠지만, 반대로 사망자가 나와서 유언비어가 나돌 수도 있을 것입니다. 사망자가 계속해서 나오고 또 나와서 진짜 벌어진 일을 가해자들 스스로도 잊게 될 만큼의 망각이 쌓이고, 그렇게 유언비어나 다를 게 없는 사실만이 만연하게 된 그런 이야기가 될 수도 있겠습니다.

〈이 상품을 구매하신 분들은〉

18년 겨울의 글입니다. 도움을 준 단어들은 비누, 한소끔, 손톱입니다. 한소끔은 무엇이 한 차례 끓어오르는 모양이라는 의태어입니다. 의성어와 의태어를 합쳐 음성상징어입니다. 쿵, 콱, 펑, 뻐억, 와지끈, 후루룩, 오도독, 쨍그랑. 때로 통째 한 단락만큼의 수고를 손끝에 가해야 하는 문장의 묘사를 단 한 글자에서 세 글자로 갈음할 수 있다니 경제적입니다. 그런데 글쓰기는 경제적인 일이 아니라고 합니다. 생생한 문장과 그다지 고민 없이 쓰는 문장 사이에는 아주 가느다란 선이 있습니다. 한번 못되게 길이 든 문장은 계속해서 비슷한 모양을 답습할 수밖에 없겠습니다. 이 상품을 구매하신 분들은… 의 뒤편으로 나열되는 추천들처럼.

〈자기대로〉

21년 겨울의 글입니다. 놀라운 일을 놀랍지 않은 것처럼 이야기하는 사람은 정치인이 됩니다. 놀랍지 않은 일을 놀라운 것처럼 이야기하는 사람은 작가가 됩니다. 누군가가 그렇게 말했을 수도 있다는 것이 놀라운 일은 아닙니다. 누군가가 머릿속 한켠 푸슬거리는 추억을 곱씹을 때마다 매번 이 글에서와 마찬가지인 사건들이, 그 모든 만남과 재회와 깨달음이 이루어진다고 상상하면 그렇게 나쁜 일도 아닙니다. 현실이라는 빼도 박도 못하는 눈엣가시에 잠시나마 덧씌운 환상의 베갯잇. 그곳에 머리를 뉜 채 쪽잠을 잡니다.

〈찰떡같이 말해도〉

19년 여름의 글입니다. 내가 생각한다고 믿는 생각이 내가 해야 한다고 아는 말에서 내가 실제로 입에 담는 말로 화하여 재차 그것을 받아들이는 사람이 해야 한다고 내가 추론하는 생각과 그것을 받아들이는 사람이 이해했다고 간주하는 나의 말과 그 사람이 그 말을 듣고 불러일으켜져야 한다고 생각되는 감정과 실제로 그 사람의 머릿속에서 이루어진 외부 자극의 부호화 과정을 거친 끝에 내재화된 무언가의 의미가 최종적으로는 됩니다. 배송 오류는 언제든지 일어날 수 있겠습니다.

이신주

일곱 번째 약속

초판 1쇄 발행 2023년 10월 10일

지은이   이신주
펴낸이   박은주
디자인   김선예, 이수정
마케팅   박동준

발행처   (주)아작
등록   2015년 9월 9일 (제2023-000057호)
주소   07236 서울특별시 영등포구 의사당대로 38 102동 1309호
전화   02.324.3945-6   **팩스** 02.324.3947
이메일   arzaklivres@gmail.com
홈페이지   www.arzak.co.kr

ISBN   979-11-6668-739-6 04810
                979-11-6668-736-5 04810 (세트)